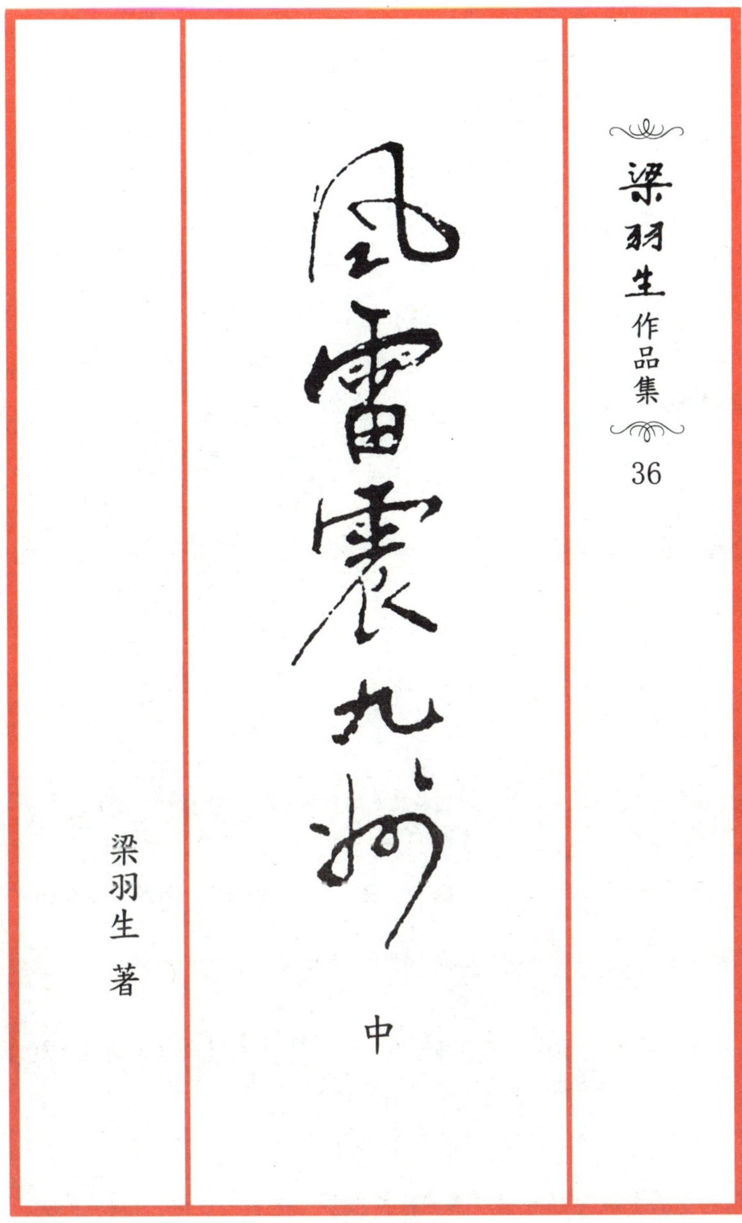

中山大学出版社
·广州·

图书在版编目(CIP)数据

风雷震九州/梁羽生著. --广州：中山大学出版社，2012. 9
(梁羽生作品集)
ISBN 978-7-306-04318-4

Ⅰ. ①风… Ⅱ. ①梁… Ⅲ. ①侠义小说－中国－当代 Ⅳ. ①I247.5

中国版本图书馆CIP数据核字(2012)第221119号

广东省版权局版权合同登记图字：19-2012-071号

敬告读者

为了维护读者、著作权人和出版发行者的合法权益，本书采用了新型数码防伪技术。正版图书的定价标示处及外包装盒上均贴有完好的防伪标签。刮开涂层，可见到一组数码，您可以通过三种途径查验真伪。

1. 拨全国免费电话4008813150，按语音提示从左到右依次输入16位数码并按#键结束。
2. 使用手机或小灵通将16位数码作为短讯内容发至13828823315。
3. 网上查询www.macs.com.cn。

读者如发现盗版图书，可向当地"扫黄打非"办公室、新闻出版局、工商管理部门、公安机关、技术监督部门举报，或直接与我们联系。

联系电话：020-34297719　13570022400

我们对举报盗版、盗印、销售盗版图书等侵权行为的有功人员将予以重奖。

广州市朗声图书有限公司

目　录

第二十回　欲结朱陈施巧计
心怀叵测动奸谋

江海天恍然大悟，“原来他们是害怕隔墙有耳，在屋内谈话，怕我偷听！岂有此理，他们把我当作什么人了？”江海天在武学上的造诣何等高深，见杨钲肩头微动，已知他是要转身张望，立即闪到一棵树后。他动作迅捷无声，莫说是在黑夜，即在白天，杨钲也难发觉。

上官泰道：“二哥，你究竟有什么机密的事情，要拉我出来说话？又为什么要瞒住客人？想那老叫化是一帮之主，而那姓江的，据你所说，也是武林中极有身份的人，难道他们会来偷听？”

江海天本要走开，但听了这些话，却禁不住心头一动，“是啊！他们有什么事要瞒住我呢？想必是和我有关的了。疑人之心不可有，防人之心不可无。他们要瞒着我，我倒非偷听不可了。仲叔叔到底是老江湖，早看出他们心怀鬼胎。哼，这姓杨的适才对我何等殷勤，想不到背地里却是如此鬼鬼祟祟。”江海天决意弄个水落石出，索性飞身上树，就在他们的头顶，偷听他们说话。

只听得杨钲说道：“我当然相信得过那两个客人，但这件事情，关系咱们的身家性命。隔墙有耳，万一泄露出去，那就大大不妙了。”

上官泰惊疑不定，说道：“二哥，咱们都是隐居深山，与外界很少往来。也没有什么极厉害的仇家，哪来的飞来横祸，你说得那么严重！”

杨钲道：“此事么，可大可小。为祸为福，都只看你如何处置。

三弟，你少安毋躁，且听我慢慢道来。

“好，我先从儿女之事说起。我先问你，你的纨丫头和我家那小子今年都是十五岁，看他们平日形迹亲密，你不察觉他们彼此都是心中有意么?”

上官泰点了点头，说道：“我是个爽直人，本来这话儿我也早就想对你说了，只怕你家的芃小子嫌我的女儿。”原来上官泰独生一女，宝贝异常，他的女儿上官纨的确是钟情杨芃，她母亲向她查问，她也曾含羞默认过的。只是杨芃的态度却是有点轻佻，上官纨也摸不透他是否真的是喜欢她。

杨钲笑道：“纨丫头长得如花似月，我只怕我家小子配不上你女儿呢!”

上官泰喜道：“这么说，你是有意和我亲上加亲了?”

杨钲道：“他们两小无猜，年貌也正相当，亲上加亲，实是最好不过。”说到此处，忽地叹了口气道：“唉，只是——可惜，可惜!”

上官泰怔了一怔，道：“可惜什么?”杨钲道：“可惜咱们没有早一点为儿女打算，现在议婚，已是迟了!”上官泰道：“此话怎说?”

杨钲叹了口气，缓缓说道：“这次我到了竺家，竺大哥也和我提起了儿女的婚事，像你一样，想与我亲上加亲，结成秦晋之好!”

上官泰道：“哦，原来他也想把他的女儿许给你那小子作媳妇。清华这丫头不是还很小吗?”

杨钲道：“小是小，但不算很小，今年十二岁了。比我的芃儿小三岁，竺大哥还说，丈夫应该比妻子大一点才好呢。但我知道我的芃儿只是把她当作小妹妹看待，他真正喜欢的只是你的纨丫头。”

上官泰道：“竺大哥怎的会突然想起要为他女儿定亲?早不说，迟不说，恰恰现在和你说?”

杨钲道：“三个月前，他女儿第一次单独出门，是偷偷离家的，你猜她是上哪儿?”

上官泰道：“是上你家找她的芃表哥吗?”

杨钲道：“是呀。她偷偷离家，来和我那小子玩了几天。她家里可闹得天翻地覆。除了她自己之外，家里的人都派出来找他那宝贝的女儿了。”

江海天听到这里，这才知道，原来那次碰到的和那小姑娘同在一起的青衣汉子，以及后来那一伙来寻觅他们的人，都是竺家的仆人。他们大举出动，在江湖上也闹得沸沸扬扬，却原来是为了这样一桩小事。

江海天心里想道：“这位竺老前辈宠爱他的女儿也未免太过了。但他的手下，对黑白两道全不卖账，他女儿吃了祁连三兽的亏，祁连三兽和朝廷鹰爪勾结，他的手下也就把朝廷鹰爪斩杀了一大批。从大处看来，这位竺老前辈，还是可以结纳的人物。”

杨钲接着说道：“我本来也把这丫头当作小孩子，她偷偷来我家玩，我也只看作是孩子的淘气，不知江湖凶险，胡乱行事。但竺大哥可不是这样想，——他女儿第一次离家，就来找我家的小子，这一件事提醒了他，他女儿已经渐渐长大了，除了父母之外，心中就只有一个表哥了。——因此，竺大哥才想到要与我联亲，早早为他女儿定下名分。”

上官泰道：“你答应了没有？”

杨钲苦笑道：“我能够拒绝竺大哥吗？他不是和我商量的，他是用命令的口吻叫我备办三书六礼的。”

上官泰呆了半晌，说道：“竺大哥也真是的，对亲家本是两厢情愿之事，岂能出以命令施行？唉，但既然如此，我也不愿与他争了！”

杨钲愤然说道：“是不是呢？你是第三者已经替我不平了！你想我怎能咽下这口气？莫说我家小子本来是喜欢你的女儿，就是没有这档事情，我也不能让我的芃儿受他们父女的欺负！”

上官泰道：“清华侄女还小着呢，看她性情，虽然骄纵，却还不似她爹爹的不可理喻。”

江海天暗暗好笑，上官泰本人就是个不大讲理的人，而这“不可理喻”四字却从他口中说出来，那么他这姓竺的襟兄，敢情真的是天地间最不讲理的人了？“或许是上官泰恼怒他的襟兄要抢他的爱婿，故意把那姓竺的说得过分了些吧？但他却也给那姓竺的女儿说好话，可见也还是个有几分公道的人。”江海天心想。

江海天听他们谈论的尽是儿女私事，本来不想再听下去。但他是躲在树上，上官泰与杨钲就在树下，此时他若溜走，却没把握令得他们毫无知觉。江海天转念一想，或许从他们的谈话中，也可以稍稍知道一点那姓竺的来历，就打消了溜走的念头。

只听得杨钲说道：“有其父必有其女，清华这丫头现在已然骄纵，焉知长大了不是和她父亲一般？古语有云，齐大非偶，即使我那芃小子受得了老婆之气，我也受不了亲家之气。”

上官泰不觉笑道：“事情都已经定了，你诉苦也没有用。”他这笑听来是对杨钲的嘲笑，实在也是自己的苦笑。

杨钲道：“不，我虽然不敢拒绝，但也没有答应。所以我才来与你商量的。”

上官泰诧道：“此话怎说？”

杨钲道：“我推说这件事情，总也得让我回家告诉芃儿的妈。反正他们年纪都小，也不必急在一时。”

上官泰道：“竺大哥怎么说？”

杨钲道：“他起初很不高兴，说我的浑家和他的浑家是姊妹，还会不同意吗？我说我习惯了事事和妻子商量，我也知道她决无异议，但先告诉她一声，让她也高兴高兴，再来备办三书六礼，不更好吗？竺大哥说不过我，只好依从我的意思。但他却又提出一事，要我约束我的儿子。嘿，嘿！这件事情和你们父女也有关系了！”

上官泰吓了一跳，道：“怎么扯到我的身上来了？”

杨钲道：“你的纨丫头和我的芃小子上个月不是结伴到过他家吗？我就是因为芃小子久不回家，才到他那里探望的。”

上官泰道：“哦，莫非是竺大哥因此犯了心病了？他们表姐弟、表兄妹从小就是喜欢在一处玩的，不过小时候是跟大人去，现在大了，不用大人陪伴而已。这也算不了什么一回事呀！难道咱们还讲究‘男女授受不亲’这一套吗？”

杨钲道：“是啊！可竺大哥不是这么想。正因为孩子大了，他既然有意将他女儿许配我家小子，可就不愿看到你的纨丫头也插在中间了。所以他要我约束芃儿，不许再与你的阿纨往来！他还要我告诉你，叫你也要管束管束你的女儿!”

上官泰最宠爱女儿，听了这话，不觉暗暗恼怒，说道：“我的女儿，不用别人来管。”

杨钲冷冷说道：“咱们和他是襟兄弟，他一向也是把咱们当作下属管束呢！他要你做什么，几时许可你道个‘不’字的?”

上官泰愤然道：“咱们的子女，他都要伸手来管，那也未免太欺负人了!”

杨钲道：“上官兄，只要你下得决心，咱们就结亲家，气一气他!”

上官泰默然不语，半晌说道：“那就是要与他公开决裂了!”

杨钲道：“不错。我就是要和你商量此事。咱们两人联手，以后再也不听他的话!”

上官泰道：“咱们联手，也未必就敌得过他!”

杨钲道：“至少也可以打个平手吧?”

上官泰道：“襟兄弟动起手来，这有什么好意思?”

杨钲道：“难道你就甘心一生受他欺负？还要连累咱们的儿女也受他欺负？本来是好好的一对，却要给他拆开?”

上官泰想起了女儿的终身幸福，似看见了女儿的满面泪容在他眼前摇晃，心道：“纨儿知道了此事，不知多难过呢!”他几乎就要冲口而出，答应与杨钲联手对付他们的襟兄了，但终于还是咬牙忍住，长长地叹了口气，没有说话。

杨钲冷笑道：“你还是害怕他!”

上官泰道：“不是怕他。唉，你不知道……总之我是不愿与他交手。”

江海天躲在树上，居高临下，看见上官泰说这几句话的时候，不但声调激动，神情也颇有几分异样。猜想他必是另有隐情，所以不论杨钲怎么游说，他都不愿意与襟兄交手。

杨钲哈哈一笑，说道：“我倒有个法子，不必咱们亲自出马，就可以将他除去，不知你可愿意促成此事?”

上官泰怔了一怔，半晌说道：“你，你是想借刀杀人?”

杨钲道：“不错。依我看来，当今天下，只有江海天可以与竺大哥匹敌。咱们想个法儿，令他们二虎相争，即使不能将他除去，至少也可以弄得他们两败俱伤！”

江海天听到这里，恍然大悟，心中想道：“怪不得这姓杨的向我泄漏他的襟兄的武功秘密。哼，他倒是打得如意算盘。且看上官泰如何回答？”

上官泰道：“什么法儿？想必你已是胸有成竹的了？”

杨钲阴恻恻地说道：“你是想竺大哥去找江海天拼命？还是想江海天去找竺大哥拼命？”

上官泰道：“要竺大哥找江海天拼命，须得如何？”

杨钲道：“那就要你受点委屈，你把自己弄伤，说是江海天将你打伤的。我给你作证明。我再教你一番说话，非挑拨得他与江海天拼命不可。你虽然身受一时之苦，但为了儿女，似乎也还值得。”

上官泰冷冷说道：“你倒真是把咱们竺大哥的脾气摸透了。尽管他对我严苛，倘若我真是受了外人之伤，他是非出头拼命不可的。嘿，嘿，你这条‘苦肉计’为什么不施之自己？”

杨钲道：“恰巧你有与丐帮这一段纠纷，江海天今日与仲长统上山，你也曾与仲长统动了手了。虽说江海天是给你们调解，但你不可以说成江海天暗算你吗？你有这段过节，这‘苦肉计’由你来唱，比我适合。”

上官泰冷笑道：“嘿，嘿！好，好一条苦肉计，亏你想得出来！”

杨钲瞧他神色不对，连忙说道：“我早说过，我有两个法子。这条苦肉计不过供你参酌而已。你不愿意，咱们另行商议。”

上官泰道：“另一条是要江海天去找竺大哥拼命了。人家是侠义道，你今日不是已试探过他的口风了？你想利用江大侠给你拼命，这不是痴心妄想么？”

杨钲哈哈笑道：“上官兄，你也未免太老实了！”

上官泰怔了一怔，道：“杨兄，此话怎说？”

杨钲打了一个哈哈，皮笑肉不笑地说道：“咱们说不动江海天，难道不会想个巧妙的法儿，叫他自动去找竺大哥拼命吗？”

上官泰道：“好，我倒要听听你这智多星有何妙计？”

杨钲道："江海天有个记名徒弟叫李光夏的，现在正在竺家，做竺清华的书童。江海天为了找回这个失落的徒儿，这几个月来，走遍了黄河南北！"

上官泰道："这些事情，我都已知道了。但这和你说的'妙计'，却有什么关连？"

杨钲阴恻恻地笑道："咱们的文章，就在江海天这徒弟身上来做。比如说，这姓李的小子，如果不明不白地在竺家死了，江海天能不去找姓竺的拼命吗？"

上官泰打了个寒噤，说道："你要害死这小孩子么？你不是说竺家父女，对李光夏很是宠爱，名虽书童，实际对他如同家人一般么？你若害死了这孩子，竺大哥岂能与你干休？"

杨钲笑道："我当然不会那么笨，亲自去杀害他。所以我才来和你商量，你不是知道有一种毒草，杀人不露痕迹的么？你采这毒草给我，化成粉剂，我有办法，借竺清华之手，将他毒死。连竺清华我都可以把她瞒过。"

江海天听得毛骨悚然，想不到杨钲竟是如此狠毒。他按不下心中怒火，正要下去斥破他的奸谋，但心念一转，却又暂且忍住，暗自想道："且看上官泰如何？"

心念未已，只听得上官泰发出一声冷笑，说道："杨大哥，你把小弟看作什么人了？"

杨钲呆了一呆，说道："量小非君子，无毒不丈夫。此事若成，至少可令他们两败俱伤，咱们的好处可就多了！一来可以免受竺家的欺凌，二来咱们的儿女可以结成美满姻缘，再也不用担忧别人阻挠；三来，嘿，嘿，天下去了两大高手，咱们两家联合起来，天下还有谁人能与咱们作对？"

话犹未了，上官泰已是大声喝道："住嘴！纵有一千样好处，我上官泰也绝不能做一个无耻小人！"

杨钲面上一阵青，一阵红，冷笑说道："上官兄，我是小人，你一向的行事，也不见得就是正人君子！"

上官泰勃然大怒，跳起来道："不是正人君子，做事也总还得有点良心！江海天于我有恩，你却要我恩将仇报，还要我去谋害一个无辜的孩子！哼，哼，你，你简直是——”

杨钲冷笑道：“你不肯依从，那也罢了。你我伤了和气不打紧，却何必令咱们的子女为难，难道他们日后就不再见面了吗？”

上官泰本来要骂杨钲禽兽不如，听他这么一说，蓦地想起了自己的女儿对杨芃是那样痴情，不由得心中难过，也就不对杨钲太过绝情了。当下，上官泰叹了口气，说道：“你回去吧。此事只当你没有说过，我也不会再提。儿女之事，听其自然。你答不答应竺家婚事，任随于你。但我可要劝你收拾起害人之心！”

杨钲灰溜溜地说道：“你甘心受竺大哥欺负，我自是不能勉强你。好吧，你赶我走我便走，只盼你不要后悔！”

杨钲站了起来，正要走路，上官泰忽道：“且慢！”

杨钲只道他回心转意，笑道：“你可是想清楚了？怎么，咱们再商量商量？”

上官泰深沉的目光盯着杨钲，缓缓说道：“只是为了儿女之事，你不会就向竺大哥下此毒手。你，你可是在竺家打听到什么秘密？你既是要与我商量，那就不必瞒我！”

要知上官泰虽然性情较为暴躁，但却绝非一个莽夫。他也有了五十岁开外的年纪了，人生经验积累甚深。所以稍微冷静之后，对杨钲的今晚之事，就不能不起了怀疑——何以杨钲对他们的襟兄如此深恶痛绝，似乎恨不得将他置之死地？

杨钲听了上官泰的这几句话，脸上也是倏然变色，但随即便哈哈笑道：“上官兄，你这样问我，看来你也是知道竺大哥秘密的了？”

上官泰知道杨钲是要套他的说话，心道：“我且先说三分真话，看他如何？”说道：“听说竺大哥是要开宗立派，你可是不愿受他差遣么？”

杨钲道：“你是只知其一，不知其二。他何只要开宗立派，他还要举事抗清！”

上官泰道：“哦，竺大哥当真有如此壮志雄心么？这可真是我始料所不及了！”

杨钲道：“就是呀！想咱们隐逸山林，何等自由自在？没来由

杨钲忽下毒手要杀他的襟弟上官泰。

却去蹚这趟浑水作甚？竺大哥也真是的，他本来也是与咱们一样，数代隐居山林，不问外事的。如今他已到了垂暮之年，却忽然动了争雄天下之心，你说这不是老糊涂了么？”

“他糊涂不打紧，咱们两家可要受连累了。竺大哥以为如今民变四起，可以乘机举事，他却不想想清廷百年基业，将广兵多，乌合之众，又焉能成事？咱们若是从他，事败之后，岂不是要惹个抄家灭族之祸？”

上官泰道：“哦，原来如此。但人各有志，你不愿从他，难道不可以各行其道么？”

杨钲道：“唉，你又不是不知道竺大哥的脾气，他这个人是决不听别人劝谏的。他一旦举事，咱们若不从他，他岂能让咱们置身事外？只怕稍有半个‘不’字，他就要先把咱们杀了！”

上官泰冷冷说道：“所以你要先下手为强，把他杀了？”

杨钲听得上官泰口气似乎有点不对，却还摸不准他心意如何，便句斟字酌地说道：“上官兄说得过甚了。小弟并非定要除他，只是，只是意欲消弭这场大祸而已。倘若能使到他与江海天两败俱伤，他武功既失，也就无能为力了。那时只有他要听命于你我，咱们却无须屈从他了。嘿嘿，这么一来，不但咱们可以结成儿女亲家，竺大哥也可以安度余年，免遭不测之祸。这不是两全其美吗？”

上官泰道：“好一个两全其美！这么说，你还是为竺大哥着想的了？”

杨钲道：“当然，当然。小弟这是权衡利害的做法。古语有云：两害相权取其轻。竺大哥与江海天虽然两败俱伤，但免去了竺大哥的一场灾祸，那还是值得的呀！何况咱们也可以连带得到好处呢。”

上官泰忽地冷笑道：“恐怕还有一样好处，你未曾说出吧？”

杨钲面色倏变，道：“上官兄，你这话是什么意思？”

上官泰峭声说道：“你得了朝廷什么好处，要为朝廷设计除他？”

杨钲板起面孔，叫起撞天屈道：“你这是从哪里说起？哼，哼，上官泰，你又把我杨某当做什么人了？”

上官泰毕竟还是有几分忠厚，见他说得如此认真，不觉有点怀疑自己的想法，于是说道：“没有就好。不过，杨兄，你莫怪小弟将你误会，小弟倒是有几句话想劝一劝你……”

话犹未了，杨钲突然趁他的精神戒备稍微轻松之际，出手如电，一掌就向他胸膛拍下！

杨钲武功本来比上官泰高强，这一掌又是出其不意，上官泰焉能躲避得开？只听“蓬”的一声，这一掌已是结结实实地打在上官泰身上。

可是就在这一瞬间，上官泰忽地感到另一股劲力推来，将他推得身躯倾侧，转了半圈；与此同时，杨钲也感到了劲风劈面扫来！

原来是江海天从树上跳下，左掌对着上官泰，右掌对着杨钲，同时发出了两股掌力！

两股掌力同时发出，但巧妙却又各自不同。他左掌发出的掌力，用的乃是一股巧劲，把上官泰身子推开，对他身体并无伤害；右掌发出的却是金刚掌力，对杨钲猛下杀手的！

可惜江海天虽然早有警惕，却还未能料到杨钲会向他的连襟突然间便施毒手，因此未能事先防范，到他出手之后，这才跳下救人、攻敌，已经是稍迟半刻了。

高手比斗，只争毫厘，片刻之差，已给杨钲躲过了杀身之祸。杨钲虽然比不上江海天，也是一等一的武林高手，一见有人跳下，立即倒纵出一丈开外，同时双掌齐发，抵消了江海天那一记劈空掌力。

上官泰得江海天的掌力一推，身躯倾侧，这才没有给杨钲打中要害，但背脊还是着了一掌。身子滴溜溜地转了一圈，终于还是“哇”的一口鲜血吐了出来，“卜通”倒地。但这已是不幸中之大幸，要是这一掌给杨钲打中胸口，他焉能还有命在？

那一边，杨钲虽然免了杀身之祸，但也吃足了苦头。江海天的金刚掌力有两重力道，杨钲退出一丈开外，双掌对单掌，消解了江海天的第一重力道之后，正自松了口气，却不料第二重力道又突如其来，杨钲禁受不起，也是“哇”的一声，一口鲜血吐了出来，连忙骨碌碌的和衣滚下山坡。但这对他而言，也已是不幸中之大幸。

倘若江海天出手早个片刻，占得先发制人之利，而又无须分出掌力去救上官泰的话，则这一掌也早就要了他的性命了。如今虽然打得他口吐鲜血，受伤却还不算很重，他滚下山坡，提了口气，居然还能施展轻功逃跑。

江海天不知道上官泰伤得如何，不敢去追赶杨钲，先把上官泰扶起，察看他的伤势。

上官泰苦笑道："想不到这厮居然如此狠毒，丝毫不顾亲戚情谊。江大侠，多谢你又救了我一次性命了。只可惜我不能亲报这一掌之仇！"

江海天摸了他的脉息，知道他受伤不重，这才放下了心。说道："我那一掌也够他受的了。他逃回去最少要养伤一个月。"

上官泰抹干嘴角的血迹，吞下一颗丸药，说道："江大侠，我求你一件事情。"

江海天道："前辈请说。"上官泰道："杨钲这厮，既受了伤，又已跑了。刚才之事，请江大侠不要张扬出去。"

江海天知道上官泰不愿意让女儿知道，免得令她伤心；同时他也许还希望杨钲有悔改之日，倘若张扬出去，传到他们那位"竺大哥"耳中，杨钲只怕难保性命。江海天宽厚为怀，当下一口应承，说道："我决不令前辈为难便是。但我也有一事，想要请问前辈……"

上官泰道："可是关于我那位襟兄竺大哥的事情么？"

江海天道："正是。实不相瞒，我与江湖上反清的义士，颇多相识。那位竺老前辈，若然也有意举事，那正是志同道合了。我意欲先去拜访他。"

上官泰沉吟半晌，说道："我那位竺大哥或有举事之意，但也不会这样快，我看至少也恐怕要等到他开宗立派之后。竺大哥脾气古怪，他图谋之事决不愿外人得知，除非他已经与你结为知己，亲自告诉你。因此，我希望江大侠不必急着要去会他，还是等他来找你的好。"

江海天听他语气，似乎有许多顾忌，他就不便多说什么，但李光夏的安全他却不能不顾的，于是说道："既然如此，我不去也罢。

不过，小徒现在竺家，杨钲既然起了害他之心，这可不能不防。”

上官泰道：“这个易办，我派一个人去告诉竺大哥，叫他小心防范便是。杨钲受了伤，料想他不能赶在我的前头，跑到竺家谋害令徒。而且我料他也未必敢再上竺家之门呢。”

江海天听他说得有理，心想照这样办，李光夏当可无忧。而且邛山派既有要事催他回去，他也急于回家帮忙妻子，权衡轻重，去接李光夏之事只好暂且搁在后头了。

上官泰受伤不重，服了止血疗伤的丸药之后，气力渐渐恢复，他看了一下天色，笑道：“天都快要亮了，咱们也该回去啦。要是给纨儿知觉，家里的人可就要惊慌了。”

江海天本来想拉他一把，但见他轻功虽然稍减，步履仍是安详，比常人也还快速得多，心中也暗暗佩服他功力不凡。

两人回到家中，分头进去。江海天回到自己房中，眼光一瞥，只见床上无人，林道轩已不见了。

江海天吃了一惊，连忙出来寻找，刚到后园，便见一条黑影向他走来。

江海天凝神一瞧，认出了是仲长统，忙用“天遁传音”说道：“是我。”仲长统放下了心上的石头，走过来悄声说道：“出了什么事情?”江海天道：“没什么。只是上官山主把那姓杨的赶跑了。离山之后，咱们路上再说吧。轩儿呢，你可见着?”江海天曾答应了上官泰的要求，是以不愿在他家中张扬此事。两人都是小声说话，免得惊动了上官泰的家人。

仲长统知道事有蹊跷，但听说杨钲已经离开，他对上官泰倒是信得过的，所以也就不必急于知道了。当下微笑说道：“轩儿与他的小友躲在那边假山石下，这两个孩子倒似乎很投合呢!”江海天诧道：“他哪里来的小友?”随即恍然大悟，说道：“是上官泰的女儿?”仲长统点了点头，说道：“不错。”

原来林道轩半夜醒来，不见了江海天，甚为惊异，遂出来寻找。恰巧上官纨也因为不见了父亲，出来寻找。两人在后园碰上，彼此一说，上官纨说道：“一定是他们有什么事情商量，要避开咱们。咱们反正也起来了，就在这园子里等他们回来吧。”

上官纨比林道轩大三岁，自以为已懂得大人的事情。林道轩年纪虽比她小，可是江湖经验却比她多，倒是想到了可能有什么意外。但他深信师父的本领可以对付任何事情，一想倘有意外，自己也帮不上忙。他对上官纨颇有好感，也就愿意陪她。他只是个十二三岁的小孩子，心目中根本就没有男女之嫌。

仲长统在林道轩出房的时候，已经察觉，也随着出来。他不担心江海天，却担心林道轩遇上意外，因此在暗中保护。因为事情真相未明，而林道轩又是与上官纨一起，所以他也不愿声张，怕惹得上官泰的家人大惊小怪。

江海天笑道："好，那就让他们谈个尽兴吧。"他内功已到炉火纯青之境，视觉听觉都异于常人，两个小孩子在那边假山石下小声说话，仲长统听不见，他却是无须走近，一静下来，便隐隐听到他们的声音了。

只听得上官纨说道："可惜你只能明天再留一天，不能陪我多玩。好，我明天一定要令你玩得高兴，这山上有许多美丽的花儿，我带你去摘采野花，我给你编个花环。"两个孩子说来说去都是玩的事情，江海天听了暗暗好笑，心道："上官纨在山上没有年龄相当的小朋友陪她玩，杨芃大约也是一年只来那么一两次，怪不得她感到寂寞了。"

想到了杨钲父子，江海天又不禁为上官纨感到难过，心道："这小姑娘性情率真，比杨芃可爱多了。只可惜她情窦初开，心中便先有了杨芃一个影子。"

林道轩和上官纨谈得投机，手舞足蹈地说道："好，你给我编花环，我给你上树捉鸟。我最喜欢爬树啦，新近我又学会了一套名叫'蹑云步'的轻功，用来爬树，那真是最好不过。嗯，'蹑云步'根本就不必用手抓着树枝，就那么踏着树干走上去就行啦。"

上官纨道："那就不能叫做'爬树'啦！"林道轩道："谁说不是呢？这套轻功就是如此奇妙！"上官纨道："你双手不抓着实物，脚步如何能在笔直的树干上站得稳？"林道轩道："你不信，我明天演给你看。"上官纨大是羡慕，说道："你真是幸运，有这么好的师父，学会了这么奇妙的轻功。"

林道轩笑道："'蹑云步'算得了什么，还有一套步法叫'天罗步'的，更奇妙呢。学会了这套步法，多强的敌人也打不着你。不过这是在平地上使用的。"上官纨道："真的，真的?"林道轩说了这两样奇妙的轻功步法，听得她心痒难熬，又惊又喜。

江海天暗暗好笑："这孩子刚学会了几样本门武功，就当作宝贝一般在人前卖弄了。不过，他也还有分寸，没有将练功的秘诀说与外人。"

林道轩道："当日，我师父本来要教你和杨芃儿手本事的，可惜你们却不肯学。"上官纨道："这都是我杨表弟目中无人的缘故。其实那时我已经看出你的师父乃是异人了。"

说了一会，这两人的声音忽然听不见了。又过一会，才听得上官纨"吃吃"的笑声，跟着林道轩也笑起来。但林道轩的笑声却似乎有点勉强，是为了上官纨笑了他才笑的。

江海天有点奇怪，心道："这两个孩子也有什么私话儿要在耳边悄悄地说?"要知他们倘若不是在耳边私语，江海天一定会听到他们是说些什么。

就在这时，忽听得上官泰的声音叫道："纨儿，纨儿!"原来他也出来找寻上官纨了。

上官纨道："爹，我在这儿。还有林家弟弟。"从假山石后走了出来。上官泰怔了一怔，道："你们怎的三更半夜躲在这儿?"上官纨道："我们都是出来找你的呀，你是不是和江大侠到外面去了?"

上官泰哈哈笑道："好精灵的丫头，一猜便着。不错，我是和江大侠一道，送你二姨父回去。"上官纨怔了一怔，说道："怎么二姨父连夜回家? 出了什么事情了?"上官泰道："没什么。你二姨父是个急性子的人，他突然心血来潮，想起了你的表弟，怕他一个人在家中闹事，就赶回去了。"上官纨道："那也用不着半夜三更走呀?"上官泰道："是呀! 我也是这么说。但你二姨父的脾气是想起了什么事情马上就要做的，他出来找他儿子，离家日久，急着回去，我也留他不住。"

与上官泰有来往的几个亲友，都是带有几分怪癖的，说来便来，说去便去，上官纨从小见惯了这些人的行径，因此对她二姨父的半夜离去，倒也不怎么怀疑。当下问道："二姨父可说什么时候再来么？"

上官泰笑道："你也惦记着你的芃表弟是不是？二姨父说不久就会再来看你的。"他对女儿说了谎话，心中很是抱愧，但因不想女儿难过，却是不得不然。

江海天悄声说道："咱们可以回去了。"仲长统也不愿在此露面，于是两人各自悄悄回房。

上官泰不想再提杨钲父子，扭转话题说道："你和林家弟弟玩得很高兴呀，你们大声笑、小声讲，说些什么？"

上官纨笑道："林家弟弟说要教我上树。我答应给他编个花环。他跟江大侠新近学会了一种轻功，双手不抓树枝，就可以走上树顶的呢，你说奇不奇妙？"上官泰笑道："好啦，那你们就该赶快回房间去再睡一觉了，否则明天你们哪里来的精神切磋武功？"

江海天回到房间不久，林道轩也回来了。江海天佯作不知，道："你到哪儿去了？"林道轩道："我出去找你呢。恰巧碰上了上官姑娘。师父，我——"江海天道："你怎么？说吧。"

林道轩道："不是我的事情。是上官姑娘想求你一件事情，她不敢和你说。"江海天微笑道："什么事情呀？"林道轩道："她想你教她一样功夫。"江海天笑道："我本来答应过教她的呀，怎的不敢和我说？"林道轩道："她想学的是一种特别的功夫。不是任从你教她什么就学什么。"

江海天诧道："哦，她要学的什么特别功夫？"林道轩道："她要学一种能够制伏杨芃的武功。她说你已经和杨芃的父亲交过手，一定知道杨家武功的奥妙了。她就要学会能够破杨家武功的武功！"正是：

可怜小儿女，心事费疑猜。

欲知后事如何？请听下回分解。

第二十一回　欲制玉郎求绝技　不知乳燕入谁家

江海天有点奇怪，笑道：“她为什么想学克制杨家的武功？”林道轩道：“就是为了要制伏杨芃呀。她说她若胜过了杨芃，杨芃就不敢不听她的话了。看来她对杨芃很好，杨芃却是常常欺负她的。”

江海天笑道：“她对你这样说吗？”林道轩道：“她不说我也知道。她老是提起姓杨这小子，我还不知道她是喜欢他吗？”江海天不禁又笑了起来，说道：“她喜欢杨芃，你可就不喜欢了。”

林道轩年纪虽小，也听得出师父是取笑他，忸怩说道：“我才不管她的事呢。只是这姓杨的小子盛气凌人，我却的确是有点讨厌他。”江海天心里想道：“轩儿和她很合得来，只可惜比她小了三岁，要不然倒是一对。”

林道轩道：“师父，你教她还是不教？她不好意思向你开口，这才叫我代为恳求的。”江海天笑道：“我本来许下允诺，可以为她做一件事情的。好吧，我如她心愿便是。”

林道轩道：“她也曾说过这桩事情，所以才敢要我代为求你的。但她还有一样请求。”江海天道：“还有什么？”林道轩道：“她向你偷学武功之事，不想让她父亲知道。你可以给她保守秘密么？”

江海天笑道：“这小姑娘心眼儿真多。我给她保守秘密不难。但要瞒住她的父亲教她武功，这却不容易了。我是大人，不能像你们孩子一样，可以随便找个借口，带她出去玩个一天半日的呀。她为什么要瞒住父亲？”林道轩道：“我没问她，我不知道。师父，你想个法子吧。”

江海天道："你这两个小鬼头要我串通作弊么？"林道轩道："师父，这是你答应了人家的。"江海天忽地笑道："有了，有了。"林道轩道："怎么？"江海天道："你也答应了她，明天陪她玩的，是不是？"林道轩道："嗯，我和她说的话，你都听见了？但你答应教她武功，我不和她玩也不打紧。"

江海天道："不，你还是陪她去玩，由你教她武功。"林道轩道："我，我怎会教她？"江海天道："我教会了你，你便能教她了。蹑云步和天罗步，这两种轻功步法，你是练得很熟的了。还有一种'一指禅功'，我将秘诀传你，你去教她，以后她就可以自己练了。她内功根底比你好，秘诀一知，学起来会比你还快的。有了这三种功夫，要对付杨芃，已是绰绰有余。"

林道轩大为欢喜，说道："我曾和她说过那两种步法，她羡慕得不得了。如今你准我教她，她一定是非常高兴的了。"

江海天笑道："你高不高兴？"林道轩道："我，我不知道。"这问题他的确是难以答复，他心里在想："上官姐姐希望获得的武功，学到了手，我应该替她高兴；可是，她学这武功是为了能够制伏杨芃；而她想要制伏杨芃，又是因为她喜欢他！哼，这小子自高自大，令人一见就生憎厌，不知何以他却偏偏讨得上官姐姐的喜欢？"

林道轩只是个十二三岁的孩子，根本还未懂得什么男女私情，但凭着他纯真的孩子的感情，他却是不愿意上官纨与杨芃同在一起，不喜欢上官纨对杨芃的"喜欢"。这也许说不上是"妒忌"，但至少是一种"惋惜"。惋惜一个"好姑娘"竟会喜欢一个"坏小子"。他知道上官纨学成了武功之后，杨芃就要"听她的话"，反过来说，也就是上官纨以后和杨芃会更亲密了。那么，她学这武功，是"好"呢？还是"不好"呢？是应该为她"高兴"呢？还是应该为她"伤心"呢？他答不出来！在他幼稚的心灵，只是感到迷茫。

江海天却想不到这孩子有这么多心事，笑了一笑，就把"一指禅功"的秘诀传授给他。功夫深奥，秘诀却很简单，内功有了根底而天资又很聪颖的人，自能心领神会。林道轩不用半个时辰，已是牢牢记住。天将五鼓，林道轩不再睡觉，跟师父做了一会吐纳功夫，精神恢复，天也亮了。

第二天早点过后，上官泰便依前约，招集家丁，亲自率领，替仲长统采集配制金创药的药草。江海天与仲长统过意不去，当然是和他们同行。林道轩则是一早便与上官纨去“玩”去了。

上官泰不提宵来之事，他有二十余年未下过山，江湖上的事情极为隔膜，很有兴趣听仲长统谈论江湖之事。他也与江海天切磋了一些武学上的问题。只是话题稍有涉及他的武功渊源、身世来历等等，他就避开不谈。至于他那位姓竺的大襟兄，他更是一句话也没有提及。

到得傍晚时分，采集的药草已是足够有余。仲长统十分感谢。上官泰道：“好，咱们再打几样野味，就可以回家啦。”

这时上官泰才忽地想到了女儿，说道：“我这丫头真是不懂规矩，只顾自己去玩，也不来帮手。”才叫了一声“纨儿”，江海天便道：“孩子们玩得高兴，就由得他们吧。”上官泰哈哈一笑，说道：“江大侠，看来你宠爱你的徒弟，还更甚于我对我的女儿呢！”

上官泰看看天色，说道：“还是找她回来吧。”正要吩咐家丁分头去找女儿，只听得上官纨的声音已在远远应道：“爹爹，女儿来啦！”

过了一会，上官纨与林道轩手拉着手，已走到他们面前。上官泰好生怜惜，说道：“纨儿，你知道回来就行了，也用不着跑这么快的，你累了吧？先歇歇再说话。”

以上官纨平日的轻功本事，在这么短的时间内跑这一段路程，本来是应该喘不过气来的。所以上官泰自然而然的便这么说了。

岂知上官纨学会了蹑云步与天罗步法，禁不住拿来一试，果然一试便灵，丝毫也不费力便跑来了。她是在看见了父亲之后，才藏起新学会的轻功，改换步法的。

上官纨笑嘻嘻道：“不累。不，只是有一点点累，不要紧的。”她心思灵敏，一说出了“不累”之后，立时省觉，怕给她父亲看出破绽，随即改口。又故意喘了喘气。上官泰只道是女儿好胜，并不怎么在意。

只见林道轩颈上套着个花环，上官纨手中则捉着两只小鸟，翡翠似的羽毛，十分美丽。上官泰笑道：“你们真贪玩，这两只小鸟，羽毛未丰，是从它的窝里掏出来的吧？”那管家道：“小姐真好本事，这两只珍奇的小鸟，我们平时常在山上走，也很少见到的，却给小姐捉来了。”

上官纨道：“是林家小弟给我上树捉下来的，它们是还不怎么会飞。刚一展翅便给林弟弟捉到手了。”

林道轩怔了一怔，道：“不，这不是你——”上官纨笑道：“不错，这是我叫你捉的。你上树本领好，却不肯留心注意，不是我指给你看，几乎就要错过了。”

林道轩怔了一怔之后，也就明白了她要对父亲隐瞒，笑道：“你是在山里长大的，当然知道什么树上有鸟儿了。我可真是没有这门学问。”

江海天心里明白，这是上官纨试用她新学会的功夫，上树捉下来的。心道：“这小姑娘果然聪明绝顶，那两种轻功步法，她已是一学便会。以她这样聪明，那‘一指禅功’，看来她也用不上一年便可应用了。”

这一天大家都很高兴，回家路上，上官泰不住口地夸赞林道轩年纪轻轻，这么了得。

一宿无话，第二日一早，江海天师徒与丐帮诸人，便向上官泰告辞了。上官泰父女送客人下了天笔峰，这才依依不舍告别。

仲长统笑道：“这次上山，倒成全了轩儿交上了一位好朋友了。你瞧，他和上官姑娘可真是难舍难分呢！嘿，嘿，老叫化最是爱管闲事，只可惜你年纪还小，待你长大了再说吧。”

林道轩正自目送上官纨上山的背影，直到看不见了，才回过头来，说道：“仲公公，你也交上了一位好朋友啊。前天你和上官山主打得那样凶，刚才不也是难舍难分吗？”

仲长统掀须笑道：“我们交的朋友和你可不一样。不过，你也说得对，我和上官泰确也算得是不打不成相识了。这人尽管行事古怪，性情却还有几分爽直，比起杨钲，那要好得多了。嗯，说起杨钲，我可要问你了，前晚是怎么一回事情？上官泰干嘛把杨钲赶出他家？”

江海天笑道：“现在说已无妨。”当下，把他前晚的所见所闻，都告诉了仲长统。

仲长统道：“果然不出我之所料，照这么说来，那杨钲一定是和朝廷有勾搭的了。可惜你那一掌打得太轻。”

林道轩在旁边听了，心里更是暗暗为上官纨感到不值。冲口便道：“杨芃的父亲是这么样一个坏人，上官姐姐若是嫁到他家，这可不是往火坑里跳吗？”他虽然还不大懂男婚女嫁是怎么一回事情，但女子“出嫁从夫”这句话他却是自小就听过的。妻子总是要和丈夫同在一起，这个他也是知道的。

仲长统哈哈大笑，但看了他一脸担忧的神气，倒是不忍再取笑他。于是说道：“轩儿，你倒不用替她担心。他们的父亲已经闹翻，上官泰这老儿怎会让女儿嫁到杨家？”

江海天道：“李文成的儿子，如今已知确在竺家。他们那姓竺的襟兄，据说也想起事反清，却不知何以不肯与江湖同道结纳？你们丐帮耳目众多，不妨打听打听这一个人。”

仲长统道：“我会给你留心打听的。目下清廷正要对付丐帮和邙山派。我得赶回帮中料理一些事情，还要赶制金创药送给郭泗湖这支义军。待这些事情办妥，我再到邙山会你。”他们是一个向南，一个向北。下山之后，便即分手。

江海天离家已有半年了，半年的奔波，虽然没有找到李光夏，毕竟也得了他确实的消息，可以放下几分心事。目前唯一不能令他放心的，就只是叶凌风了。

江海天只知道叶凌风在曲沃遭遇意外，但直到现在还没有得到他的确实消息，不知他下落如何，心中总是难免不安。

江海天在为叶凌风担着心事，却不知叶凌风早已回到他的家中了。

叶凌风是那天在曲沃摆脱了风从龙之后，便即快马加鞭，兼程赶回江家的。

他虽然摆脱了风从龙，但却摆脱不了风从龙播在他心上的阴影。那一晚的遭遇实在太可怕了，简直像是一场恶梦。恶梦还有醒来的时候，醒了就可以忘了。但风从龙给他的威胁，却似冤魂不散的永远缠绕着他。

风从龙是他父亲——陕甘总督的护院，而实际的身份又是朝廷的暗探，派去监视他的父亲的。风从龙对他的底细知道得一清二楚，这还不止，而且风从龙还拿着了他的两个把柄。

叶凌风悔不该：一、冒充了别人的身份，假作谷中莲的侄儿；二、在被清廷鹰犬追捕的时候，对同行的伙伴尉迟炯下了毒手。为了要摆脱这个他一向抱着恶感的大盗，他把受了伤的尉迟炯推跌地上，让鹰爪将尉迟炯抓去，而他则弃友私逃。

岂知摆脱了尉迟炯，却遇上了风从龙。两个把柄捏在风从龙手上，迫他就范，使得他毫无办法，只好订城下之盟。

风从龙要他在江家“卧底”，要他随时报告与江海天有往来的义军领袖的消息。倘若叶凌风胆敢有所隐瞒，给他查知，他就要将叶凌风的来历，将叶凌风所做过的亏心事，全都抖露出来，让江海天亲自杀他！

叶凌风不愿意这样做，但他却又不能一走了之。他舍不得不做江海天的掌门弟子，更舍不得他那雪肤花貌、冰雪聪明的师妹——江晓芙。

没办法中他想到一个办法，赶回江家，尽快获得江晓芙的芳心。倘若他以掌门弟子的身份又再变成了江海天的女婿，则将来万一事情发作，或许还可以得到师父的手下留情。至于如何应付风从龙的威胁，那只有见一步，行一步了。

叶凌风就是如此这般，怀着恐惧，也怀着希望，快马加鞭，赶回江家。

白龙驹日行千里，不过十天工夫，他就从山西的曲沃，回到了山东东平县的杨家庄——他师父的家乡了。越行越近，他的一颗心也是越来越跳动得激烈。

师妹的影子在他眼前摇晃，蓦地，那张秀丽的面孔变成了个浓眉大眼的少年，那是宇文雄。叶凌风“哼”了一声，把手一挥，似是想把宇文雄的影子驱走。这下意识的举动，却使他清醒过来，宇文雄的影子和师妹的影子都在他眼前消失了。

叶凌风患得患失，忐忑不安，心中想道：“这半年来，宇文雄朝夕陪伴着她，他们是曾经共过一场患难的，再经过这半年的相处，哎呀，不要，不要——”他不敢朝着这个方向想下去了。

“好在师母已认定了我是她的侄儿。师母是有意将师妹许给我的。我只要讨得师母的欢心，怕什么宇文雄从中作梗?”“这小子有哪点比得上我，论聪明，论相貌，论文学，论武功，我那样不比他高强？他不过占着‘近水楼台’的便宜罢了，我一回来，还怕师妹不回心向我?”叶凌风一想到自己“有利”的条件，先前不快之感一扫而空，又欢欢喜喜，充满信心。

正自患得患失，一会儿忧虑，一会儿欢喜之际，忽听得有一阵熟悉的笑声，隐隐传来。叶凌风怔了一怔，赶忙定下心神，原来已到了师父门前那个山坡了。

江海天住的是从前“铁掌神弹”杨仲英的那间老屋，倚山修建，面临东平湖，屋前面建有一座平台，四围花草树木，把十几间房子和那座平台围在当中。叶凌风还看不见师妹的影子，却已听出是她的笑声。这笑声是从平台上传出来的。

叶凌风大为欢喜，连忙下马，正要出声呼唤。忽听得师妹朗声说道:“大漠孤烟直，长河落日圆。”叶凌风好生奇怪，心道:“师妹真好兴致，跑上平台念起古诗来了。却怎的不似念诗的腔调?”

心念未已，只听得江晓芙的声音又格格笑道:“大漠孤烟直这一招倒是使得对了。长河落日圆么，嘿嘿，你划的这道圈圈只是像个鸭蛋，哪里圆了？你瞧我的!”随即听得“铮，铮”两声，似是双剑相交，其中一口剑给荡了开去。宇文雄叹道:“师妹，你真行，我练了半天，这一招老是不能中规中矩。唉，我真是笨得可以。”江晓芙笑道:“不，你不过还未摸到其中诀窍而已。从前我练这招还练了三天才学会呢!”叶凌风这才知道，原来是江晓芙与宇文雄二人，在这平台上练习剑术。

原来经过半年的调治，江晓芙的伤早已完全好了。宇文雄的伤比她重，外伤好了，内伤还有少许未曾痊愈。江海天临走的时候，叫妻子教他“大须弥剑式”，可以有助于他治疗内伤，恢复功力。如今他和江晓芙就正是在练这套剑术。

叶凌风又羡又妒，只觉得心底辛酸，口中苦涩，满不是味儿。

“师妹”二字，在舌尖打滚，竟是叫不出来！

他叫不出来，他这匹坐骑却先叫起来了。这匹白龙驹本来是江晓芙往常乘坐的，此时听得旧主人的声音，欢喜得扬鬃振蹄，跳跃嘶鸣。

江晓芙道：“咦，好像是白龙驹回来了？”拨开繁枝密叶，探出头来，吹了一个口哨。

叶凌风已经下了马，那匹马听得主人呼唤，飞奔上山。到了此时，叶凌风也只好强自定下心神，跟着白龙驹飞跑上去，大声叫道：“不错，是我乘白龙驹回来了！”

江晓芙日夕盼望她父亲回来，突然听到了叶凌风的声音，这一喜当真是非同小可。一面上前迎接，一面叫道：“妈，大师哥回来啦！” “咦，爹爹呢？怎么只是你一个人？是爹爹叫你先回来的吗？”

叶凌风道：“说来话长，待见了姑姑，再仔细谈吧。表妹，你们倒是很用功啊。这套大须弥剑式，师父在路上曾把剑诀传授与我，我也还未曾练过呢。”

江晓芙记挂着父亲，哪有心情与他闲谈，随口敷衍道：“是吗？那么，咱们以后一同练好了。”

宇文雄哪想得到叶凌风对他心怀妒意，他内伤还有少许未愈，走得稍慢，跟在江晓芙后面，也是欢天喜地地上来迎接师兄。

宇文雄道：“大师哥，你回来了。我们这几天都在谈着你们呢。师母盼望你们，可真是望眼欲穿了。”

叶凌风城府极深，心里恨不得捏死宇文雄，脸上却是一副亲亲热热，高兴非常的样子，说道：“师弟，恭喜，恭喜。你的伤已经好了，武功也大大长进啦。为兄的这半年来跟着师父，一路奔波，功夫可是搁下来了。”口里说着话，手却伸了出去，与宇文雄相握。

宇文雄丝毫也没提防，欢欢喜喜地握着师兄的手，摇了一摇。忽觉一股劲力猛的推挤过来，宇文雄吃了一惊，本能地生出反应。他的内功基础本是在叶凌风之上，但因内伤未愈，减了几分；而叶凌风这半年来却是功力大增。此消彼长，双手一握，强弱立判，宇文雄不禁“哎哟”一声，叫了出来。

江晓芙惊道："大师哥，你这是怎么了？二师哥的伤还未愈呢！"

江晓芙惊道："大师哥，你这是怎么？二师哥伤还未愈呢！"叶凌风这才装出惶恐的神气，放开了手。

宇文雄苦笑道："大师哥，好功夫。"叶凌风惶然说道："我只道你的伤都已经好了，想试试你这半年来功力增进如何。这都怪为兄的鲁莽，没弄伤你吧？"

师兄弟多时未见，叶凌风以掌门师兄的身份，试一试师弟的功夫，这也是事属寻常。不过，他们二人的情形，又与一般的师兄弟不同。叶凌风拜师之后，在江家不过几天，就跟师父出门了；而宇文雄则更是在路上定下了师徒名分，之后就与师父师兄分手，独自跟师母回家养伤的。所以他们虽然份属同门，其实相处还不到半日，说起来和陌生人也差不多。而一般的师兄弟互试功夫，则总是在十分稔熟之后的。

但宇文雄是个胸襟坦荡的人，却想不到叶凌风竟是心怀叵测。何况叶凌风一见面的时候，就先说了"恭喜"他健康恢复，武功大进之类的说话，他只道师兄是真的出于善意，试他武功。连江晓芙那样聪明的人，也只是觉得大师哥有点"鲁莽"而已，不疑有他。

江晓芙并不怪责叶凌风，但对宇文雄却是十分怜惜，连忙去给他揉搓关节，推血过宫，低声问道："还痛不痛？好在你没有受伤，我这才放了心了。"她这番殷勤呵护，倒弄得宇文雄很是不好意思，红着脸道："不痛了。师妹，多谢你啦。"甩开了江晓芙的手，上去与叶凌风搭讪，问他别后的情形。

叶凌风看了他们亲热的情形，心中是又妒又恨，又怀着几分恐惧。原来他与宇文雄握手之后，受了宇文雄反震之力，虎口也感到一阵酸麻，心里想道："他伤还未愈，居然也足以与我抗衡。伤好之后，那不是胜于我了？这半年来，他占着近水楼台之利，师妹不知已教了他多少江家的秘传武功了？"

其实宇文雄这半年来所学的武功远不及他多，他一套大须弥剑式还未学得齐全；而江海天在一路之上，则已经把内功心法、拳经、剑诀，差不多都口授与叶凌风了。但叶凌风却不知足，总是疑神疑鬼，妒忌着宇文雄。

叶凌风心里又想："师妹如今眼中只有这小子，哼，无论如何总得想个法子拆散他们才好。"他心怀叵测，神色却是丝毫不露，对宇文雄又是抱歉，又是问好，亲热非常。

刚搭讪得几句，谷中莲已是匆匆赶来。

谷中莲远远的叫道："好侄儿，你回来了？你们一去就是半年有多，我成天担着心事，生怕你们遇了意外呢！你姑父呢？他又在哪儿耽搁了？"江海天知交遍天下，谷中莲只道江海天是给哪位好友留住，叫叶凌风先回来报讯的。叶凌风本事低微，都已经平安归来了，她怎么想得到江海天会出事情。

叶凌风一听这个口气，谷中莲仍是把他当作了至亲骨肉看待，心中不由得暗暗欢喜，想道："师母总是向着我的，我怕这小子何来？"他有心讨好谷中莲，谷中莲一到，他立即跪倒，咚、咚、咚的叩了三个响头，说道："姑姑，劳你挂念，心实不安。侄儿回来向你请罪啦！"

谷中莲将叶凌风扶了起来，笑着对女儿说道："你瞧，你表哥多懂礼仪，哪像你这么野？以后你多跟你表哥学点规矩。"

谷中莲道："风侄，你还未说到你姑父呢。他怎么了？"

叶凌风道："姑父可能碰上了一点麻烦，侄儿本领低微，不能去探听他的下落，因此特地回来报讯，向姑姑请罪。"

谷中莲吃了一惊，说道："什么，你和你姑父不是同在一起的吗？出了什么事情？"

叶凌风道："半年经过，说来话长，待回家侄儿向你仔细禀告。师父武功盖世，料想纵有意外，亦可无忧。"

谷中莲心急如焚，三步并作两步，回到家中，就叫叶凌风细说。

叶凌风将一路之上，碰见"祁连三兽"，碰见程百岳，打听到天理教教主林清的消息，以及后来江海天独自一人赶往米脂藏龙堡报讯等等事情，一五一十的都如实说了。然后叹口气道："师父得知大内众多高手，要前往藏龙堡逮捕林清，而我们的两匹坐骑又伤还未愈，师父他不肯听我劝阻，无论如何也要独自赶往米脂救出林清。他嫌我跑路跟不上他，叫我留在一个名叫曲沃的小县城等候他。”

谷中莲说道：“你师父就是这个急公好义的脾气。他去搭救林清，这是应该的。莫说是你，就是我在他的身边，也难以将他劝阻。后来怎样？是不是他一去就不回来了？”

叶凌风道：“师父与我相约，十天为期，回到曲沃。我等到第十一天，未见师父回来，当晚就出了一件意外之事！”

谷中莲道：“想必你是遇上了朝廷的鹰爪了？这种人都是欺软怕硬的，见你孤单一人，就来欺负你了。”

叶凌风道：“一点不错，姑姑你真是料事如神！”其实谷中莲至多只能说是猜中了一半，那晚的“鹰爪孙”是由于追捕尉迟炯，经过曲沃，叶凌风凑巧碰上的。

叶凌风接着说道：“还不仅是普通的鹰爪孙，为首的是御林军的副统领贺兰明。”

谷中莲道：“贺兰明的鞭法在武林中也算得是称一流的了。这么说来，也许他们的目标还不仅仅是你呢！”

叶凌风心头一凛，想道：“我可得小心点儿，别让她听出破绽。”于是说道：“师父先前打听到的消息，是朝廷分别派遣三批好手，前往米脂，提拿林清，这贺兰明就是其中的一路。却不知怎的，给他们知道我躲在曲沃，他们就顺路而来捉拿我了。”

谷中莲点点头道：“这就对了。若然只是为你，他们不必出动贺兰明这等高手。你是怎么逃脱的？”

叶凌风道：“我着了贺兰明的一枚暗器，幸亏靠着白龙驹跑得快，逃了出来。你瞧，我这伤口还未愈合呢！”

那晚叶凌风是曾给贺兰明用飞锥打了两次，可是第一次有尉迟炯替他打落，第二次有风从龙出手阻住了贺兰明，他其实并未受伤。他这伤口是后来他自己用飞锥刺伤的。他深知身上若然不带点伤。谷中莲一定不会相信，除非他把当晚真相都和盘托出。但他却怎敢一切如实道来？

谷中莲只看一眼，就看出这是飞锥所伤。她是知道贺兰明用的什么暗器的，果然相信不疑，可惜她只看了“一眼”，见此伤已好了个七八分，就不再深究了；若是她细心察视，以她的聪明、经验，当可看得出这是“自伤”，因为伤得极有“分寸”，就差那么一点儿没有伤着筋骨。

谷中莲道：“你的师父赶着去救林清，将你留下，可令你吃尽苦头了。还幸你逃得出来。”

叶凌风道：“可是赤龙驹却给他们抢了。这都是侄儿无能之故，只保得住一匹坐骑。”

谷中莲道：“只要人得到平安，一匹马算得什么，即使它是千里驹，也比不上人的紧要。”江晓芙本来有点可惜，但听了她母亲一说，心中也就释然，反而怕叶凌风难过了。当下说道：“大师哥你不要难过，将来我总要给你夺回来。”

叶凌风心中感到一阵甜意，说道：“那我就先多谢师妹啦。”谷中莲笑道：“芙儿，你总是把事情看得太容易了。你夸下这个海口，你可知道你的武功恐怕比那贺兰明还差一大截呢。”江晓芙道：“妈，那就教我一套容易见效，可以制伏那贺兰明的武功，不就行了？”

谷中莲笑道：“天下哪有这样容易练成的上乘武功？不但武功如此，任何本领，你要学得出人头地，就得痛下苦功，想省力气那是不行的。”江晓芙撅着小嘴儿道：“妈，你也学了爹爹的口吻，人家一开口，你就先要教训一番。你怎知道我不肯下苦功？”

谷中莲笑道：“我说的是正经道理。不过，你要助你表哥，这番心意却是好的，我应该成全你的心愿。这样吧，明天我就教你们一套两人合使的剑法，你和你表哥联手，以后即使碰上比贺兰明武功更强的人物，大约也可以对付了。”

谷中莲做梦也想不到叶凌风是假冒的侄儿，她实是藏有一点私心，总想设法让叶凌风多一些机会亲近她的女儿，她要教这一套两人合使的剑法，也就是藏着这个心意。叶凌风七窍玲珑，一听就明白了。心里暗暗欢喜。江晓芙虽然也很聪明，却没有这个心眼儿，听得又有一套新奇的剑法可练，心里也在欢喜。

叶凌风谢过了师母，说道：“我逃出来之后，本来想去寻觅师父的。但在米脂的道上，朝廷鹰犬正是络绎于途，我本事低微，只怕有甚闪失，那就连个报讯的人都没有了。是以我擅作主张，先赶回来，请姑姑定夺。”

谷中莲道：“你师父与你约定的日期已过，你回来报讯，正该如此。你办事精明，我还要嘉奖你呢。”叶凌风所禀报的事情有真有假，但除了瞒过尉迟炯与风从龙这两人的事情之外，其他则都是真的。而谷中莲又为私心所蔽，是以对他毫不起疑。

谷中莲沉吟半晌，说道：“你师父过期不来，那是可能出了点意外了。但他交游广阔，倘有大不了的事情，他一定会托人向我报讯。除非、除非——”叶凌风连忙说道：“师父武功盖世，决不至于遭到不幸的。”

谷中莲叹了口气，说道：“此去米脂，路途遥远，倘他真是遭遇凶险，我着急也是着急不来。目前又正是多事之秋，已有风声，说是朝廷要有所不利于邙山派了。我是邙山派的掌门，可不能在这个时候抽身赴远。”

江晓芙道：“但爹爹的消息，可总得有人打听呀！”

谷中莲道：“还有十天，就是清明。邙山派长幼三代同门与各方好友，这一天都会来到邙山，给本派的两位祖师——独臂神尼与吕四娘扫墓。今年是吕四娘逝世的五十周年，朝廷又正有不利于邙山派的消息，估量今年来邙山扫墓趁此聚会的人必定比往年多。我是掌门人，须得在清明前两天回到邙山主持。那就是五天之后，咱们便要从家中动身了。

“但愿你爹爹平安无事，在这五天之内，回到家中。但若是到了第五天，他还没回来，我就不能等待了。到了邙山，我会拜托各方的武林同道，打听你爹爹的消息。”

江晓芙道：“但这五天之内，咱们只是坐在家里等吗？”

谷中莲道：“你有什么主意？”

江晓芙道：“不如叫爷爷给丐帮报讯，请丐帮代咱们打听。南北两丐帮已经合而为一，他们有飞鸽传书，联络方便。离此地最近的德州丐帮分舵，骑这匹白龙驹前去报讯，来回用不了三天。”

谷中莲道：“这主意好是好，不过爷爷年迈，劳烦他老人家我于心不安。这几天风声正紧，随时可能有人找我，我又不能离开，叫你们去吧？你们刚刚养好了伤，又没江湖经验，我更不放心。”

江晓芙道："爷爷年纪虽老，身体十分强健，他最好动。他若知道了爹爹之事，你不让他去只怕他也不依呢！"

谷中莲想了一想，笑道："我何尝不知道你爷爷的脾气，我只是怕他误事。他年近六旬，却还似个毫无心机的大孩子一般。但不让他去，他又一定会和我吵闹的。也罢，只不过是报一个讯，大约也不会闹出事的。阿雄，你就去把公公叫回来吧。"

叶凌风这才想起了未曾问候师祖，说道："爷爷不在家吗？"

谷中莲道："他新近交上一位棋友，是住在镇上的。他闲着没事，就跑到镇上找那人下棋，往往就在那家人家过夜的。"

宇文雄去后，谷中莲看看天色，已是日头过午，问道："风侄，你吃过中饭没有？"叶凌风道："我在路上吃过了，现在还不饿。姑姑，趁着还有一个下午，你今天就把那套剑法传给了我们吧。"

谷中莲正是有这个意思，所以才差遣宇文雄去叫她公公的。当下说道："好，难得你们这样好学，那便去练武场吧。"

江晓芙道："不等二师哥回来吗？"谷中莲道："不必等他了。我是要你和大师哥联手对付贺兰明，才教你们这套剑法。至于你二师哥，他已学了大须弥剑式，足以防身，这套剑法，就不必急于学了。"

江晓芙隐隐觉得母亲有点偏心，但谷中莲说的也有她的道理，江晓芙不便驳她，心里想道："我先学会了再说。将来倘若二师哥要学，我不会偷偷教给他吗？到了在江湖闯荡之时，我高兴和谁联手，妈又怎能管得住我？"这么一想，也就高高兴兴地和叶凌风同下练武场。

这套剑法分为八八六十四招，刚柔配合，最适合于男女联手。叶凌风的武学根底远不及江晓芙，但聪明却是在她之上。练了一个时辰，这八八六十四个招式，已使得相当纯熟。

正在练得高兴，忽听得有人哈哈大笑，赞道："好，好剑法，好徒弟！"原来是江海天的父亲——江南已经和宇文雄回来了。

宇文雄猛地想起这套剑法是师母说要教给师妹与大师哥的，可并没有提及他；正要避开，江晓芙却在叫道："二师哥，你要不要下场，我也来跟你练练？"她见宇文雄恰好此时来到，忽地灵机一动，临时改了主意，索性当着母亲的面，把话说开，料她母亲不好意思禁止，那么她也就不必瞒着母亲私将授受了。

宇文雄道："不，我的大须弥剑式还未学会呢，我天资笨拙，不宜贪多。"

叶凌风倏地收招，说道："爷爷回来了，咱们改日练吧。先把事情禀报爷爷要紧。"插剑归鞘，上前便向江南见过大礼。

叶凌风这一举动更是"聪明"，丝毫不着痕迹地便把这场练武结束了。

江南哈哈笑道："你这娃儿太多礼了，我这个老头子可是不喜欢小辈这样拘束。"又道："你和你师父的事情，雄儿已经告诉我了，你也不必再行禀报啦。"

谷中莲道："爹爹，海天下落不明，我们想请你老人家——"

江南道："知道啦！知道啦！明天我就到德州去走一趟。"

江南从小喜欢说话，老了越发啰唆，跟着又笑道："不是为了这件事情，我才不回来呢！你猜阿雄是在什么地方把我拉回来的？"谷中莲道："不是在你那位棋友的家中吗？"江南道："不，是在一家新开张的酒楼上。"叶凌风听了这句话，不觉心头一震。正是：

说者本无意，听来却有心。

欲知后事如何？请听下回分解。

第二十二回　万里寻夫来问讯 中宵执药动奸谋

谷中莲道：“风侄，你的面色怎的似乎有点不对?”叶凌风慌忙镇摄心神，笑道：“没什么，也许是因为刚刚练了武功，稍微有点困倦。”

谷中莲怎也不会想到那间新开张的酒楼，会令到叶凌风心惊胆战，听了叶凌风的解释，丝毫也不起疑，点点头道：“是啊，这倒是我粗心了。你长途奔波，席不暇暖，又随我练了一个时辰的武功，莫要练坏了身子了。既然疲倦，你就去歇歇吧。”爱护之情，溢于言表。

叶凌风笑道：“侄儿身子还不至于这样虚弱，稍微有点困倦，现在也已过去了。师父曾传了我大周天吐纳之法，恢复疲劳，最是有效。难得爷爷谈兴这样好，我也还想听爷爷说他喝酒的趣事呢。”

江晓芙道：“爷爷最喜欢有人陪他聊天，他的谈兴，什么时候都是这样好的。”

江南笑道：“你这丫头就知道编排你的爷爷。对啦，我刚才说到了什么地方?”

江晓芙道：“你说到你在镇上一家新开张的酒楼喝酒，给雄哥把你拉回来了。爷爷，我正想问你，你几时又上了酒瘾啦?”

江南笑道：“我倒不是喜欢喝酒，只是这家酒楼实在是太好了!”

江晓芙道：“怎么个好法?”

江南道：“地点好，招呼好，小菜也好！这间酒楼开在湖边，风凉水冷；跑堂的笑脸迎人，招呼得你妥妥帖帖。座位又宽敞又舒服，我和王老汉就一面喝酒，一面下棋，下个半天，掌柜的也没半句闲话。你说，我怎能不喜欢那个地方呢？”

江晓芙道：“有这么个好去处，爷爷，你几时也带我去玩玩？”

江南笑道：“你这丫头就是爱玩。”

江晓芙道：“谁叫你说得这么好，你瞧，大师哥也听得出了神啦！”

叶凌风道：“可惜爷爷明天就要动身，待到爷爷回来，咱们又要赶往邙山了。不知道几时才能无事身闲，陪爷爷喝酒。”他是有意兜转话题，免得江南尽是谈这酒楼之事。

谷中莲道：“是啊，爹爹，你明天一早动身，可也该早点歇息了。我也还得写一封信，托你带给杨舵主呢。”

江南哈哈笑道：“你怕我说得不清楚么？也好，写一封信比较郑重一些，也显得咱们礼仪周到。”

吃过晚饭，各自回房歇息。但叶凌风却是满怀心事，整夜不能入睡。

黑暗中，他眼前幻出一个恐怖的魅影，似乎正在张牙舞爪，向他扑来！

叶凌风怒叫道：“风从龙，你不要迫人太甚！”可是他张开了口，却叫不出声音！只觉胸口如给千斤巨石压住，吓出了一身冷汗。

窗外是一丛修竹，风过处竹叶沙沙作响，听在叶凌风耳中，却又似乎变成了风从龙的狞笑。叶凌风一掌拍出，掌力推开了窗门，清冷的月光照到了床前，风从龙的影子不见了，但他狞笑的声音却还如在耳边，在向着他再三叮嘱：“叶公子，你可别忘了应该做些什么！你知道我会怎样对付你的！”

叶凌风就是因为记起了他最后的那段叮嘱，而致心神不安的。

风从龙要他在江家“卧底”，迫得他不能不答应之后，临走之时，就向他交代了今后的联络办法。

“我们在东平镇新开了一家酒楼，就是临湖的那一家。你有什么事情要通知我，可上那家酒楼去，酒楼上的伙计都是‘自己人'，以'日月无光'四字作为联络暗号，就是没有事情，你回到江家之后，也要设法在三天之内，抽出空来，到那酒楼一趟！切切记住，不可忘了！"

叶凌风当时为了脱身，风从龙说的什么他就答应什么。他不愿想以后的事情，就是几天之后的事情，他也不愿意想。他是抱着渺茫的希望："船到桥头自会直。"见一步，再走一步。凭着他的"聪明"，也许到了其时，他可以见机应付。

可是他要逃避也逃避不开，就在他回到江家的第一天，江南就和他提起那间新开张的酒楼了。

江南当然不知道他和这家酒楼有着一条黑线相连；谷中莲母女，更不会想到他是为了这家酒楼，有如"谈虎色变"。

日间他是掩饰过去了，晚上他不能不独自思量了。江南已证实了有这么一家酒楼，他不愿意想的烦心之事，也不由得他不想了。

其实，也只是一个问题："要不要听从风从龙的指使?"

可是这一个问题，却牵涉他一生的前途，关系他切身的利害。他有把柄捏在风从龙的手中，而他却又没有勇气向师父师母说出隐情，坦白认错。就这样在"患得患失"的心情之中，他整夜失眠——也没想到一个解决的方法。这个问题还是像毒蛇一样缠着他，解不开，摔不掉！

不觉天色已亮，叶凌风行了一会吐纳功夫，恢复精神，只听得笑语喧喧，江晓芙与宇文雄早已起来，在他的窗外说话了。

叶凌风披衣而起，走出房来，江晓芙笑道："大师哥好贪睡，我们正要来叫你呢。爷爷就要动身了。"

叶凌风忙与师弟师妹，同去送行。江南已经知道事情的经过，再问了叶凌风几个细节，叶凌风只隐瞒了尉迟炯与风从龙这两桩事情，其他都如实说了。

江南说道："这么说来，海儿只是过期不归，不一定就有凶险。在江湖走动，往往会遭遇一些意想不到的麻烦的，你们也不必太担忧了。我此去德州，立即请丐帮打听他的行踪，你们在家里等着好消息吧。"江南对这件事情的判断，与谷中莲完全相同。江晓芙深信父亲的武功天下无敌，再听得爷爷和母亲都是这么说，心中越发安定，恢复了她天真活泼的少女心情。

送行之后，江晓芙道："大师哥，今天还练不练那套剑术？"叶凌风道："那套剑术，我大致已记得差不多了。师父在路上曾教了我一些拳经剑诀，我一直没有时间练习。再过几天，姑姑又要上邙山了，我想趁这几天工夫，赶紧多练一些本门武功。"

谷中莲道："对，你是掌门师兄，本门的武功，是该赶紧多练一些，今年的邙山之会，我想带你们都去见见世面。芙儿，今天你给你师兄喂招，你自己也好练得纯熟一些。"

江晓芙本来想要宇文雄也练那套剑术，不料叶凌风却要练其他武功，江晓芙有点失望，但转念一想，要教宇文雄也不必急在一时。她只是一个十七岁的少女，还有着几分孩子气，听得母亲要她给大师哥喂招，其实也就是等于叫她代教，于是心中颇有几分得意，又高兴起来了，笑着说道："表哥，你要我给你喂招，今后你可不能向我端掌门师兄的架子了！"

叶凌风笑道："我做这个掌门师兄，不过占了年纪比你大几岁的便宜，说起本门武功，我可比你差得远呢。今后我随时都要向你请教的，我怎敢向你端师兄的架子？"

谷中莲斥道："野丫头，说话没上没下，好在是你表哥，若叫外人听了去，可要说我不懂教你规矩啦。"她口中在斥骂女儿，心里可是十分欢喜。她这态度，不但叶凌风看得明白，连江晓芙也感觉到了。

这一天，他们师兄妹三人，除了吃饭的时间之外，就在花园中练武。

江晓芙虽然隐隐感到母亲的态度似有偏袒，但也只道母亲是因为爱护自己的家里人，对侄儿偏袒一些，不足为奇。她根本没想到这个"表哥"是对她另有企图，心中也就并不因为母亲的偏袒而有芥蒂。

她对叶凌风虽说不上有什么好感，可也说不上有什么恶感，但无论如何，叶凌风总是她的"表哥"，所以这日在练武场上，她与叶凌风也是一样的有说有笑。不过，相形之下，她和宇文雄总是显得亲热得多。要知她和宇文雄是患难之交，又有了半年多朝夕相处的感情，尽管她意欲对这两个师兄一视同仁，而这股感情却还是禁不住自然流露。

叶凌风看在眼内，恨在心中，但态度上却是落落大方，妒恨之情，绝不形于辞色。谷中莲也曾到练武场上看过他们几次，见他们都在用心练武，也没说什么，看了一会，便即走了。

晚餐过后，宇文雄和江晓芙走出院子，这是他们每日例行的功课，天黑之前，巡视一趟门户。自从江海天离家之后，谷中莲就要女儿每日如此做的，为的是要养成女儿小心谨慎的习惯。至于宇文雄，则由于江晓芙总是要他陪伴，也就养成习惯了。

叶凌风见他们并肩走出，心中有一股难以言说的酸味，也不知是跟着他们同走的好，还是留下的好。谷中莲忽道："风侄，你坐一会儿，我有话和你说。"

叶凌风道："侄儿在听姑姑教训。"

谷中莲微笑道："都是一家人，你也别太拘礼了。我只想问你，你有什么心事？"

叶凌风怔了一怔，道："没有呀！"

谷中莲道："我瞧你今日好似有点闷闷不乐。可是芙儿有甚冲撞你么？"

叶凌风道："没有，表妹对我很好。我只是记挂着师父。"

谷中莲道："没有就好。芙儿年纪轻，还不懂事，我也宠坏了她，性情实是有点骄纵。你先顺着她点儿，以后再慢慢教她。"

叶凌风心里暗笑："怎样哄得女孩子的欢喜，这个我还用得着你来教我？"但他听得师母如此暗示，分明是有把女儿终身许托于他之意，心里也是十分高兴。于是说道："姑姑对我的恩情，我是感激得很，就只怕我太笨了，比不上宇文师弟，会讨表妹的欢心。"

谷中莲眉头一皱，正要说话，忽听得打门的声音有如擂鼓，谷中莲道："这么晚了，是什么人？"

话犹未了，忽听得宇文雄大声喝道："好一个贼婆娘，胆子可真不小，居然敢找上门来啦！"接着"刷"的一声，似乎他已在一剑刺出。

谷中莲连忙跑出去看，叶凌风听得"贼婆娘"三字，却不禁吃了一惊，但也只好跟在谷中莲后面，出去看个究竟。

只见院子里一个黑衣女子，本是蒙着面纱的，面纱已经除下，斜挂鬓边，额上有一道浅浅的伤痕，便似抹上了胭脂似的，血迹还殷红可见。宇文雄那一剑刺在院子中的那棵槐树上，还未曾拔得出来。

叶凌风见了这个女子，心头大震。原来这女子不是别人，正是尉迟炯的妻子——“千手观音”祈圣因。

谷中莲连忙说道：“雄儿不可无礼，这位想必是——”

宇文雄叫道：“师娘，这贼婆娘就正是那日伤了师妹与我的人!”

原来江海天在德州与尉迟炯夫妻化敌为友之事，宇文雄还未知道。那次江海天只是带叶凌风同行。不过，在这件事情过后，江海天却曾写了一封书信，托德州的丐帮杨舵主，送给他的妻子，所以谷中莲明白其中的原因。

但这件事谷中莲却没有告诉宇文雄，因为那时宇文雄正在病中，谷中莲怕他心里有所不安，而且又因尉迟炯是个江湖上著名的大盗，谷中莲也不愿意别人知道她的丈夫与这个大盗往来。她不告诉宇文雄，一半是为了体贴他；另一半也是因为未能完全信任宇文雄的缘故。

宇文雄的父亲生前是个名镖师，因为镖银为尉迟炯所劫，回家之后，就气闷成病，不久身亡。因此宇文雄把尉迟炯当成杀父之仇，再加上那次在荒谷受伤之恨，所以一见了祈圣因，便立即拔剑了。可是祈圣因的武功比他高明，一闪闪开，宇文雄这一剑刺到了树上。

谷中莲也没见过祈圣因，但她一听得宇文雄骂她作“贼婆娘”，已经知道来的是谁了。

祈圣因冷笑道：“这位想必是江夫人吧？不错，我们夫妇是曾伤了令嫒，江夫人若是记仇，尽可一剑将我杀了。”

宇文雄拔出了剑，却还未肯纳入鞘中。江晓芙防他师兄有失，也早已拔出剑来，在一旁监视着祈圣因。

谷中莲喝道：“你两人退下，不许对客人无礼！尉迟夫人，我在这厢给你赔罪了。敢问夫人，因何事光临寒舍？”

祈圣因道：“无事不登三宝殿。我当然是有事而来。但如今看来，我可是来错了时候，走错了地方啦。”原来这时宇文雄与江晓芙虽然插剑归鞘，双双退下，但还是气鼓鼓地盯着祈圣因。

谷中莲道：“尉迟夫人，且慢！你既然身上有事，远道而来，却怎能话未分明，就要走了？”

江晓芙忍不住说道：“妈，是朋友来了，咱们才能当作客人待她！”

谷中莲想要责备女儿，但想到女儿曾吃过尉迟炯夫妇的大亏，她恼恨这“千手观音”祈圣因，也是无怪她的。

祈圣因嘿嘿冷笑，正要发话，叶凌风却已走了上前，抢着说道：“师弟，师妹，你们有所不知。师父早已与尉迟舵主和解啦。江湖上的些须小怨，何足介怀？师妹，而且你也许还未知道呢，当日在荒谷之中，尉迟夫人，实是对你剑下留情，才没伤你性命的。总之，那日的误会，师父是早已与尉迟舵主、尉迟夫人，说得清清楚楚，一笔勾销的了。尉迟夫人今日来到咱们这儿，正是咱们的朋友，请也请不到的贵客啊！”

原来叶凌风聪明绝顶，他看了谷中莲的态度，已知谷中莲定会留客，迟早是要把这件事情解释给女儿听的。所以他就抢先说了出来，一来是卖个人情，二来也是意欲试探祈圣因的态度。

有一点叶凌风是可以断定的，祈圣因料想还未知道是他害了她的丈夫，要不然以她的性子，决不会到现在还没发作。不过，他还想试探，祈圣因对她丈夫之事，究竟知道了多少。

江晓芙怔了一怔，把眼望着她的母亲，谷中莲道：“你大师哥说的话都是真的，芙儿，你向尉迟夫人赔个礼吧！”谷中莲最初还是想瞒着宇文雄的，但她也想得到有了今日之事，迟早总也不能瞒他。叶凌风既然说了出来，那也就算了。

江晓芙最服她的父亲，母亲的话有时她还可以不听，父亲的话她则是必定依从的。如今听说父亲已与尉迟夫妻化敌为友，她当然也不敢再用仇恨的眼光敌视祈圣因了。宇文雄听了这件事情，却是茫然若失，一方面是师命不能不遵，另一方面是父仇却不能忘掉。

于是神色之间，就难免有点不大自然，显得是带了几分悲愤。

江晓芙心里不很愿意，可还是上前与祈圣因见过一礼。祈圣因笑道：“不必客气啦，那天我丈夫打伤了你，你也削了我的头发，咱们算是扯了个直。”江晓芙最为好胜，听得祈圣因这么一说，等于是赞了她的剑法，对祈圣因的恶感，她也就减了几分了。

祈圣因道：“江夫人，我只要见见你的丈夫，问他一句话。说完了，马上就走！”

谷中莲道：“我丈夫不在家。”

祈圣因叹了口气，说道：“我果然是来错了时候。好，告辞了！”其实她来了这许久还未见江海天出来，也料到江海天是不在家中的了。不过既然来到，也总得问谷中莲一句。

祈圣因回头便走，谷中莲双眉一轩，说道：“尉迟夫人，慢走！你这未免是太小觑我了！”

祈圣因脚步一个跄踉，回过头来，说道：“怎么？”

谷中莲道：“我丈夫不在家，有什么事情，我就担当不起了么？即使担当不起，我也总得尽力而为，不负武林道义！你这一走，这不是小觑我了？”

谷中莲一番侠义凛然的话，说得祈圣因耸然动容，连忙赔罪道：“江夫人是一派掌门，女中英杰，我岂敢小觑？我也不是有什么大不了的事来求江大侠，我只是要打听一个消息，只不知——”

谷中莲道：“我不知道也还有我这徒儿呢，他是跟着师父出门，昨天才回来的。”

祈圣因朝着叶凌风一笑，说道：“我知道。那日在德州我当家的得罪了你，我该向你赔礼。嗯，你心肠很好，不愧是江大侠的掌门弟子。我那当家的是个莽夫，不辞愚贤，不识好歹，有甚无礼之言，你别放在心上。”那日在德州丐帮分舵，尉迟炯对叶凌风颇为鄙视，曾骂过他不配做江海天的弟子，是以祈圣因方有这番言语。

叶凌风心中“卜卜”地跳，但听祈圣因说得情辞恳切，丝毫不似嘲讽！这才放下心来，想道：“她果然不知道我在曲沃干的事情。”

叶凌风道：“我是在半月之前才与我师父分手的。你要打听什么事情，我知道的绝不隐瞒。”

谷中莲笑道：“进里面说去。不管你要打听的我们知不知道，今天都是不能让你走的了。你总不能不把我当作朋友吧？”

原来谷中莲看出她是受了内伤，却不知轻重如何。但看她脚步跄踉，即使不是重伤，也是疲劳不堪的了。谷中莲坚要留她过夜，实在是存着江湖道义、要保护朋友的心意。

祈圣因听她这么一说，亦自明白她的心意，寻思：“她这个二徒弟虽然对我怀有敌意，但江海天夫妇是何等身份，我是江家客人，料想这宇文雄也不敢做出什么对我不利之事。我小心些儿，也就是了。我丈夫当日敢去会江海天，难道我就没有这份豪气？我若是再三推辞，不但辜负了江夫人的一番好意，还要给她怀疑我是不相信她，笑我是胆小如鼠了。”

祈圣因是武学名家之女，但因嫁了尉迟炯多年，也有几分绿林大盗的豪气，思念及此，便即纵声笑道：“江夫人肯折节下交，把我当作朋友，我是深感荣宠，说不得只好打扰你啦。”

祈圣因只知防范宇文雄，却不知防范叶凌风，其实宇文雄虽然对她未泯敌意，却是心地纯厚，处处顾着师门，怎敢对师父的朋友有所不利？何况他并没有把祈圣因当作仇人，只因她是尉迟炯的妻子，他才对她怀有敌意而已。倒是叶凌风心怀鬼胎，祈圣因一点也不知道。还当他是个侠义少年，对他甚有好感。

祈圣因随着谷中莲母女、师徒走进客厅，坐定之后，说道：“实不相瞒，我此来是打听我当家的消息。我当家的干的是黑道营生，官府欲得而甘心，仇家亦复不少。江夫人想来已是知道的了？”

谷中莲道：“我们夫妇的朋友之中，绿林豪杰不少。你放心，我敢请你进来，就不怕有天大的风浪。只不知你当家的出了什么事情？”

祈圣因道：“我也不知道。三个月前，我与他分手，各干一桩事情，说明一个月内他回来的，至今他仍是踪迹杳然。他曾与我说过要来拜访尊夫，故此我今日到来打听消息。”

谷中莲道：“我丈夫出外半年，如今也未曾回家。风侄，你们在路上可曾碰见过尉迟炯舵主么？”

叶凌风早知道她是要打听丈夫消息，心中有了准备，神色自如地说道："没碰上。不过，我师父后来单独一人上了米脂，有没有碰见尉迟舵主，我就不知道了。"

谷中莲道："尊夫武艺高强，料想不至出事。"

祈圣因叹口气道："寻常的公门鹰犬，我当家的不至于惧怕他们，但据我所知，这次追捕他的，有一个御林军副统领贺兰明在内，此人已得尉迟鞭法真传，我当家的未必胜得过他。另外还有'祁连三兽'听说也归顺了朝廷，这三人也都是我们的仇家。"

祈圣因的消息并不灵通，她是只知其一，不知其二，贺兰明出现在陕甘道上，为的是要往米脂捉拿林清；而祈连三兽中的马老三也早已死了。但虽然如此，她也总算摸到了一点边，而尉迟炯后来也的确是被贺兰明所擒的。

江晓芙道："贺兰明？嗯，大师哥，你在曲沃碰上的不就是这个贺兰明吗？"

叶凌风心头一震，连忙镇摄心神，说道："不错，我是碰上了贺兰明，幸亏马快，才逃出了性命。但却没有碰见尊夫。"

祈圣因道："你可否将当日情形说与我听听？"

叶凌风只好将他所捏造的故事，对祈圣因再说一遍。祈圣因却比谷中莲细心一些，多问了几点细节。这故事是叶凌风在路上构思过千百遍的，祈圣因所问，他都一一应付过去，并无破绽。

祈圣因沉吟半晌，说道："这么说来，已经证实贺兰明是在这条路上了。你既然没有发现他们押着囚车，我倒可以稍稍放心了。我那当家的大约还未曾与他们碰上。"

叶凌风道："贺兰明这干人，据我师父听到的消息是要往米脂捉拿天理教教主的，夫人是可以放心。"

祈圣因摇了摇头，说道："我当家的与他们正是走的一条路。我还是不能放心。不过他倘若是出了事，料想也是这半个月内发生的了，而地点必然是在曲沃到米脂的路上。唉，可惜我现在力不从心，不能马上前去打听。"

叶凌风暗暗吃惊，心中想道："尉迟炯那日曾与我说过，他有个朋友在曲沃。这祈圣因又甚精明，倘若给她到曲沃去一打听，定然可以得知她丈夫被擒的消息，这不是就要戳破我的谎言了?”

谷中莲道：“恕我冒昧，请问夫人是否受了点伤?”

祈圣因道：“多谢夫人关心，我也不能瞒你。今日午间，我在灵璧碰上三个鹰爪，倒有几分‘硬份’，我被他们斫了一刀，打了一掌，坐骑也给他们伤了。嘿嘿，不过到底还是我占了便宜，这三个鹰爪孙全都给我杀了!”

谷中莲听了，也不禁骇然，心中想道：“灵璧离此二百里有多，她在受伤之后，半日之间，奔波二百余里，怪不得精神困顿，看来似是受了内伤。她不顾身上的伤，跑到我家，固然是为了打听她丈夫的消息，但她对于我的丈夫，也真算得是推心置腹，毫无疑惧的了。人家这样信任我们，我非得好好待她不可!”

祈圣因接着说道：“这一刀一掌算不了什么，我在路上已经敷上了金创药，服下了化瘀丹，想来不至碍事。多承夫人爱护，让我借宿一宵，明日我看也可以走路了。”

谷中莲道：“请让我给你把一把脉。”

祈圣因道：“原来江夫人还懂得医道，那是最好不过了。”

谷中莲道：“略为懂得一些。我丈夫的义父是华山灵隐华天风，他曾学过一点医术，因此我也略识皮毛。”

谷中莲给她诊了把脉，她的医道虽然并不高明，但祈圣因的脉息并无散乱之象，却是不难判断。

谷中莲放下了心上的一块石头，说道：“尉迟夫人，内伤你倒没有。不过，也许因为是奔波劳累，身子很是虚弱。你可觉得头痛么?”

祈圣因道：“正是有点昏眩。”

谷中莲道：“那就是体虚而兼有感冒的迹象。若不及早调治，小病也会弄成大病的。我给你开个方子试试。”

祈圣因道：“夫人费心了。可是如今天色已晚——”

谷中莲道：“这东平镇上，有一间药店，与我家相熟。现在还不到二更，我叫徒儿给你执药，一定可以做得妥当。”她说的“妥当”，另外还有一个含意，那就是可以叫药店主人代为保守秘密的意思。祈圣因是个江湖上的大行家，不必明言，她亦明白。

谷中莲立即叫女儿取来纸笔，开下药方。心中在想："叫谁去执药好呢？"她看看身旁两个徒弟，一时还未打定主意。

祈圣因道："大恩不言报。江夫人，我也不客气了，我还有两件事情想拜托你们。"

谷中莲道："夫人请说。"

祈圣因道："我想找一匹坐骑，但不知这么晚了，镇上还可以买得到么？"

谷中莲心道："可惜那匹白龙驹爹爹已骑上德州，要不然倒可以送给她。东平镇是个小镇，平日就没有马市，急切之间，却是难找。"

祈圣因道："若是难找，那就算了，我明日走路也罢。"

江晓芙忽道："娘，我倒有个主意，我知道王大叔家里有一匹好马，我和二师哥都见过的。当然比不上咱们的赤龙驹与白龙驹，但一日跑个二三百里，据说也不会口吐白沫。"

祈圣因道："这位王大叔是什么人？"

谷中莲笑道："芙儿，你这么一说，我也想起来了。这位王大叔是我公公的棋友，会点武功，为人却是十分慷慨好义。"

祈圣因道："好，他若肯出让，什么价钱都行。"

江晓芙道："王大叔的脾气我知道，提到一个钱字反而不行。你不用管，让我给你安排吧。"

原来江晓芙见祈圣因受了伤，明日还要赶路，同情之心，不觉油然而生。她从前虽是对祈圣因怀有敌意，但此刻的祈圣因已是她父母的朋友，何况她又知道了祈圣因当日在那荒谷有意保全了她的性命之事，因而敌意也就化成了好感，转而为祈圣因设想了。

祈圣因道："好，那我就先多谢姑娘了。另外还有件事，请你们往镇上执药的时候，顺便给我打听一个人。"

谷中莲道："是什么样的人？如何打听？"

祈圣因道："是一位绿林朋友。我前日与他约定，在东平镇上相会。当时我未想到会在你家留宿，也未想到今日会在灵璧遭遇意外，挂了彩的。所以没敢约他到你家来。"

谷中莲道："东平镇上只有三家小客店，倒也不难寻找。只不知他来了没有?”

祈圣因道:“他与我约好，他若来了，便在所住的客店后墙，画一朵小小梅花为记。这朵梅花他将用金刚指力刻划，刻划在不受人注意的地方。即使万一有人发现，也不容易抹去。你们哪位去给我留心看看，倘若发现了这个记号，也不用去找寻此人，只回来告诉我就行了。”

谷中莲道:“好，事情不难，但却要选一个细心的人去。芙儿——”

江晓芙道:“妈，你是要我去么?我正想和你说，请二师哥陪我一同去呢!”

谷中莲笑道:“芙儿，你热心可嘉，但我却不放心你去。你和我留在家中陪客。”

江晓芙撅着小嘴儿道:“妈，你怕我闹出乱子么?我会很细心的。”

谷中莲道:“细心也不行。你是个女孩儿家，这么晚了，到镇上乱跑，容易惹人注意。何况镇上的人，也都认得你是江海天的女儿，你方便到客店附近溜达，仔细找寻墙上的标记吗?”

江晓芙道:“妈，你不要我去，王大叔那匹青骢马谁给你牵来?”

叶凌风一直默不作声，这时忽地站起来道:“姑姑，就让我去一趟吧。”

江晓芙道:“大师哥，你更不行。你认不得王大叔，和药店也不相熟。”

叶凌风笑道:“我的意思是想请宇文师弟与我同去。宇文师弟不也是和那位王大叔相熟的吗?”

谷中莲正是有这个意思，原来她因为宇文雄对祈圣因怀有敌意，不放心让他前去执药。但若由她开口要叶凌风与他同去，却又怕他心上有了疙瘩。

祈圣因更不放心让宇文雄单独前往，连忙说道:“两位都去，那是最好不过，事情分头来办，既可节省时间，又可有个照应。”她是有意给叶凌风找个两人同去的借口。同时也是向叶凌风示意，要他亲去执药，所以说是“分头办事”。她料想叶凌风甚是精明，定然一点即透。

不错，叶凌风确是精明，也果然一点即透。但祈圣因却想不到，叶凌风却正是利用他的精明，暗中打她的主意。

谷中莲与祈圣因是同样的想法，“有叶凌风同去，我就可以放心了。”当下问宇文雄道：“雄儿，你师兄要你作伴，你意下如何?”

宇文雄道：“但凭师母差遣。”宇文雄此刻所抱的态度是：既不仇恨祈圣因，但也不去讨好祈圣因，师母如何吩咐，他就如何照办。

谷中莲道：“好，那你们就去吧。药店主人认不得你们也不打紧，他认得我的字迹，我打上一个记号，他就会替我守口如瓶的。”说罢，她便将那张药方交给了叶凌风。

江晓芙道：“药店主人也认得雄哥的。”

谷中莲道：“是吗? 那我就更放心了。”她口里是这么说，但药方还是交给了叶凌风。宇文雄虽是个老实人，但却并非笨蛋，师母不怎么信任他，他也有点隐隐感觉到了。

宇文雄憋着了气，但还是恭恭敬敬地垂下说道：“是。师母还有什么吩咐?”

谷中莲想了一想，说道：“对啦，王大叔那儿还得交代几句，你说我借他那匹青骢马一用，半月为期，在这期间，他若要使用坐骑，明天你爷爷回来，就把那白龙驹让他使用。”要知祈圣因借马，不过是一时救急，半月之内，她当然可以找到更好的骏马，也当然可以托人将原物奉还。

不过谷中莲这么吩咐宇文雄，另还含有另一层用意，那就是“指定”要他到王家去借那匹马，购药之事，他就无须管了。

祈圣因一听便懂，心道：“江夫人果然是思虑周详，她也防着她这个徒弟对我不利。”便即笑道：“对，这样安排最好不过。半月之内，我准能将青骢马交回。”

叶凌风听了谷中莲如此安排，他心里可是有点不大愿意，但也不好再说什么，当下便与宇文雄一同赶往东平镇。

两人施展轻功，十多里的路程，不多一会，也就到了。这时二更已过，三更未到。但东平镇是个小镇，入黑之后，便没有生意，店铺都关上了门！镇上也早已没有闲人了。

叶凌风忽道："师弟，你和药店相熟，不如你去执药，执了药再去借马。我去打听那位绿林朋友的消息，多劳烦你一些。"

宇文雄道："不，还是师兄去执药的好。师母已经说得明白，药店主人认得她的字迹！绝不至于出甚岔子。小弟不是贪懒，实是有难言之隐，我与这位千手观音夫妻，有点点小小的过节，理该避嫌。明天待她走了，我再告诉师兄。"

宇文雄坦直地说了出来，叶凌风无可奈何，只好说道："好，那么你借了坐骑之后，就在路口等我，不必再到镇上来了。深夜骑马进镇，会惹人注意。"那位王大叔家在郊外，离东平镇二三里路，叶凌风早已打听清楚。

宇文雄道："是，师兄想得比小弟周到多了。"于是师兄弟二人，分头办事。

叶凌风掏出药方，心中不禁苦笑："师母疑心他、相信我，这固是对我有利。可惜如此安排，我却不能在执药这件事上，作弄手脚了！"

原来叶凌风早已盘算了一个"一箭双雕"之计，趁这个难得的机会，偷换药材，混入毒药。如此一来，就既可毒死祈圣因，又可嫁祸宇文雄了。可是要实现这个计划，却必须宇文雄听他指使，前去执药。

幸亏谷中莲早就作了安排，把药方交给了叶凌风而不是给宇文雄；宇文雄体会到师母的意思，本人也要避嫌，因而就并没有上他的当。

叶凌风心乱如麻，暗自思量："现在是由我执药，这算盘可就打不响了。不错，师母会相信我的说话，我可以诬赖宇文雄。但我总不能把药店的掌柜杀了。毒死了祈圣因，师母即使听信我一面之辞，师妹也定要查究的。到了那时，药店掌柜指证是我执的药，那岂不是害了人也害了自己？"

叶凌风患得患失，忐忑不安，要想放弃了这个计划，但又舍不得错过这个机会。心中想道："要是放过了祈圣因，她迟早总会到曲沃去打听她丈夫的消息的。那时她戳破了我的谎言，岂有不来追究之理？可是却怎生想得个两全之策，害了她呢？"

迷惘之间，叶凌风忽地抬头，不觉又是一惊。原来他在不知不觉之间，来到了一个酒家前面。酒家挂着"太白楼"三字招牌，墨迹犹新，一看就知是新开张的酒楼。这酒楼正在湖边，显然就是江南所说的那家酒楼，也就是风从龙下了命令，要他前去联络的那家酒楼。

酒楼上灯火未灭，从下面望上去，还隐隐可以看见黑影幢幢。

叶凌风只感一股冷意直透心头，风从龙的阴影又来紧紧抓着他了。他似乎听得风从龙的声音在他耳边说道："你要害人，为何还不进去与我的伙计商量？"

叶凌风叹了口气，心道："只怪我当初走错一步，如今已是骑虎难下了！"他要迈步进去，心中忽地又似有另一个声音说道："凌风，你一错不能再错，你一踏进这个黑店，终生就不能自拔了！尉迟炯已经被你害得不知死活，如今你又要害他的妻子，这、这怎么对得住你的良心？"

可惜他的"良心"一现即逝，他退了两步，不知不觉间又进了三步，心里想道："人不为己，天诛地灭！我要保住我的锦绣前程，决不能让风从龙抖出我的把柄，也决不能放过了祈圣因！"正是：

但得前程如锦绣，良心丧尽又何妨？

欲知后事如何？请听下回分解。

第二十三回　魔手攫人藏黑店
良驹中毒困英雎

善恶两个念头，正自在他心中交战，忽地一条黑影"嗖"地窜了出来，一把抓住了叶凌风，随即一柄明晃晃的利刃指到了他的喉头，沉声喝道："好小子，你是什么人？胆敢到此窥探！"

以叶凌风的本领，本来决不至于一个照面，就给这人所擒，即使在被擒之后，他要挣脱，也非难事。但他此时，失魂落魄，根本就没想到反抗，一见这人是从酒家里面窜出来的，无暇思索，便即低声说道："日月无光。"这是风从龙给他的联络暗号。那人哈哈笑道："原来是自己人，那就进去吧！"

叶凌风本来是就要进去的，可是他也知道这道门槛乃是人兽关头，就缺少那么一点"外力"，举起步来似有千斤之重，迟迟疑疑，总是跨不过这道门槛。如今被这人一拉，他就似无人把舵的孤舟，被逆流卷进漩涡里一样，半推半就的跟着那人跨过了门槛。

叶凌风在黑店里和那些人如何密商，暂且不表。且说宇文雄在王家借了那匹青骢马，匆匆忙忙，赶到路口相候。等了一会，还不见叶凌风出来，宇文雄要想进镇找他，可是又记着他的吩咐，决定再等一会。

眼看月过中天，叶凌风还未出来。宇文雄心道："难道是出了什么岔子？"正自嘀咕，忽觉有衣襟带风之声，似是有人从他身旁掠过。宇文雄吃了一惊，定睛看时，那人身法好快，远远的只见一条淡淡的黑影，已进了这个小镇，转眼间连黑影也不见了。

宇文雄想道："附近可没有本领如此高强之人，却不知是过路的江湖好汉还是公门鹰犬，倘属后者，师兄碰上，可是麻烦。”正要进镇踩探，那条黑影又出来了，可是却没有刚才来势之速。

宇文雄看清楚了来者是谁，大喜说道：“师兄，原来是你！”

叶凌风怔了一怔，道：“你以为是谁？”宇文雄道：“刚才我看见一个人跑进了镇，我只道是这个人入而复出。”

叶凌风也暗暗吃惊，道：“有这么一个人吗？我怎么没见？”

宇文雄道：“他既不是来找咱们麻烦，咱们也不必管他了。回去给千手观音治病要紧，药执好了吧？”

叶凌风道：“没执好我怎会回来。那药店老头已睡着了，我把他叫醒，耽误了一些时候。好，咱们马上赶回家去！”

宇文雄道：“师兄，你乘马送药回去，小弟慢一步不打紧。”这匹青骢马是匹壮健骏马，本来可以两人合骑，但叶凌风心念一动，却道：“也好，反正不过十多里路，那我就不客气了。”接过马鞭，策马疾驰。

叶凌风骑的是匹素经训练的驯良骏马。但心中的感觉却如同骑在虎背一般，“事已如斯，骑虎难下，是祸是福，也只好听天由命了。却不知那条黑影乃是何人？宇文雄说得这样确凿，想不至于骗我？”

宇文雄没把这事放在心上，叶凌风作贼心虚，却不能不仔细推敲，“这个人三更半夜到东平镇来，要么就是太白楼的一伙；要么就是祈圣因的那个绿林朋友。前者我不用担忧，若是后者，他此时进镇，也不会发觉我潜入太白楼之事。”

叶凌风盘算好一套说话，十多里路程，快马疾驰，不过半支香时刻，也就到了。

谷中莲母女听得马嘶，出来开门，诧道：“你师弟呢？”叶凌风把坐骑交给了师妹，边走边道：“师弟要我赶回来送药，我想救人要紧，也就不和他客气了。”江晓芙很是欢喜，笑了一笑，说道：“二师哥不声不响，人倒是很热心的。妈，你可以不用担忧他还在怀恨尉迟夫人了。”谷中莲摇了摇手，示意叫她不可妄发议论，让客人听见了不好意思。江晓芙道：“好，你们去给客人煎药，我在这里等候雄哥。”

叶江二人的说话虽不是特别大声，但也不是悄悄耳语，祈圣因在客厅里都听见了，不禁又起了一点疑心，“我不信宇文雄这小子会有这样好心，但只要这药不是他经手执的，我调补好一些精神，明早便走，谅他也无奈我何。”

进了客厅，叶凌风把药交出，说道：“我把药店老头唤醒，耽搁一些时候了。”谷中莲怕祈圣因起疑，故意多问了一声，“这药除你之外，没经过旁人的手吧？”叶凌风心想此事不好说谎，便如实答道：“没有。”

谷中莲道：“好，那你到厨房去把风炉拿来，帮忙生火。在这里煎药也好陪尉迟夫人说话。”她是要免除祈圣因的任何疑虑，故此找个借口，特地在她面前煎药。叶凌风吃了一惊，心道：“师母好不精明，但也幸亏我还有另一套计划。”当下把风炉药罐拿来，谷中莲已查对过各种药材，便在祈圣因面前倾入药罐。

祈圣因道：“叶相公，三件事情，两件已经办妥了，还有一件呢?”叶凌风道：“你可是说的你那位绿林朋友?”祈圣因道：“不错。可有消息?”叶凌风道：“我依照你的吩咐，三间客店都去查探过了，墙上并无发现你所说的那梅花标记。”

祈圣因皱了眉头说道：“奇怪怎么还没有来？这位朋友素来是守信的。”谷中莲道：“出门的事情怎说得准，路上有甚耽搁，也是常事，未必就有意外。明天你多留一天吧。”

祈圣因道：“不，我不能再留了。明天我准备从镇上经过，看我是否能够碰上?”说到这里，她的眼光忽地移到叶凌风身上，道，“叶相公，你有什么话说?”她在无意之间，发觉叶凌风的神色似乎有些不对，似乎在想说些什么而又不便开口。

原来叶凌风根本就没有去查探过任何一间客店，那番话是他捏造出来的。给祈圣因这一问，乘机便道：“尉迟夫人，我正是想告诉你一个消息。本来应该由我师弟告诉你的，我并不知其详。但你心急，我也只好先告诉你，让你参详参详。”

祈圣因诧道：“什么消息?”

叶凌风道：“我与师弟约定在路口相会，他去借马，我去购药、探人。我从镇上出来的时候，远远的似乎看见有个人和师弟在一起，那人身法好快，倏然间就不见了。我还以为是我自己眼花。后来我师弟说，他的确是碰上了一个夜行人。”

祈圣因急忙问道：“是什么人？”

叶凌风道：“我不知道，师弟说是个过路的夜行人。他们并无交谈。”

祈圣因道：“既无交谈，他怎知道是过路的夜行人？”

叶凌风并不正面答复这个问题，却道：“是啊！也许就是你那位朋友吧？你那位朋友是不是轻功很好的？”

祈圣因道：“我那位朋友样样功夫都好，就是轻功不行。”

叶凌风听了此言，心里又惊又喜，原来他是有意抢在宇文雄前头，报告这个消息，他知道宇文雄回来之后，反正是要说的，不如他先自加油添酱，使得祈圣因对他师弟起疑。

如今祈圣因果然是起了疑心了。但听她的说法，这人却又不是她的朋友，那是谁呢？

谷中莲道：“宇文雄就要回来的了，回来后再问他吧。药已煎好了，尉迟夫人你先吃药。”

祈圣因道：“要江夫人如此费神，实是过意不去。”端起药茶，一口喝尽。

谷中莲道：“药苦得很吧？凌风，给尉迟夫人倒一杯开水。”

叶凌风刚要去拿杯子，只听得江晓芙的声音说道：“尉迟夫人，你已经吃了药啦？大师哥，让我来倒开水吧。”

叶凌风道：“哦，师弟，你回来了？”原来宇文雄正跟在江晓芙后面，默不作声地走了进来。

宇文雄有点不好意思，说道：“我轻功不行，走得慢了。尉迟夫人都已经吃了药啦。”其实不是他轻功不行，而是因为他大病初愈，不敢全力施为。

祈圣因不觉又犯了点疑心，正想问他，忽觉腹中作痛，禁不住眉头一皱，黄豆般粗大的汗珠一颗颗沁了出来。谷中莲吃了一惊，道：“药不对吗？”江晓芙也吓得呆了，眼光不知不觉的就瞪着宇文雄。她没有听到叶凌风刚才的言语，并不知道这一包药从没经过宇文雄的手，害怕他报仇心切，在这药中作了手脚。

宇文雄感到了她怀疑的目光，心中气愤得很，几乎就要嚷道：“我从未沾过这包药。”幸亏他还没有嚷出来，祈圣因的情形已经好转。

只见祈圣因吸了口气，半晌笑道：“这药灵验得很，汗一发散，我已经舒服多啦！”

谷中莲放下了心上的石头，笑道：“我还害怕我的药用得不对呢。”原来她的医道只是跟丈夫间接学了一些，连自己也没信心，她怕药力不够，用的分量比常人重了一倍，很担心弄巧反拙。

祈圣因漱过了口，说道：“江夫人客气了，你的医道实是高明得很。咱们有武功底子的人，体质比常人壮健，是该用重药才对，我明天可以赶路啦！”原来祈圣因也是稍为懂得一点药道的。

宇文雄心中兀自感到委屈，想道：“幸亏不是我执的药，也幸亏师母的药没有用错，哼，要不然，这婆娘有甚三长两短，只怕就要赖到我的头上了。连师妹都信我不过！”

叶凌风也是捏了把汗，心道：“好在我没有在药里作弄手脚。”

谷中莲道：“雄儿，听说你碰上了一个夜行人，是什么样的人？他可曾和你说了什么话了？”这些问题，也正是祈圣因所要问的，她虽然不愿现出紧张，但也自自然然地把眼光移到了宇文雄身上。

宇文雄道：“那人身法太快，我看也没看得清楚，他就过去了，还怎能和他说话？”谷中莲道：“那么你后来独自回来，还有没有碰上可疑之人？”

宇文雄满肚皮委屈，颇感伤心，想道：“我来到这儿半年多了，师母还似乎是把我当作外人，处处提防着我。这样的口气，不是在审问我么？”不知不觉就提高了声音说道：“没有。弟子虽然愚鲁，也还知道要遵守师门规矩，倘若和外人说了什么话，自当回来禀报，决不敢有所隐瞒！”言语之间，已是隐隐带着几分愤激。

谷中莲怫然不悦，心道：“这小子好糊涂，我是要他说给祈圣因听的，为的就是要给他洗脱嫌疑，他却颠倒怪起我来了。”但谷中莲虽是有所偏心，却并非不明事理，她也知道宇文雄为人耿直，听他一发牢骚，对他倒是没有什么疑心了。

谷中莲不便解释，当下淡淡说道：“这几天风声正紧，即使没有尉迟夫人这件事情，咱们也得多加小心。”

宇文雄也发觉了自己态度不当，垂手说道：“是，师母教训得对。还有什么吩咐吗?”

谷中莲道：“没什么事了，你们都回去歇息吧。客人也应该安歇了。”

宇文雄很不愿意和祈圣因同在一个地方，第一个先走出去。江晓芙向母亲和客人请过了安，跟着出去，赶上宇文雄，细声安慰他。

谷中莲道：“凌风，你也可以去歇息啦。”叶凌风笑了一笑，说道：“表妹似乎有话要和师弟说，我不便打扰他们。”谷中莲皱了一皱眉头，道：“你也太小心眼了。”叶凌风不敢再进谗言，但他也知道，他的说话已经在师母心中造成疙瘩，目的也就达到了。

叶凌风走了之后，祈圣因笑了一笑，道：“令千金多大年纪了?”谷中莲道：“今年十七岁了。”祈圣因笑道：“也到了令父母操心的年纪了。江夫人，承你以知己相待，咱们可以说得是一见如故。我有一句不中听的话，不知该不该说?”谷中莲道：“你这么说就是见外了，我正想请你指教。”

祈圣因道：“不敢。只是我看这个情形，似乎你的两个徒弟对令嫒都很有意思，我以为像你这样的人家，挑选女婿，武功、资质还在其次，最紧要的是人品正派、来历清楚。”

谷中莲心中一动，说道：“难得夫人这样热心，我也有一句话，不知该不该问?”

祈圣因道：“咱们只有今晚相聚，后会无期。我正想与姐姐敞开心胸说话。”她改称“姐姐”，态度亲近了许多，也表示已有足够的交情，不必再绕着弯儿说话了。

谷中莲说：“好，那就请恕我冒昧动问了。听说贤伉俪与我这二徒弟有点小小的过节，姐姐对他的家世来历，想必清楚?我们虽然略有所知，但还谈不上深知底细。”

原来谷中莲认定了叶凌风是她的侄儿，对他的来历已是毫不怀疑。但对于宇文雄，她却未能完全放心。所以一听得祈圣因说的这番话，就想到宇文雄身上来了。

不错，宇文雄的父亲宇文朗是江海天的旧时相识，但也只不过仅仅在水云庄见过一面而已。那时的宇文朗是水云庄庄主云召的大徒弟，在江湖上还未曾出道。

直到宇文雄见了江海天，交出他父亲的遗书之后，江海天这才知道宇文朗做了风雷镖局的镖头，以及被尉迟炯劫镖，家道中落，抱恨而亡等等事情。

可是他们夫妇对宇文朗的事情，也只是知道他信中所说的这些。二十年来，他经历了些什么，和哪些人有来往，走的什么路道……可就不知道底细了。而这些底细，只怕宇文雄也未必完全清楚。

所以谷中莲之所以不放心，并不是怀疑宇文雄本人，而是对他父亲的底细未曾清楚。

祈圣因正是要说这桩事情，当下便说："我当家的劫了风雷镖局的镖，这事姐姐已是知道的了。但不知姐姐可知其中缘故么?"

谷中莲怔了一怔，道："正要请教。"

祈圣因道："我当家的与宇文朗无冤无仇，劫镖并不是冲着他的。但也不单单是觊觎他保的这支镖，这支镖虽然值十多万两银子，也还不放在我们眼内。"

谷中莲道："那又是为了什么?"

祈圣因道："风雷镖局的总镖头也不算坏人，可是你也可以想得到的，在北京开设镖局，难免和官场上的人发生关系。这风雷镖局有一个不大不小的官儿占着一份'红股'，而且这个官儿不是寻常的文职官员，而是给皇帝老儿当差的御林军副统领李大典。御林军有两个副统领，另一个是贺兰明。李大典本领不及贺兰明，却比贺兰明贪财。"

谷中莲听到这里，已然明白，说道："哦，原来如此。尉迟舵主劫这支镖，乃是为了坍李大典的台。"心里则在想道："但如此一来，却是连累了风雷镖局了。李大典不过少分红股而已，但镖局赔累关门，众镖头因此威名扫地，镖行这口饭也吃不下去。这损失可就更大啦。"

祈圣因道："这事情是做得过分了些，我当家的一时按不住火气，干了出来，过后也很后悔。尤其在知道宇文朗的儿子已经是你们的徒弟之后，我们更感不安。那次在德州我们向江大侠请罪，此事也是其中之一。”

谷中莲道：“宇文朗之死，虽与此事有关，但毕竟与一般仇杀不同。事情已成过去，姐姐可也不必介怀了。”

祈圣因道：“虽然如此，我们也要略表歉疚之意。那次我们在德州与江大侠分手之后，曾托北京镖行退休了的一位老前辈出面，将二十万两银子分送风雷镖局原来的众镖头，作为赔偿他们的损失。这件事是我们向江大侠许了愿的，如今已经办妥了。这是那位老前辈代镖局所写的谢启，作为证明的。请姐姐收下。”

谷中莲怔了一怔，道：“你的意思是——”

祈圣因道：“一来是向尊夫交代；二来是请姐姐善为说辞，代我们夫妇向令徒化解。”

谷中莲道：“我这二徒弟性情是有几分倔强，但为人还算正派，也肯听长辈的说话。待明日我与他解说，料他当肯依从。”

祈圣因道：“我并无疑心令徒之意，但有一点却得提醒姐姐，他父亲生前所往来的朋友品流复杂，其中也不乏如李大典之类的朝廷鹰爪，倘若这些人知道了他是江大侠的弟子，你可得提防这些人会利用他。我想到什么就说什么，请姐姐恕我直言。”

祈圣因这些话其实就是有点疑心宇文雄。她哪里知道，给她说中的是叶凌风而不是宇文雄。

谷中莲道：“多谢姐姐给我说了心腹的话。有备无患，我多加留意就是。姐姐对他今晚之事，是否还有不放心的？”谷中莲见祈圣因为人爽直，索性也挑开天窗说亮话，坦率问她。

祈圣因道：“姐姐对令徒的为人，当然比我清楚得多。姐姐放心得下，我还有不放心的。我们也曾听得风声，说是朝廷要对付你们邙山派，说不定令徒今晚所碰见的夜行人，是来窥伺你们的动静的。”

谷中莲道：“不错，朝廷是要对付我们，但我们在此安家立业，一不欠粮，二不犯法，表面上总还是个良民，没有把柄捏在官府手里，他们不敢公然来此骚扰。至于个把踩道的鹰爪孙，还不放在我们眼内。只是怕姐姐有甚意外，明日我送你一程如何?”

祈圣因笑道：“你送我一程，倘然给鹰爪孙看到，这就是把柄了。”

谷中莲沉吟半晌，说道：“我担心你身子虚弱，明天不知能否复原？偏偏今晚又发现了形迹可疑的陌生人。姐姐，要不然你多留两天如何?”

祈圣因笑道：“江湖风险，对我来说，已是家常便饭。姐姐，你可以送我一程，总不能送我千里，我要去的地方，却还在千里之外呢！姐姐的好意我心领了。”

谷中莲沉吟不语，祈圣因怕她担心，又再说道：“鹰爪孙决不知道我们夫妇与尊夫的交情，料他们也决不会想到我到你家投宿。追踪我的狗腿子昨日已给我都宰掉了，令徒今晚发现的夜行人料想也绝不会是追踪我的那一帮人。这个人即使也是鹰爪，但一来他未必认得我；二来就算他知我身份，一两个人，我纵然本领不济，总还不至于打发不了!”

谷中莲听她说得有理，知她急于要去寻觅丈夫，便不再劝，当下说道：“既然如此，姐姐请早安歇，养好精神，明日才好走路。”这晚两人同榻而眠。

谷中莲给她开的那剂药很有效验，但到底不是仙丹。祈圣因睡了一觉，心中记挂着明早赶路之事，五更时分便醒来了。她试一试运气行功，只觉功力已恢复了七八成，但身体还是稍感虚软。

谷中莲听得她起床的声音，跟着醒来，问道：“姐姐睡得好么？觉得如何?”

祈圣因笑道：“你的医道高明之极，只一剂药，我已经全好了。”她是怕谷中莲留客，故意夸张地说道。

谷中莲却信以为真，说道：“这么我就放心了。”

祈圣因道：“不要惊动令嫒令徒了。我这就走了吧。”

谷中莲伴她到马厩牵那匹借来的坐骑，只见叶凌风已在门口等候，说道：“尉迟夫人，你走了么？见了尉迟舵主，请代我问候。”

谷中莲道：“你师妹还未起来么?”

祈圣因道：“不要去叫醒她了。叶公子，多谢你有心。”

叶凌风道："这匹坐骑，昨晚宇文师弟临睡之前已经喂了它一顿草料。我刚才看过，它精神很是饱满。"

祈圣因道："好，那就不必再喂它了。吃得太饱，跑路反而不快。"心想："叶凌风倒很细心，敢情他也在疑心他的师弟。"

祈圣因跨上马背，说道："江夫人，但愿后会有期。"虚打一鞭，青骢马展开四蹄，果然跑得风也似快。

祈圣因走后，叶凌风道："姑姑，师妹和师弟其实都已起来了。"

谷中莲怔了一怔，道："那怎的不见他们？"

叶凌风道："师弟不愿给千手观音送行，师妹陪他到后花园练武去了。"

谷中莲皱了皱眉，心道："阿雄想必还是为了昨晚的事情，心里很不舒服。嗯，受了点小小的委屈，就赌起气来了。应该挫一挫他这骄气。芙儿也不懂事，不劝告他，反而助长了他的骄气。"但她在大徒弟面前却不愿责备二徒弟，当下淡淡说道："是么？好，那你去给我把师弟叫来，我有话和他说。"

谷中莲受了祈圣因之托，要给他们夫妇化解与宇文雄之间的过节，这暂且按下不表。

且说祈圣因上马疾驰，初时那匹青骢马跑得很快，但跑了一程，却渐渐慢了下来。祈圣因起了疑云，心道："奇怪，才不过走了七八里，怎的就会这样？"想起这匹马是宇文雄借来，昨晚又是他喂的草料，越想越觉不妙。

这时正走上一个山坡，翻过这山坡便是东平镇了。那匹坐骑忽地一声长嘶，四蹄屈下。祈圣因下马一看，只见马儿口吐白沫，嘘嘘喘气。祈圣因是个大行家，一看就知这匹马是给人下了慢性毒药，不跑路不会发觉，一跑起来，毒性便会慢慢发作。

祈圣因大怒，心道："我只道宇文雄这小子不敢如此大胆，谁知他居然干了出来！哼，我没了坐骑不打紧，但这样卑鄙的小人，给他留在江家，对江大侠也是个心腹之患。我该回去告诉江夫人才是。"

祈圣因因为这匹马是借来的，不能抛弃，正想拉着它慢慢走回

祈圣因正要拉马回去，土堆后突然窜出三个人来，为首者正是御林军副统领李大典。

去。就在此时，忽听得有人哈哈笑道："贼婆娘，你已经钻进网里来了，还想跑么?"

土堆后突然窜出三个人来，这三个人祈圣因全都认得。发话骂她的那个人正是御林军副统领李大典。在李大典左面的是御林军统带卫涣，在御林幸中也是有数的高手，职位比李大典低一级，武功却比李大典更胜一筹，仅次于另一个副统领贺兰明。右边的那个人却是个道士，本来是苏州玄妙观的主持，后来作了朝廷鹰爪的白涛道人。

祈圣因一见这三个人，不由得满腔怒火。原来这三个人都是她的仇人，李大典因风雷镖局之事和她丈夫有一段过节，这冤仇还是比较小的。卫涣和白涛道人却是杀害李文成的凶手。当日领头追捕李文成的那个黑衣武士就是卫涣。白涛道人则是他最得力的助手。当日在泰山一战，卫涣率领白涛道人、黑木和尚、剧盗彭洪，四名高手围攻李文成。黑木、彭洪被李文成所杀，卫涣、白涛受了重伤，侥幸没死。想不到他们养好了伤，又在此处出现，恰好碰上了祈圣因。

祈圣因一声冷笑，蓦地喝道："好呀，我正是要为李文成报仇!"双手齐扬，同时发出了两枝袖箭，两口飞刀，再加上两枚透骨钉。她号称"千手观音"，暗器功夫，确是非同小可，六件暗器，分打三个敌人，都是打向对方的要害穴道。

可是祈圣因吃亏在气力还未完全恢复，打出去的劲道差了几分，这三个敌人也都不是庸手。卫涣长鞭一卷，"啪啪"两声，把她的两口飞刀打落；白涛道人挥动长剑，将她的两枝袖箭削断；李大典本领稍弱，给她的一枚透骨钉贴着手臂擦过，但也只不过伤了一点皮肉。

说时迟，那时快，这三个人一打落了暗器，便来到了祈圣因身边，将她包围起来了。卫涣纵声笑道："你的情人已经死了，你应该一心一意跟随你的丈夫啦，你的丈夫已经受了招安，现在京城享福，你要不要去见他?"

祈圣因斥道："胡说八道!"刷的一鞭向卫涣扫去，卫涣也是个使鞭的高手，但他用的是"水磨鞭"，较为深重，不及祈圣因的轻灵。双鞭在半空中一缠一碰，祈圣因的长鞭一个拐弯，啪的一声响，将卫涣的衣袖扯碎一幅。但她气力较弱，却也不禁退了一步。白涛道人一招“白虹贯日”，剑尖吐出了碧莹莹的寒光，袭到了她的胸前！

白涛道人所学本是玄门剑法的正宗，在江湖上也算得是一等一的好手。哪知祈圣因不但暗器高明，鞭剑合使的功夫也是她家传绝学。所以她外号“千手观音”，又被人称为“鞭剑双绝”，只论剑术的造诣，也还要比白涛道人胜一两分。

眼看白涛道人的剑尖已堪堪刺到她的胸前，只见青光一闪，就在那瞬息之间，祈圣因的剑招已是后发先至，随着她身形一晃，白涛道人一剑搠空，陡然间只觉耀眼生缬，祈圣因的剑锋先划到了他的面门！

白涛道人大吃一惊，百忙中一个藏头缩颈，倒转剑柄，拨开祈圣因的剑锋。虽然狼狈之极，但险中求胜，化解得极为适当，祈圣因也不禁心头微凛，想道：“怪不得李文成当日伤在这几个家伙手下。”

祈圣因那一招还未使老，蓦听得金刃劈风之声，李大典又已挥动雁翎刀从她背后斩来。祈圣因头也不回，反手便是一剑！她竟似背后长有眼睛，这一剑直指李大典的脉门，是一招两败俱伤的剑法，她拼着手臂受伤，但李大典的脉门若给她戳上，那就要成为废人了。

李大典哪敢硬拼，慌忙退后一步。祈圣因一声冷笑，一个盘龙绕步，转过身来，以鞭对鞭，以剑对剑，呼的一声，荡开了卫涣的长剑，一招“抽撤连环”，又迫退了白涛道人。但她的脚步，却是向着李大典冲去。她是个武学的大行家，与这三个敌人各自拆了一招之后，已看出李大典官职最高，武功最弱，她要先击破最弱的一环！

李大典霍的一个“凤点头”，横刀力磕。他也看出了祈圣因招数精妙，但气力却是不足的弱点。这一刀意欲以逸待劳，磕飞祈圣因的兵刃。

祈圣因眼明手快，哪能让他得逞，陡地剑锋一转，看是刺李大典的咽喉，待他横刀磕上来时，剑尖一送，倏然间便自偏旁刺出，李大典斜斜一跃，只觉寒风飒然，头皮起粟，祈圣因一剑削过，把他盘在头上的辫子削去了！祈圣因本来要削去他半个天灵盖的，只因气力不够，迈的一步未能恰到好处，剑招使出，也就略失准头，结果只是削去他一条辫子，心里暗叫可惜！

白涛、卫涣退而复上，分向两边攻来，这次他们已有默契，彼此呼应，攻势极是凌厉，祈圣因只好暂且放松了李大典，凝神应付这两个强敌。

清代礼制，男子必须留辫，尤其是当官的，辫子更为重要，失掉它就见不得人。虽然可以装上一条假辫，但总是“大失体面”的丑事。如今祈圣因削了李大典的辫子，在祈圣因心中是觉得便宜了他，而在李大典心中则是比斫了他一刀还要难过。

李大典城府甚深，怒极气极，反而纵声笑道：“千手观音，今日你自投罗网，就算你当真有一千条手臂，也是撕不破我们所布下的天罗地网的了。但念在你是女流之辈，我不能与你一般见识。许你下得辣手，我却还想成全你呢！”

卫涣与白涛联手，挡住了祈圣因的攻势，松了口气，便与他的上司一唱一和道：“李大人，你要如何成全这贼婆娘？她可是匹不易驯服的胭脂马啊，难道你想把她收房？”

李大典大笑道：“老卫，你别想得心邪，我哪能拆散别人鸳鸯？嘿，嘿，我正是想成全他们大妻团圆呢。喂，你要不要会你丈夫？老实告诉你吧，你丈夫投降那是假的，但落在我们手中那是真的。如今他正被关在天牢，早晚就要被杀头的。只有你能够救他，只要你听我们的话，劝他吐出赃物归顺朝廷！”

祈圣因给他们的污言秽语气得七窍生烟，可是他们所说的关于她丈夫的消息，她却不能不相信几分。她知道丈夫的脾气，投降是决计不会，而那些当官的个个见钱眼开，想追缴他的“赃物”，那也是情理之常。故而李大典说他被囚在天牢，还未丧命，倒是有几分可以相信。

祈圣因又是气怒，又是心伤。可是她以一敌三，哪还有余力和他们斗口？但也实在气愤不过，当下柳眉倒竖，“呸”的一声，倏然间窜过去向李大典猛施杀手！

她想豁出一条性命，至不济也要捞个够本。可惜她气力不足，力不从心，那一鞭一剑，虽然招数精妙，却给卫涣与白涛并肩挡住，根本就打不到李大典身上。

李大典哈哈笑道："趁你还没受伤，快快投降了吧！你这样千娇百媚的美人儿，我还真舍不得伤了你呢！"口里是如此说，手中的雁翎刀却毫不放松，绕到祈圣因背后，斫她的"下三路"，祈圣因身子虚弱，跳跃渐渐不灵，"下盘不固"的弱点，已经是明显地露出来了。

祈圣因蓦地一声长啸，战略骤变，不和敌人游斗，双足牢牢钉在地上，见招拆招，见式拆式，长鞭打远，短剑御近，带守带攻，封锁得滴水不进。原来她也自知本身气力不佳、跳跃不灵的弱点，故而改变战术，以守为攻，希望能够多支持一些时刻。

李大典刀光霍霍，向她下三路斫来，祈圣因使出"回风扫柳"的鞭法，呼、呼、呼卷起了一团鞭影，李大典的雁翎刀几乎给她卷出手去，不敢欺身逼近；白涛使出"连环夺命剑法"，瞬息之间，连攻了六六三十六剑，哪知祈圣因气力虽然不加，剑法的迅捷，仍是不在白涛之下，只听得一片断金戛玉之声，就在这瞬息之间，她也还了三十六剑，白涛道人，丝毫也没有占到便宜。

白涛道人吸了一口凉气，说道："这贼婆娘是想固守待援，须得赶快把她料理，否则江家有人赶来，那就大大麻烦了。李大人，你看要不要发信号召人？"

李大典哈哈笑道："白涛道长，你大可放心，江家的底细，我们已经摸得十分清楚。江海天的浑家过两天要到邙山赴会，这两天内决不会出门。这儿离江家虽然不远，也有十里路程，这贼婆娘就是叫破了喉咙，江家的人也不能听见！"

卫涣又与他的上司一唱一和道："道长，你还未知道呢！李大人神机妙算，早已在江家布下内应，这个时候，江海天那浑家就是想要出来，也自会有人设法将她留住！"

祈圣因早已想到了江家有他们的内应，可惜她猜错了"正点儿"，她只道这个人是宇文雄，却不知是叶凌风。

原来东平镇上那黑店的掌柜就是李大典，卫涣和白涛则一个扮作伙计，一个扮做游方道人寄居店内，一个月前，黑店筹备开张的时候，他们已经来到这东平镇了。这二人因为在泰山之战受了重伤，未完全恢复，故而他们幕后的主人作出如此安排，让他们有个固定的住址可以养伤。他们在东平镇一个月，伤已痊愈，恰好今日派上了用场。叶凌风昨晚进入黑店，就是和他们接头的。卫涣说的确实不是假话，谷中莲如果此时要想出来打听，叶凌风自有办法将她拦阻。

他们这一番话是故意说给祈圣因听的，一来要令她绝望，二来也正是要祈圣因猜疑是宇文雄。祈圣因果然上当，心中极是气愤。可是有一点他们却猜错了，祈圣因的长啸，并非是向江家求援。

祈圣因等待的是她那位绿林朋友，她如今所在之处，距离江家十里有多，距离东平镇则不足三里。她在受伤之后，运功发啸，声音当然传不到十里之外；但自忖三里之内，倘有武学高明之士，耳朵比常人灵敏，总还可以隐隐听到她的啸声。

清晨的薄雾早被朝阳驱散，像揭开了一幅硕大无朋的轻纱，满地都是阳光了。东平镇是个小镇，早上还没人赶墟，但也有了几个行人，这些人远远的看见山坡上有人厮杀，其中有军官、有道士、还有女人，也不知是做什么的——是官兵还是土匪？是抢劫还是斗殴？都吓得赶忙回头，避之唯恐不及！这种年头，老百姓哪敢多管闲事？

祈圣因好生失望，这些惊惶走避的百姓，当然不是她所期待的人。日上三竿，她所期待的人，一直还没有出现。祈圣因暗自寻思："难道岳大哥今次竟然失约，还没有来？倘若他是在这镇上，听见我的啸声，也早应该赶到了。"

李大典这班人当然不会把老百姓放在心上，可是他们也怕闹出事，总是多少有点麻烦。于是加紧进攻，要赶在开市之前，把祈圣因拿下。

祈圣因打了近一个时辰，早已筋疲力竭，心里一失望，招数更见散乱，破绽频频出现。卫涣唤一声"着！"刷的在她背上抽了一鞭，祈圣因脚步踉跄，眼前金星乱冒，白涛道人跟着一剑，又在她臂上划开了一道伤口，喝道："还不扔剑么?"

祈圣因本来病体未愈，伤上加伤，实是难支。可是她紧咬银牙，撑着口气，毕竟还是勉强支持住了，没有扔剑。她大怒之下，"哇"的一口鲜血喷了出来，使出乱披风剑法，居然还把三般兵器一齐荡开。

李大典冷笑道："这贼婆娘不肯投降，咱们可不能和她歪缠了，杀了她吧!"

卫涣应道："是!"长鞭一招"倒卷洄澜"，卷住祈圣因的银丝鞭，两条鞭纠结一起，祈圣因解脱不开，只剩单剑应敌。白涛道人运剑如风，封住了她的剑路，李大典喝道："贼婆娘，会你丈夫去吧!"大喝声中一刀劈下。

祈圣因毫无招架之功，眼看这一刀便要把她劈为两段，忽听得"叮"的一声，不知从哪里飞来一颗石子，忽地把李大典的刀锋打歪，刀锋斜斜削过，劈了个空。正是：

山穷水尽疑无路，柳暗花明又一村。

欲知后事如何?请听下回分解。

第二十四回　挥刀救友真英杰
问罪登门枉好人

祈圣因大喜叫道："岳大哥，你来了？"李大典则在大怒骂道："好小子，有种的出来！"

奇怪的是，那个人既没有现身，也没有应声。

这个人虽然没有发现，但依理推测，一颗小小的石子，绝不可能是从很远的地方打来的。这人必定是藏在附近，所以才能用石子打歪李大典的刀锋。

祈圣因心里只觉奇怪极了，寻思："岳大哥难道早已埋伏在这儿了？但以他那样火爆的性子，绝不会看见我遭受围攻，还能忍耐这许多时候才发暗器的道理。发了暗器，又不肯出来？嗯，这太不像他的为人了，难道是另外的朋友？"

祈圣因受伤极重，在李大典他们看来，已是瓮中之鳖。

卫涣说道："这小子是个无胆匪类，不敢出来。要不要我把他先揪出来？"李大典喝道："先杀了这贼婆娘，再揪这小子。留神点儿，防备暗器。"李大典是惊弓之鸟，祈圣因虽受重伤，他也还是有几分顾忌，生怕分薄了人力，自已拿不下祈圣因。

祈圣因听得卫涣用激将之计，那个人还是没有给他"激"出来，心里暗暗叹了口气，知道这个人绝不是她所期待的那个岳老大了。

卫涣应了声："是！"水磨钢鞭一招"秋风扫叶"，向祈圣因拦腰便扫，祈圣因横剑一封，她实在是力竭筋疲，手脚都不听使唤了，招数用得很对，可惜有气没力，只听得"当"的一声，右手剑已给卫涣的钢鞭打落。白涛道人看出便宜，争先抢攻，“刷”的一剑刺到了祈圣因背后的“魂门穴”。

就在祈圣因性命俄顷之际，那个人又发出了两枚石子，“叮”的一声，先把白涛道人的剑锋打歪，接着“卜”的一下，这枚石子却打中了卫涣的虎口，卫涣的钢鞭也给打落。他们两人本来已经是非常留神，防避那人偷发暗器了的，但结果却仍然没能躲开。这人的本领显然是远在他们之上。

白涛等人都是江湖上的大行家，这一惊自是非同小可。但在吃惊之中，却也猜想得到那人的用意，那人似乎只是不许他们杀祈圣因，却没有和他们作敌的意思。要不然他的石子就应该是打向穴道要害，而不仅仅是打他们的兵器了。

李大典朗声说道：“阁下是哪条线上的朋友？这贼婆娘乃是钦犯，阁下倘非与她一路，请留个交情！”口气已是一变而为讨好那人了。

那人仍然没有答话。白涛道人在李大典耳边悄声说道：“这贼婆娘受伤极重，决计逃跑不了。咱们先对付那个小子，我已经听出了他掷石的方向，他准是躲在那土堆后面。合咱们三人之力，可以杀得了他！”白涛在三人之中武功最强，随身也有几件毒辣的暗器，是以颇为自恃。对这暗藏的敌人，不似李大典的害怕。

李大典心意踌躇，一时未决。忽听得马蹄之声急如暴风骤雨。这座山岗的背面就是东平镇，有两骑马正是从东平镇那面跑来，转眼之间，已上了这座山岗。骑在马背上的是一对中年男女。

那男的面如锅底，五岳朝天，相貌极是丑陋。李大典喝道：“来者何人？”祈圣因大喜过望，原来这次来的才是她所期待的那个“岳老大”，而且连他的妻子也来了。

岳老大发出一声长啸，远远的扬声问道：“祈弟妹，这几个是什么人？”祈圣因吸了口气，用力说道：“鹰爪孙！”

李大典与白涛道人同一心思，同时扬手，向祈圣因飞出暗器。李大典发的是三支袖箭，白涛道人则是两枚蒺藜，都是喂过毒的暗器。要趁这对中年夫妇未到之前，把祈圣因射杀。

土堆后面一条黑影蓦地长身而起，用“天女散花”的手法，

岳霆声如霹雳，喝道：“好啊，老子正要杀尽你们这班鹰爪孙！”

撒出了一把铜钱，只听得叮叮之声，不绝于耳，把李大典与白涛所发的暗器全部打落！

但那人一露出行藏之后，就不再停留，打落了暗器，便一溜烟地跑了，他穿着一身黑色衣裳，帽沿压得很低，祈圣因连他的面貌也看不清楚，只是从背影看来，凭着祈圣因的目光阅历，大致可以判断是个少年。轻功非常特别，与中土各派都不相同。

祈圣因诧异之极，她和丈夫相识的朋友之中，并没有这样一个人。这人始终不肯现身，此际，祈圣因的友人来了，他才匆匆而走，却也未曾与祈圣因打一个招呼。显然，他也并不认识祈圣因，不想卷入这个漩涡。

祈圣因疑团塞胸，百思莫解，此人既非相识，何以却又在暗中救了她的性命？但此际她已无暇琢磨了，李大典的暗器刚被打落，卫涣拾起地上的钢鞭，又在向她打来。

祈圣因见到了丈夫的朋友，精神陡振，挥鞭迎敌，居然一鼓作气，化解了卫涣三招狠辣的招数。

说时迟，那时快，岳老大夫妻已是联骑冲到。岳老大舌绽春雷，声如霹雳，喝道："好呀，老子正要杀尽你们这班鹰爪孙！"

这"岳老大"名叫岳霆，是尉迟炯在关外做马贼时的结拜兄弟，性情刚暴，外号"霹雳火"。妻子葛三娘也是一帮马贼的首领，武功不在丈夫之下，性情却甚温柔。他们夫妻二人因在关外被官军围袭，立足不住，逃进关来，找寻尉迟炯。费了许多气力，才与祈圣因接通消息，约定了在这东平镇会面。

岳霆听得啸声，匆匆赶来，一见祈圣因受了重伤，不由得怒火勃发，飞身下马，亮出了厚背斫山刀，一招"力劈华山"，便向李大典搂头斩下。

李大典横刀招架，只听得"当"的一声，火星蓬飞，李大典的雁翎刀损了一个缺口，虎口竟给震得裂开，沁出血丝。幸而雁翎刀还没有脱手。

白涛道人见势不妙，剑走偏锋，刺岳霆的"肩井穴"，岳霆心道："这牛鼻子的剑术倒还有两下子。"大喝一声，刀锋斜掠，给他一个强攻猛打。白涛道人知道此人不可力敌，慌不迭的撤招，却绕到他的背后偷袭。岳霆反手三刀，都给他躲开了。

卫涣水磨鞭霍地卷来，哪知岳霆的轻功虽然不甚高明，腿上功夫却极了得。觑个真切，一脚踏下，恰恰踏着鞭梢。手上的斫山刀仍然向李大典劈去。白涛道人连忙出剑刺他膝盖，解卫涣之危。岳霆舌绽春雷，喝声："去！"蓦地双脚齐飞，分踢两人。白涛侧身闪过，李大典的雁翎刀却给他踢得飞上了半空。卫涣因对方蓦然放松，而他则正在用力抽鞭，也不禁踉踉跄跄地退了几步，险些栽倒。

岳霆杀得性起，叫道："浑家，你去照顾弟妹，这三个鹰爪孙都让给俺吧！我这口宝刀已有多时不饮人血了，今日须得杀个痛快！"

岳霆这话却提醒了李大典，他跳出了圈子，接下雁翎刀，抛开岳霆，却去攻击受了重伤的祈圣因。

葛三娘还未来得及给祈圣因裹伤，只草草地给她敷上了金创药。见李大典杀到，冷笑说道："好不要脸，就懂得欺负受伤的女人。"她挡在祈圣因的面前，待得李大典刀锋堪堪斫到，才倏地一剑刺出。

李大典只道女流之辈较易对付，哪知葛三娘的剑招奇诡绝伦，后发先至，刷的一剑，就在李大典的手臂上划开了一道伤口。这还是因为卫涣的长鞭也已经打来，葛三娘需要分神应付，要不然这一剑就可以把他这条手臂削下。

卫涣的鞭法溜滑之极，采取了避强击弱的战术，一根钢鞭舞得呼呼风响，指东打西，指南打北，不与葛三娘硬拼，却是寻瑕抵隙，每一招都向着祈圣因的身上招呼。祈圣因大怒，忍不住挥鞭还击，刚敷上金创药的伤口，又再血流如注！

葛三娘道："祈弟妹，你暂且歇歇。这两个鹰爪孙我对付得了。"她的武功本是在卫涣之上，但鞭长剑短，卫涣与她绕身游斗，急切之间，却是无奈他何。李大典虽然稍弱，对葛三娘也不无威胁。葛三娘吃亏在要照顾受了重伤的祈圣因，每一招都必须抢在前头，替祈圣因对付。如此一来，也就禁不住有点手忙脚乱。

另外一边，岳霆也正在与白涛道人恶斗。白涛道人是剑术名家，武功高于侪辈，但比之岳霆，还是颇有不如。不过在三五十招之内，却可以勉强应付得来。

岳霆一声怒吼，疾劈三刀，白涛道人招架不住，连连后退。岳霆不去理他，扑过去先解祈圣因之困。

他们夫妻会合，李大典等人如何抵挡得住？不过数招，只听得“当”的一声，岳霆一刀削去了李大典的顶戴花翎，不是李大典藏头缩颈得快，只差三寸，就要削去了他的半边脑袋。

白涛道人只好鼓勇上前，再与岳霆交手。双方形成了混战之局，在人数上倒是相等，三个对付三个。可是岳霆夫妇要照顾祈圣因，实际上还不如他们夫妻应数。

但尽管如此，还是他们夫妻大大地占了上风。岳霆刀重力沉，无人敢与他硬拼；葛三娘展开了一套绵密的剑法，只守不攻，防护着祈圣因，饶是白涛、卫涣如何溜滑，也休想攻到他们身前。

李大典忽地退出圈子，摸出一支号角，呜呜地吹了起来。岳霆怒道：“好呀，你还要请救兵来么？老子先请你去见阎罗！”泼风似的一轮快刀，杀得白涛、卫涣都慌不迭地闪开，岳霆扑上前去，便要斩杀李大典。

李大典叫道：“再支撑些时，这贼婆娘就要死了，咱们的人也就要来了！”卫涣要巴结长官，只好拼命缠着岳霆。白涛道人则按剑一旁，监视着葛三娘。葛三娘正在替祈圣因再敷伤药，无暇理会他了。

李大典没有听到回应的角声，心中惊疑不定。忽听得白涛道人喊道：“大事不妙，太白楼起火了！”这座山岗的脚下就是东平镇，白涛道人看见了镇上的火光，正是他们那间黑店所在的方向。

李大典见机得快，一听得太白楼起火，虚晃一刀，转身便走。卫涣本是与他联手御敌的，李大典突然间跑开，也不与他打个招呼，等于将他卖与敌人。待到卫涣发觉，大吃一惊之时，已是迟了。

岳霆一声大吼，一手抓着鞭梢，呼的便是一刀劈去。祈圣因急忙叫道：“刀下留……”一个“人”字未曾出口，岳霆这一刀已是劈去了卫涣的半边脑袋。

祈圣因无暇再说，一扬手，用尽平生气力，飞出一柄匕首，追上了李大典，“卜”的一声，插入了他的肩头。可惜气力究竟是差了一点，插入不深，李大典虽然痛彻心肺，依然还是带着匕首逃跑。他的坐骑是久经训练的战马，跑到了他的身边，待到岳霆劈了卫涣，要去追他之时，李大典已经跳上马背，冲下山岗。白涛道人也早已跑了。

葛三娘道：“大哥，你好糊涂。应该留个活口的。”岳霆大是尴尬，讪讪说道：“反正是鹰爪孙害人，何须再加审问?”他哪里知道，祈圣因是要留个活口，问清楚宇文雄怎样与他们勾通的事情。岳霆这一刀杀了卫涣，等于间接帮了叶凌风一个大忙，死无对证，祈圣因认定了宇文雄乃是奸细，更是不会疑心到叶凌风了。

祈圣因心里想道：“虽然抓不到活的证人，想来江夫人不至于不相信我的说话。”此时她已是全身气力耗尽，伤口复裂，血流如注。葛三娘赶忙给她再行裹伤，岳霆走了过来，见她嘴唇开阖，似乎想说什么，岳霆道：“祈弟妹，你歇歇再说。”

祈圣因吸了口气，挣扎着说道：“不，这事非说不可。多谢大哥相救，但我受伤太重，性命只怕难保。有两件事要拜托大哥。”岳霆看她伤成这个样子，心里也着了慌，只好将耳朵凑到她的嘴边。祈圣因说道：“第一件事，拜托你打听你兄弟的下落。”岳霆道：“这个当然。否则要我这个做兄弟的何用?”

祈圣因接着说道：“第二件事，要你立刻去办的。你去告诉江大侠的夫人，他那个二徒弟宇文雄是奸细！今日这班鹰爪孙是他勾引来的！记着是宇文雄！”她生怕岳霆听不清楚，把宇文雄的名字再说一遍，说了之后，最后的一点气也已经用尽，“哇”的一口鲜血喷了出来，便晕过去了！葛三娘连忙将她抱住，岳霆大惊道：“祈弟妹，你怎么啦?”可怜祈圣因已是人事不省，还怎能回答?

葛三娘道：“气息未绝，心头也还温暖，或许还救得活的。你先别惊慌!”话虽如此，她口中劝慰丈夫，脸上也自变了颜色了。

岳霆当机立断，说道：“此地不能再耽搁了，你和祈弟妹先走，我到江家报讯，随后就来。咱们还有一支长白山老参，你嚼烂了喂她，尽人事而听天命!”

忽听得蹄声得得，有辆牛车正走上山坡。祈圣因所骑的那匹青骢马，刚才厮杀的时候，本来已经躲进了林子的，这时忽然跑了出来。倒把岳霆吓了一跳。

葛三娘喜道：“这辆车子来得正好。”岳霆道：“是。我马上抢来给你。”要知祈圣因伤得极重，倘若在马上奔驰，只怕难胜颠簸之苦；而且葛三娘抱着一个浑身浴血的女人在路上跑，也难免惹人注目。有辆车子载着她，当然是好得多了。

葛三娘道：“普通农家，没有这样大胆。只怕有些来历，你先问问他。”岳霆外号“霹雳火”性情急躁，早就跑了上去，叫道：“咄，给我停住！”

不料他还未曾开口，驾车的那个老头儿已先问他道：“你们是江家的客人吗？”

岳霆怔了一怔，道：“你怎么知道？”

那老头儿道：“这匹青骢马本来是我的，昨晚江家的二徒弟深夜来问我借这匹坐骑。说是要给一位客人赶路。看你们的情形，敢情是刚刚碰上了强人？咦，不对，我这匹马不是受的刀剑之伤，是给人下了毒！怎的会弄成这个样子的？”

原来这个老头正是江南的那个棋友。他家就在附近，听得这边有人厮杀，赶出来看。路上搭了一个相熟的乡人的牛车。这个王老头本来也是一个江湖人物，乡人都知道他有一身武艺。牛车的主人驾车往东平镇，在半路上听见有“官军捕盗”的消息，不知散了没有，正自踌躇不敢向前。乐得有王老头搭他的车，做他的保镖。

王老头心疼他的坐骑，下了车就去抚摸那匹青骢马，仔细审视，咕咕哝哝地道：“还好是慢性毒药，但也得我小心给它调养十天八天了。”

岳霆听了王老头的话，呆了一呆，道：“你说的那个江家二徒弟，是不是宇文雄？”王老头道：“不错，正是宇文雄。你认得他，你就是昨晚在江家留宿的那位客人吗？”

岳霆忽地大叫道：“我明白了！”他声如霹雳，把王老头吓一大跳！问道：“你明白什么？”

岳霆大叫道：“好呀，原来都是这小子捣鬼！”王老头摸不着头脑，道："你说什么?"

岳霆哪有工夫与他多说，道："这辆车子借我一用。"

王老头道："这车子不是我的。但我可以和你说说，张大叔——"这张大叔是牛车的主人，早已吓得慌了，躲在车厢里哪敢露面?

话犹未了，岳霆已把这张大叔一把揪了出来，说道："我不是白要你的，这锭金元宝你拿去。我没工夫和你多说!"

王老头气得双眼翻白，道："朋友，你这是算哪一门? 你究竟是江家的客人还是强盗? 我有心把你当作一个朋友，你怎的这样无礼?"

岳霆解开绳索，放了拉车那两条牛，把他们夫妇那两匹坐骑套上，将牛车改作了马车。说道："我不敢高攀江家，我是强盗。但这桩买卖，你的朋友也总不至于吃亏吧!"

葛三娘抱着祈圣因坐上马车，说道："我知道你老人家很够朋友。但我朋友受了伤，我们急着要走。礼貌欠周，你老人家多多包涵包涵!"用祈圣因那条长鞭当作马鞭，"呼喝"一声，赶车便跑。

岳霆则展开了轻功，向相反的方向跑往江家。他急着去办祈圣因嘱托之事，无暇向这老头儿解释了。

王老头听了葛三娘向他赔罪的说话，火气稍稍平了一些，兀是咕咕哝哝地说道："真是个冒失鬼，老子从前也曾做过强盗，却没见过你这么样连江湖规矩都不懂的。哼，我最心爱的坐骑还可以借出来，谁稀罕你的金子?"他越想越觉得岳霆夫妇形迹可疑，又自言自语道："看来只怕当真不是江家的客人? 他骂的那个小子似乎说的是宇文雄，嗯，宇文雄可是个好小子呀，这人无端地骂他，不知为甚来由?"

王老头想往江家探听，但那匹青骢马中了毒，必须先牵回家中疗治，于是说道："喂，老张，咱们回去吧。你发什么呆呀?"

这张大叔一生未曾见过金元宝，拈在手里，翻来覆去地瞧了又瞧，说道："你看看，这是真金还是黄铜?"王老头道："当然是真金!"张大叔咕咚一声，坐在地上，乐极忘形地叫道："妈呀，那我可发财了!"他是农村里兼做小买卖的生意人，这金子王老头不稀罕，他可稀罕。

王老头想起车子不是自己的，不禁哑然失笑："他们一个愿卖，一个愿买，我又何必生这闲气？"这么一想，火气也就平了下来，和那张大叔回家了。

葛三娘赶车下了山坡，但王老头那番说话她还能听见，不觉心中一动，想道："这老头儿很够义气，看来是个正派的人。但祈弟妹说宇文雄是奸细，这老头儿的口气却很维护这个小子。莫非这小子还有几分可取之处？可惜祈弟妹昏迷不醒，不能详究根由。"葛三娘心地慈悲，比较肯为别人着想，想到此处，倒有点害怕祈圣因一时不察，冤枉了好人。但她此时急着要把受伤的祈圣因送到安全的地方疗治，却是无暇跑回去与丈夫商量了。

宇文雄做梦也想不到有人诬陷他。祈圣因走的时候，他还在花园中与江晓芙练武。一套追风剑式尚未练完，叶凌风便出来传话，叫他去见谷中莲。

宇文雄因为昨晚之事，祈圣因对他颇有怀疑，连师母也似乎不敢完全相信他，心中难免有点气愤。见了师母，神色也掩藏不住。

谷中莲倒是和颜悦色地和他说道："雄儿，你可是感到委屈么？"宇文雄道："徒儿不敢。"谷中莲道："你对尉迟炯夫妇是否还有仇恨？"宇文雄道："师母，你可是要徒儿说实话么？"

谷中莲有点不大高兴，说道："当然是要你说实话。"宇文雄道："尉迟炯虽然没有亲手杀了我的父亲，但我父亲病死，总是因他劫镖而起。如今他和师父有了交情，我可以不再报仇，但要我讨好他，我还是不愿。说老实话，我多少还有点恨他的。不过，我也想通了，这种劫镖之事，江湖上在所多有，也不能就把尉迟炯当作杀父之仇看待。"

谷中莲微微一笑，说道："很好，你肯说老实话我很高兴。我并非要你讨好他们夫妇，你能够这样想，我已经满意了。我也想告诉你，他们夫妇对那次劫镖的事颇为后悔，想与你化解这段冤仇呢。尉迟炯已经赔偿了镖局的损失，至于他当初为什么要劫这支镖，昨晚祈圣因也告诉了我，我现在说给你听。"

谷中莲还没说到一半，忽听得"砰"的一声，似是有人踢开了大门。谷中莲怔了一怔，正自心想："什么人来到我家，竟敢如此无礼！”心念未已，便听得有人大呼小叫道：“叫宇文雄这小子出来，我没有工夫耽搁！”

来的乃是岳霆，他脾气急躁，踢开大门，进来便骂。江晓芙怒道：“岂有此理，你为什么骂我二师哥？”岳霆“哼”了一声道：“我不但要骂，我还要——”江晓芙双眼一翻道：“你还要怎样？你要杀他？”

岳霆是关外的马贼，进关未久，对江海天的声名仅是略有所闻，因此对江海天的敬畏之心也自是不如关内的豪杰。不过，他毕竟也曾听人说过江海天是个“大侠”，而且祈圣因昨晚得到江家款待，说来也有一份香火之情。

江晓芙怒气冲冲地截断他的话反问，岳霆窒了一窒，倒也不敢太过鲁莽，当下，冷笑一声，说道：“江海天是你爹爹吧？哼，你爹爹教的好徒弟！你爹爹若不杀他，说不得那我只好代劳了！”

江晓芙一听这黑汉子果然是要杀她的二师哥，气得将辫子一甩，“刷”的拔出剑来，说道：“我爹爹若是在家，焉能容你欺负上门？好呀，你要杀我师哥，那就亮兵刃吧，你杀得了我，再去杀他！”她这几句话，是有意大声说给母亲听的，但在对方未亮兵刃之前，她也不敢便即动手。

岳霆摇了摇头，心道：“江海天空有大侠之名，教出的女儿竟然如此骄纵。女儿犹且如此，徒弟当然更是不堪了。”不过江晓芙这么一来，他倒是不知如何应付才好。江晓芙不过是一个十六七岁的小姑娘，他岂能与一个小姑娘一般见识？

正在闹得不可开交，谷中莲与宇文雄已经走了出来，叶凌风也闻声赶到了。

谷中莲喝道：“芙儿，不可无礼！”宇文雄十分奇怪，这人他并不认识，双眉一轩，上前问道：“你找宇文雄何事？”

江晓芙退到她母亲身旁，咕咕哝哝说道：“妈，你瞧这贼汉子把咱们的大门也踢烂了，还要杀二师哥。你不让他知道一点厉害，他只道江家是好欺负的呢！”几个人争着说话，嘈成一片。谷中莲眉头一皱，道：“芙儿，让客人先说。不管他是怎样进来的，来到咱家，就是咱家的客人，咱们不可先失了礼数！”

岳霆戟指骂道："害死祈圣因的就是你这位宝贝徒儿！"

谷中莲这几句话透着棱角，表面是教训女儿，实际是连岳霆也教训了。岳霆怔了一怔，想起自己也是鲁莽了些儿，当下抱拳一礼，说道："这位是江夫人吧？这少年人是否就是你的二徒弟宇文雄？"谷中莲道："不错，我这徒弟有何事得罪客下？"

岳霆听说是宇文雄，双眼一瞪，冷冷说道："江夫人，你知不知道你这徒弟乃是清廷奸细？"正是：

接木移花施毒计，是非颠倒害同门。

欲知后事如何？请听下回分解。

第二十五回　清浊未分堪一叹　恩仇难辨又重来

此言一出，便似晴天起了个霹雳，震惊了所有的人！宇文雄呆了一呆，大怒喝道："你说什么，我是奸细？岂有此理！你、你、你血口喷人！"握起拳头便冲过去，岳霆冷笑说道："好小子，揭了你的底，你要反啮么？"一招"龙顶夺珠"，五指如钩，使出了分筋错骨手法，迎着宇文雄搂头便抓！

这两人都是在暴怒之下向对方冲过去的，岳霆练有"铁布衫"的功夫，挨他一拳，算不了什么，但若宇文雄给他抓着，琵琶骨筋断骨折，那就要变成废人了。

眼看就要碰上，双方都忽觉劲风飒然，似有一股潜力向自己推来，原来是谷中莲赶了到来，挥袖在他们中间一隔。

岳霆不由自己地连退三步，方才稳得住身形；宇文雄则给那衣袖一拂之力，轻轻地带过一边。谷中莲倒不是有意袒护徒儿，要客人难看。而是因为两人功力不同，她要隔开双方，所用的力道也就因人而施，刚柔有别。但她掌握分寸，恰到好处，双方都没受伤。

岳霆吃了一惊，满面通红，正要发话，谷中莲已在说道："奸细的罪名非同小可，若然属实，我决不会包庇门人，定按门规处置。但必须问个明白，也不容外人越俎代庖。尊驾请坐，我这徒儿性情暴躁，他先动手是他不对，我这厢向你赔罪了。"

谷中莲是一派掌门的身份，说话自有一股威严。这番话也说得不卑不亢，极为得体。岳霆黑脸泛红，心道："这江夫人果然不愧是巾帼须眉，武功高强还在其次，说话竟也这么厉害。"他的大力鹰爪功，挡不住谷中莲衣袖的一拂，心中又是惭愧，又是佩服。谷中莲话语之中隐隐含有责备之意，他听得出来，也是不敢发作了。

但岳霆虽然不敢放肆，胸中却还是有着一股气，当下哈哈一笑，赌气说道："江夫人能够秉公处理，那是最好不过。江夫人有什么要问的，便请问吧！"

谷中莲道："尊驾何人，可肯见告？"岳霆道："我姓岳名霆，尉迟炯是我把弟，千手观音祈圣因是我弟妹。我与令徒素不相识，也无冤无仇，这次冒昧前来，是受了祈圣因之托。她不忍你们的侠义门风，被叛徒败坏！隐藏的祸患也必须及早消除。所以她不能不要我来把这事情抖露，让你知道！"

谷中莲大吃一惊，连忙问道："尉迟夫人怎么样了？她为什么不自己来？"

岳霆满腔悲愤，冷冷说道："我的祈弟妹只怕来生才能再见你江夫人啦！"谷中莲大惊道："什么？你、你是说她已经死了？"岳霆咬了咬牙，说道："她身上受了十几处伤，如何还能再活？这都是令徒干的好事！好呀，宇文小子，你害死了祈圣因，算是替你爹爹报了一半仇了，你这该称心如意了吧？可是这样的报仇，也未免太卑鄙了！"其实祈圣因受了重伤是实，但只不过是昏迷过去，并没有死。岳霆心中气愤，故意夸大其辞，说得严重一些，刺激谷中莲。

可怜宇文雄又是吃惊，又是气愤，张大了嘴巴，好半晌才叫得出来："你、你这话是从何说起？我、我今日半步未离过家门，焉能就害死了千手观音？"

岳霆冷笑道："凭你的本领，当然害不了千手观音；但你借刀杀人，心更狠毒！"

谷中莲变了面色，峭声说道："事情总有个水落石出。是谁杀了尉迟夫人？"

岳霆道："她在东平镇前面的山岗，碰到一群鹰爪。为首的就是那御林军副统领李大典！这人是在宇文雄父亲宇文朗生前所在的那个镖局有红股的，宇文小子，你敢说你不认得李大典么？"

宇文雄叫道："你可不能这样血口喷人！不错，我知道有这么一个人，但也只是小时候曾见过一两次，如今他是什么模样，我也记不起啦！我怎能去串通他？”

岳霆冷笑道：“那么李大典何以会到这小镇上来？他又怎能知道我的祈弟妹会在今天早上经过那一条路，预先埋伏？”

宇文雄怒道：“这我怎么知道？”他怒极气极，声音已是不觉有些颤抖。岳霆越发认定他是胆怯心虚，只是嘿嘿冷笑。

谷中莲道：“尉迟夫人埋了没有？你带我去看她遗体！”

岳霆淡淡说道：“多谢你的好心，可不用你劳神了。祈弟妹虽是死了，我也不能让她落在鹰爪手中。我的浑家早已把她带走了。”

谷中莲道：“能不能让我见她最后一面？”

岳霆冷笑道：“人都已死了，见这一面，又有何用？反正她也是不能和你说话的了。再说，你是大侠的夫人，我们是强盗，我也不便和你一路。你若是念着我的祈弟妹和你的一点交情，那还是替她设法伸冤吧。她临终嘱托我来给你送信，如今我的话已经捎到。对不住，我是无暇耽搁，告辞了！”

江晓芙叫道：“妈，不能让他就走！”岳霆双眼一翻，冷笑道：“怪不得宇文雄这小子如此胆大妄为，原来还有人护着他呢！嘿，嘿！江姑娘，你是不是怪我不该来此报讯，要将我难为么？”

江晓芙听出他的话中的嘲讽之意，又羞又怒。但她知道这是宇文雄的生死关头，说正事要紧，无心与这岳霆吵嘴了。当下说道：“妈，这人来胡说一通，怎知他是真是假？至少也得打探到祈圣因的确实消息，才能让他走开。”

谷中莲看这岳霆不似说谎的人，但也不敢相信宇文雄就是奸细，心中想道：“祈圣因的死讯大约不是捏造的。但她临死之言，只有这人听到，却是缺乏旁证，不能无疑。”

岳霆见谷中莲拦住他的去路，陡地变了面色，道：“江夫人，你当真要将我留下么？”谷中莲道：“不敢。只是想再问岳舵主一句话。”岳霆道：“什么？”谷中莲道：“还有无别的证据？”

岳霆冷笑道：“敢情你还是不信我的话？李大典率领鹰爪围攻我的祈弟妹，这证据还不够么？有个军官的尸首还在那山岗上，你要是不信，可以自己去瞧瞧。嘿，如果再还不够，如今又有一个证人来了，他会对你说另一个证据的。我却没工夫受你盘问了，江夫人，你是让不让我走？”

来的原来就是那青骢马的主人王老头。他见岳霆也在这儿，屋里的气氛显得很不寻常，不禁吃了一惊，说道：“怎么回事？”谷中莲道：“没什么。王大叔，你请坐。我送这位客人。”王老头道：“怎么你又说你不是江家的客人？”这句话他是向着岳霆说的。

岳霆纵声笑道：“我只是个送信的人，本来不敢高攀。江夫人，多谢你将我当作客人，那么告辞了！你也不必客气啦！”笑声沉郁苍凉，兼带几分气愤，虽然不是拂袖而去，也是见诸辞色的了。

谷中莲道：“王大叔，你认得这位岳舵主的么？”王老头道：“谁认得他。今早在那山岗上碰上的，他用一锭金元宝换了我同村张大叔的一辆牛车，给一个受了重伤的女子乘坐。当时我已猜想到他是你家的客人，想与他套个交情，他却不顾我的面子，掷下金子，便抢了牛车。”这王老头是江南的老朋友，想是与江南相处得多，说话也有点像江南那样的唠叨。

谷中莲连忙问道：“一个受伤的女子，那么这女子是还没有死的？”

王老头道：“那女的伤得极重，就像个血人一般。只见她面如金纸，双目紧闭。我没有摸过她的脉息，也不知她是死是活。”

谷中莲道：“是什么人伤了这个女子，你可知道？”

王老头道：“今早趁墟的乡人看见是几个军官围攻那个女子。我到场的时候，只见地上有个军官的尸体，另外的两个鹰爪孙，想是给那黑汉子赶跑了。嗯，死掉的那个军官我倒认得。”

谷中莲道：“是谁？”

王老头道：“是御林军的一个管带名叫卫涣的。这人和御林军副统领李大典是老搭档。十多年前，我在冀北犯案，曾给他们追捕，幸而逃脱。我也就是因此才金盆洗手，逃回乡下的。”

王老头说的事实与岳霆说的相符，若凭事实推断，宇文雄的确是有串通李大典，设伏谋害祈圣因的嫌疑。江晓芙听了这些说话，也吓得慌了。颤声说道：“只不知那个女的是否就是千手观音？”

谷中莲道：“那女子的坐骑是不是就是你的那匹青骢马？你可

见着了么?”

王老头道:“我正是要来告诉你，那匹青骢马我已经牵回来了。嗯，可是有点奇怪。”

谷中莲连忙问道:“怎么啦?”

王老头道:“那匹马口吐白沫，得病了。”

谷中莲道:“昨晚还好好的，怎的无端得了病了?王大叔，你最善于养马，想已看出是什么病?”

王老头讷讷说道:“是呀，是有点古怪。只怕是草料中不小心混进了有毒的野草也说不定。”

宇文雄急得嚷道:“草料是我割的。那匹马也是我喂的。怎么会有毒草?”

王老头道:“这些有毒的野草并不常见，或许你不能分辨，也是有的。宇文哥儿，我老汉绝没有疑你之意。”王老头对宇文雄颇有好感，听说是他割的草料，赶忙替他开脱。但谷中莲却是不能无疑了。

王老头接着说道:“好在中毒不深，调养三五天就会好的。嗯，江夫人，我几乎忘了，还有一个特别的消息。”

谷中莲道:“什么消息?”

王老头道:“镇上那家新开张的酒楼，给人一把火烧了。有两个伙计还给打伤。这把火已经奇怪，更奇怪的是，火起之后，酒家的人竟不救火，全都逃了。待到邻居将火扑灭，酒楼也已倒塌，只剩一堆瓦砾啦。唉，今后可没有这么好的喝酒地方啦，真是可惜!”

叶凌风心里又惊又喜，暗自想道:“这黑店被烧，风从龙的党羽在东平镇上已是不能立足，我也不用担忧他们再来威胁我了。即使风从龙以后会来找我，但至少目前我是可以安心睡觉了。哈，真想不到事情样样如意，圆满得简直还出乎我意料之外!祈圣因死了，李大典他们被赶跑了，如今黑店又被烧了，我的秘密也不怕被人揭穿啦。”

只有一点点令他未能安心的是，烧毁那黑店的不知是什么人，这人会不会知道他与这间黑店的关系?他想了又想，自己安慰自己道:“昨晚我偷偷进入那家酒店，事先曾非常小心地看过，街上并无一个人影，料想没有人知道我这个秘密。至于后来宇文雄碰到的那个夜行人，虽然有点可疑，但那也已经是我踏出东平镇以后的事了。”这么一想，叶凌风又释然于怀了。

那王老头感到江家的气氛异乎寻常，报告了这个消息后，说道：“江夫人，你有事情，我不打扰你了。我也该回去料理我那匹宝贝坐骑啦。”

王老头走后，谷中莲叹了口气，说道：“芙儿，可惜你爹爹不在家中。”要知道谷中莲虽然比江海天聪明，但临事却不如江海天之有决断。此时她正自心乱如麻，感慨没人可与商量，一时间不知如何处理。

从岳霆与王老头所说的种种事情推断，宇文雄的确是有最大的嫌疑，但谷中莲却也不敢相信宇文雄就有这么大胆。

宇文雄也知道自己的嫌疑最大，忍着悲愤，咽下眼泪，跪倒谷中莲跟前说道：“师母明鉴，徒儿实是冤枉！”

叶凌风“帮腔”道：“事情虽是般般巧合，但我相信二师弟决不敢违背门规，我愿与师妹一同担保他！”他明知江晓芙定会给宇文雄说项，他就先说在头里，明是帮腔，实是挑起谷中莲的怀疑。

江晓芙无心琢磨叶凌风的话语，果然接着便道：“妈，请念在二师哥曾经救我之恩，免于责罚。那姓岳的一面之词，也未可就全信了。”江晓芙提不出什么有力的证据给宇文雄开脱，只能提起旧事来给他说情，却不知这样一来，更触了母亲之忌。“暗藏的奸细”这是何等重大的罪名，岂能因儿女之情、私人恩惠就可开脱？

谷中莲想了一想，沉声说道：“宇文雄，你起来吧。我有话说。”她不叫“雄儿”而直呼其名，江晓芙已感到了不妙。

谷中莲道：“事情总有水落石出之时，你也不用着急。你的内伤都已好了吧？”

宇文雄怔了一怔，道：“多谢师母再生之德，徒儿早已好了。”不解师母何以明知故问。

谷中莲微露歉意，说道：“你是为了我的芙儿而受伤的，如今你已痊愈，我也心安了。你当日拜师之时，师父是将你收为‘记名弟子’的，如今既然出了这件事情，这师徒名分，就留待水落石出之后再定吧。你所学的武功，我可以让你带走，但在重返门墙之前，你可不能自称江家弟子了。”

江晓芙大惊道：“什么！妈，你要把二师哥赶走？”

谷中莲心意已决，说道：“芙儿，你别吵闹。宇文雄，我不是不相信你，但既然出了这件事情，旁人未必都能信得过你。我若不按武林规矩办事，别人只怕会说我包庇徒儿。目前暂且委屈你一点儿，只待事情清楚，你就可以重返门墙。你能够体谅我这片苦心么？”

谷中莲所说的确是实话，要知她明日便要前往邙山，主持独臂神尼的祭典，并与群雄聚会，合谋抗清。群雄若知道此事，岂能放过了宇文雄？而且她虽说是信得过宇文雄，但也总得作“万一”的打算，宇文雄过去的经历她并不是十分清楚，祈圣因也曾再三叫她“小心”的了，倘若宇文雄“万一”真是奸细，其祸非小。所以她不能不采取这样的处置，而这样的处置，并不同于一般的“清理门户”，她认为已是合情合理，宽大非常。

宇文雄心里十分难过，但他也是倔强的性情，心中想道：“师母既有见疑之意，我留在这里，也没有什么意思。”当下恭恭敬敬地向谷中莲叩了三个响头，说道：“一日为师，百年为父。徒儿今日蒙冤未白，难列门墙，只得遵从师母之命，免得玷污师门清誉。但师恩未报，弟子在外决不敢以江大侠的门人自居，但私下我却不能不认师父、师母。还望师母体念我的衷诚，许我再尊称你一声师母。”

谷中莲本待阻止他以师徒之礼拜别的，听他说得如此恳切，也不禁眼睛微润，不阻止他了。

江晓芙叫道：“二师哥，你当真就要走了？妈，你怎能这样狠心？”

谷中莲道：“你这丫头真不懂事，风侄，把她拉开。”宇文雄道：“师母这样做已经是非常顾全我了，师妹，多谢你的好意，但你也不必阻拦了。”

叶凌风踏上一步，遮住了门口，说道：“师弟，你一人在外，多多保重。我必定尽力协助师母，查明事实，给你洗脱嫌疑。你，你放心去吧。”他这出“戏”不但是做给宇文雄看的，也是做给江晓芙看的，假戏真做，也不知哪里来的一副急泪，说到后来竟是语声呜咽。但他站在门口，用意却是在拦阻江晓芙追出去的。

宇文雄十分感动，说道：“多谢师兄肝胆相照，小弟只盼有朝一日，能够重返门墙，再领师兄教诲了。师兄请回，小弟告辞了。”回身一揖，迈步走出大门。

江晓芙知道事情已成定局，难以挽回，追出去徒惹伤心，于事无补，即使叶凌风不是拦在门口，她也不会那样做了。

谷中莲将女儿搂入怀中，轻轻替她抹去了眼角的泪珠，说道：“傻丫头，又不是死别生离，这么伤心作甚？”江晓芙气愤难平，说道：“妈，你虽说查明真相，便许二师兄重返门墙。但这样的无头公案，却从哪儿查起？”

谷中莲道：“天下无难事，只怕有心人。待邙山大会过后，我尽力设法查访就是。真伪自有人知，他倘若真是冤枉，也总不会一直含冤莫白的。”话虽如此，其实谷中莲亦无把握可以查明真相，只不过为免女儿伤心，哄哄她而已。

叶凌风作贼心虚，听到“真伪自有人知”这一句，却是禁不住心头一凛。但随即想道：“是啊，这样的无头公案，从何查起？莫说祈圣因已死，死无对证。即使她还在生，她也必定认为是宇文雄干的勾当。种种嫌疑，都是关连着宇文雄的，她怎会疑心到我？哈，我布置得这样巧妙，只怕祈圣因死了，也还是个糊涂鬼呢。她临死之前，嘱咐岳霆报讯，不是口口声声只指控宇文雄吗，几曾疑心我了？”

叶凌风事事如意，心中欢喜无限。但脸上却还是一副伤感的神情。江晓芙心道：“我只道大师哥有点妒忌二师哥，却原来是错怪他了。”

谷中莲道：“你爷爷已经去了三天，今天该回来了。他一回来，明天咱们便要前往邙山了。芙儿，你今日得加紧和你师兄练一练本门武功，大须弥剑式与天罗步法尤其要练得纯熟才好。别在人前丢了你爹爹面子。不许再想你二师哥的事情了，赶快去吧。”

叶凌风心花怒放，说道：“是啊，我在路上只跟师父学了剑诀，还得请师妹多多帮我练练招式才成。”

江晓芙年少好强，虽然无心练武，但却乐于助人。叶凌风可算是摸透了这个师妹的脾气，不惜以掌门师兄的身份，低首下心，求她相助，指点招数，果然哄得江晓芙服服帖帖，不再吵闹，随他到花园练武。

谷中莲看着他们并肩同走的背影，心想：“风侄很会体贴芙儿，或者可以渐渐转移她的心意。但看刚才的情形，芙儿与宇文雄实是相爱已深，即使她与风侄能成连理，只怕也要在心上留下创伤，永远不能磨灭的了。唉，我这样处置，我也不知是否得当?”想至此处，不觉一片茫然。

原来谷中莲这次把宇文雄赶走，虽然是为了维护门规，预防“万一”；但却也不无一点私心存在。这点私心，就是替叶凌风扫除“障碍”，好让他与江晓芙有更多接近的机会，撮合他们的姻缘。但谷中莲毕竟是个女侠，行事一向光明磊落的，这次的行事却掺杂了一点私心，事后思量，却不免也有点儿惭愧了。

谷中莲自己也是“过来人”，想起自己当年与江海天两情契合，却又好事多磨的经过，思潮越发起伏不定。蓦地她又从邙山之会，想起自己的义母谷之华。谷之华当年也曾被掌门师姐疑是叛徒，将她逐出门墙的。谷中莲不由得想道：“倘若宇文雄当真也是受了冤枉的，我活活拆散了他们，却怎对得起他？唉，但真相既未分明，我也只能如此处置了。”

叶凌风是想不到谷中莲会感到愧悔的。他只知道师母是 心意地帮他，心中高兴，实是难以言宣，借着与师妹练武为名，千方百计地去讨江晓芙的欢喜的。

江家之事，暂且按下不表。且说宇文雄出了师门之后，踽踽独行。叶凌风最高兴的时候，也正是他最伤心的时候。

天地茫茫，不知何处是安身之地。宇文雄怀着满腔气愤，只想远远离开江家，走到哪儿就算哪儿。但想起此一去不知何年何月才能重见师妹，却也不免黯然神伤，心头隐隐作痛。

宇文雄正自怅怅惘惘，不知不觉已走到了东平镇前面那座山岗。忽觉微风飒然，人影一晃。有个人在他肩头轻轻拍了一下，说道："兄台可是江大侠的第二个徒弟，名叫宇文雄的么？我看兄台似有满怀心事，可否和小弟说说？"此人突如其来，宇文雄吓了一跳，本能地闪过一边。

定睛看时，只见是一个陌生的黑衣少年。宇文雄怔了一怔，说道："阁下是谁？请恕小弟眼拙，咱们以前似乎没有会过？不知阁下何以知道小弟贱名？"心中想道："这人也未免太冒昧了，素未谋面，却要我把心事告诉与他。"

那黑衣少年哈哈一笑，竟似猜到了他的心思，说道："你是嫌我来得太过突兀么？咱们在江湖上行走的人，萍水相逢，只要意气相投，便可以成为朋友。"宇文雄心道："话说得是，但我怎知你是什么人？"心念未已，只听得那少年又道："况且咱们其实是会过面的，只是兄台想不起来罢了。"

宇文雄一片茫然，说道："几时会过的？在什么地方？请恕我记性太坏，实在想不起来了。"

那黑衣少年笑道："就是在这个地方，还是昨天的事情呢，怎么就记不起了？"

宇文雄恍然大悟，说道："哦，你就是昨晚的那个夜行人？"

那黑衣少年道："不错。你不知道我，我可知道你呢。你为什么离开江家？看你愁眉不展，定有心事。"

宇文雄道："小弟的事情实是不足为外人道，而且兄台要管也管不来的。嗯，兄台高姓大名，小弟都还未请教呢。"

那黑衣少年笑了一笑，说道："我的姓名，日后你自会知道。不是我不肯告诉，现在还没到时候。"

宇文雄有点不大高兴，心想："这少年怎的如此古怪？哼，他连姓名都不肯告诉我，却要我把师门的秘密告诉他。"

那少年又道："或许我可以为你效劳，咱们林子里说话去。"

宇文雄道："不敢劳烦阁下。小弟还要赶路，多谢阁下的好心了。"

那少年又是哈哈一笑，说道："宇文兄，你这就是说的假话了。你要到什么地方，心里只怕也还未曾打定主意吧？说的什么赶路？"

宇文雄愠道："这是我的事情，阁下你就不必多管了。"

那少年道："不，你这件事情，只怕只有我才能管。你是怕我对你有所不利么？不是我说句狂妄的话，我若要害你，昨晚就可以伤害你了。好吧，看来你是不大相信我，那我就只问你几句话，你认为可以回答的你就回答，否则你尽可闭口不言。这样你可以放心了吧？"

宇文雄给他纠缠不过，心想："也好，且看你问些什么？难道我还怕你把我吃了。"于是就跟那少年走进林子。

那黑衣少年道："昨晚和你一起的那个少年是你的师兄弟吧？"

宇文雄道："不错，正是我的大师兄。"

那少年道："你大师兄叫什么名字？"

宇文雄见这少年老是打听他的师兄，心里有点奇怪，但心想这也不是什么秘密，便如实答道："我师哥叫叶凌风。"

那少年怔了一怔，似是听到一件滑稽的事情似的，脸色很是古怪，自言自语道："哦，叶凌风，他叫叶凌风？"忽地哈哈大笑起来。

宇文雄心想："这人难道是神经病？"不禁问道："这有什么好笑？人总有一个名字，我大师兄的名字你觉得很特别么？"

那少年道："不错，不错。名字只是一个记号，叶凌风这名字好得很，并没有什么特别。"

宇文雄道："那你又为什么好笑？"

那少年道："不为什么，就是觉得好笑。不对，咱们说好了是我来问你来答的，你怎么问起我来了？"

宇文雄心道："这人七成是个疯子，但他目无凶光，神情又很和善，疯子又似乎不是这个样子的。"思疑不定，只想摆脱他的纠缠，便赌气说道："好，那你还有什么要问的，就赶快问吧！"

那少年道："我还是要问你的大师兄，你大师兄待你好不好？"

宇文雄道："你要知道我们的私事干嘛？"

那少年道："你不愿意回答？"

宇文雄道："不，我只是觉得你问得有点奇怪。你我素不相识，我师兄的名字你也只是第一次听到。"

那少年忽地又笑了起来，说道："你又犯了约好的规矩了。你愿意回答就请回答，却不必问我为什么要这样问你。”

宇文雄怕了他的啰唆，说道：“这也不是什么不能告诉人的事情。好吧，我就告诉你：我大师兄对我很好。”

那少年道：“你大师兄是什么时候拜师的，你可知道?”

宇文雄道：“他比我先来几天，约半年了。”

那少年道：“你还有别的同门吗?”

宇文雄道：“还有一个师妹，她是我师父的女儿。”说到这里，宇文雄心头一动，多了一层怀疑，心想：“难道这人知道我师父收了李文成的孤儿做记名弟子之事，特地装疯，来向我打听的?”

心念未已，那少年已在笑道：“好，看你是有点不耐烦了，我就不问你的师兄弟的事情啦。如今我要问你正经事了!”

宇文雄对这古怪的黑衣少年已是起了怀疑，心中也就自然多了一些戒备，怔了一怔，说道：“你我素昧平生，有什么正经事可谈?”

那少年笑道：“你别紧张，咱们是约好了的，你不愿意回答就可以不答。”

宇文雄动了好奇之心，转念一想，“且看他问些什么，从他的问话中或者可以多少知道他一点来历。”便道：“既然如此，那你就请问吧。”

那少年道：“你说得不错，你我素昧平生。所以我不问你的生平，只问你的近事。昨日那匹坐骑，你是给谁借的?”

宇文雄心想：“千手观音是女强盗，我师母跟她往来，这可不能告诉他了。”便闭口不言。

那少年笑了一笑，自问自答道：“是借给一个浑号千手观音，能双手同使鞭剑的女强盗不是？这千手观音已给朝廷的鹰爪伤了。对么?”

宇文雄愠道：“你都已知道了，为何还要问我?”

那少年道：“但我有一事不明，想向老兄请教。千手观音之所以受伤，是因为她的坐骑中了毒的缘故，要不然那是一匹骏马，她尽可以逃得脱的。昨晚我看这匹坐骑马还是好好的嘛，为什么会突然中毒?”

宇文雄赌气说道："岂有此理，你也疑心我了？"

宇文雄听了他这个问题，只当他是岳霆这一伙人，禁不住动了怒气，但这么一答，却也给那少年找着了破绽了。

那少年"哦"了一声，说道："你师母、师兄都怀疑是你下的毒吧？昨晚是你饲的草料，是么？"

宇文雄道："随便你去猜疑吧。总之我问心无愧。"

那少年笑道："不是我怀疑你，你答非所问了。不过我也有一样猜疑，你的师母未必会陪着你去喂马，这是不是事后你师兄对你师母说的。"这少年江湖经验颇深，人也老练，居然一猜便中。

宇文雄却误会了他的意思，愤然说道："你想挑拨我们师兄弟么？"

那少年有点诧异，道："我干嘛要挑拨你们？听你这么说来，你和你的大师兄，倒似乎本来就已有了点儿心病了。哦，我明白了！"

宇文雄恼怒说道："你既然什么都已明白，那就别拿我来消遣啦。失陪了！"

那少年一把拉着了他，忽地神情十分诚恳地说道："不，有一样我还很不明白，你一定要告诉我。这对你也是关系很大的！"

宇文雄见他说得如此郑重，也不禁半信半疑，说道："既然如此，你说来听听。只要无损于侠义之道，小弟自当奉告。"

那少年道："你可知道千手观音的为人如何？在绿林中的行径是好是坏？"

宇文雄怔了一怔，道："你和我开玩笑么？千手观音是何等样人，你还用向我打听？"

那少年也怔了一怔，显得颇为诧异，说道："我是和你说的正经事儿，你怎的以为我是开玩笑了？"

宇文雄道："怎么，你难道不是她们一伙？"

那少年笑道："当然不是，否则我何须问你？"

宇文雄仍是不敢相信他的说话，寻思："这人好不古怪！祈圣因被鹰爪所伤，这是刚发生不久的事情，他若不是她们一伙，怎能知道？而且听他刚才的说话，祈圣因的身份来历，他也是分明知道了的，怎能还不知道她的行事如何，却来问我？”

宇文雄的推想很有道理，但他却有所不知，原来这黑衣少年就是那个伏在乱石堆后，曾经两次出手，暗中救了祈圣因性命的那个少年。祈圣因的身份来历，他是从偷听之中略有所知，却并非岳霆一伙，和祈圣因更是从不相识。

这少年和叶凌风倒是相识的，他从昨晚与今朝的所见所闻，隐隐猜到是叶凌风存心害那千手观音。

这少年就是因为不知祈圣因到底是好是坏，所以最初不愿卷入漩涡，后来也只是到了紧要关头，才暗中相助，只求保全祈圣因的性命，以待查明真相。

这少年心里想道：“照理叶凌风决不会无缘无故的害人，但不论如何，他的行为却不是正人君子所应采取的。唉，这倒把我弄糊涂了，难道是我识错了人？又难道是叶凌风变了另一个人了？”

这少年怀着种种疑团，是以来向宇文雄打听。可惜宇文雄却不敢相信他，反而生了许多误会。

宇文雄看他一副诚恳的神态，心里怀疑不定，想道：“他是什么用意？拿他已经知道的事情来问我，对他又有什么好处？”

这少年笑道：“怎么，你答复这个问题，总不至于有损侠义之道吧？”

宇文雄思疑不定，大声说道：“我不知道！”

宇文雄倒不是纯粹不愿回答这少年的问题，而是这个问题，他确实也难以回答。

宇文雄所受的冤屈，可说是由于祈圣因而起的，如今祈圣因生死未卜，他虽然不至于对她心怀怨恨，但至少想起这件事情，总还是难免有点气愤。何况还有着祈圣因丈夫劫夺镖银，“气死”他父亲这段梁子呢。“祈圣因是好人还是坏人？”这个问题，你叫他如何回答？他当然只好说是“不知道”了。

这少年大为失望，说道：“你怎能不知道？你昨晚不是给她借坐骑的么？”

宇文雄道：“那是奉了我师母之命。”

这少年忒也机警，鉴貌辨色，说道：“听你的口气，你似乎对千手观音无甚好感，是么？”

宇文雄冷冷说道：“随便你怎样猜想吧。我不能因为有人怀疑是我害她，就要说她的好话。对不起，天色不早，我可真是没工夫奉陪了。”他还是怀疑这黑衣少年是祈圣因、岳霆一伙。

这少年见他要走，说道：“且慢，我还有话说！”

宇文雄道：“你再问我也只是不知道！你武功再高，总也不能强我说话吧？你放不放我走？”

这少年笑道：“兄台误会了，咱们有约在前，我怎能强你说话？我是来得冒昧一些，也难怪你不信我。我只是想和你说，请你不必赶路。”

宇文雄道：“咦，你的说话倒怪，这是我的事情，与你何关，要你多管？”

那少年道：“不是我多管你的闲事，但你是江大侠的弟子，这样离开师门，我却未免替你可惜。我倒是想为你尽一点力，你不要远走他方，最好在这附近住两天。对啦，你和那王老头不是很熟的么？你可以住在他家，明天我来找你，或许就会有好消息带给你了。”

这少年过分热心，宇文雄更是不敢相信。当下淡淡说道：“多谢了。走是不走，我自有我的主意，请你不必费心了。”

这少年叹了口气，说道：“你不肯信我，那也只好由你。好吧，但愿咱们后会有期。你今天虽然没有回答我几个问题，但也告诉了我一些事情，多谢你了！”他拱了拱手，先自走了。

宇文雄心道：“好没来由给这小子纠缠了半天。看来他不是疯子就是岳霆一伙，他有什么力量使我重返师门，这不是胡说八道么？”宇文雄被逐出师门，伤心已极，但愿走得越远越好，哪里还肯考虑这少年的说话？正是：

哪堪仍在伤心地？萍水相逢劝不回。

欲知后事如何？请听下回分解。

第二十六回　蜜语甜言淆黑白
诡谋毒手害英豪

花开两朵，各表一枝。宇文雄远走他方，暂且不表。且说叶凌风在宇文雄被赶走之后，所谋样样顺遂，心中高兴，难以言宣，剩下来的就只是如何讨好江晓芙了。

这一日他与江晓芙整天在花园练武，江晓芙倒是专心一意地指点他的招数，但对他的态度却是尊敬而不亲近。尊敬是由于叶凌风是她的“表哥”，又是她的“掌门师兄”；但她总隐隐觉得叶凌风的“气味”和她不甚相投，对他那些阿谀奉承的谄媚言辞，甚至感到讨厌，神情当然也就“亲热”不起来了。

叶凌风只道她是未能忘怀宇文雄的缘故，心想：“反正宇文雄是再也不能回来的了，我与她朝夕相处，日子一长，她总会忘记了宇文雄的。我倒不必太着急了。”他怕“欲速则不达”，打定了主意，采用“水磨功夫”。江晓芙既是神情冷淡，他也就一本正经地跟她练武，不敢太着痕迹。

叶凌风人极聪明，本门武功的诀窍，他早已得了师父口授，甚至比江晓芙还多，练起招式，当然是触类旁通，得心应手。这一日在江晓芙的指点之下，师兄妹拆招，练了一整天的武功，叶凌风实是获益不浅。

叶凌风的师祖江南本是说好了今日回家的，但到了晚上，却还未见回家。吃过了晚饭，谷中莲道：“爷爷明日午间若果还不回来，我们只好先往邙山了。你们已经练了一整天，早点歇吧。明日还要赶路呢。”

江家住宅是间古老大屋，是江南外祖父“铁掌神弹”杨仲英留下的，已有百年以上的历史了。杨仲英是当年北五省的绿林盟主，虽非豪富之家，住宅亦甚宽广。谷中莲母女住在最内一进，叶凌风则住在最外一进，靠近花园，平日他是与宇文雄同住的，宇文雄走后，就只他一个人了。

这一天可说是叶凌风有生以来最感到快乐的日子，他独自一人关在房中，几乎禁不住要笑出声来，越想越是快活，哪里睡得着觉？

不知不觉已是午夜时分，这晚是初三四的蛾眉月，月淡星暗，窗外花园里虫声唧唧，如怨如诉。古老大屋特有的一种阴沉气氛，忽地令到叶凌风觉得有点可怖，风从龙的阴影又似乎在窗前隐现了。

叶凌风心里自己安慰自己道：“不会再来的了。李大典他们跑了，黑店也已经烧毁了，我还害怕什么？嗯，就只不知烧毁黑店的是谁？”心念未已，忽地隐隐听得似有衣襟带风之声从瓦面掠过。

叶凌风这几个月来武功大进，与从前早已判若两人，一听就知道是有极高明的夜行人来了。这人在瓦上行走，宛如蜻蜓点水，一掠即过，等闲之辈，绝难察觉，也幸亏是在深更夜静，否则以叶凌风现行的功夫，也未必听得出来。

这夜行人在屋顶绕了一圈，终于来到了叶凌风的卧房外面，似乎他也察觉是这间房内有人了。

这夜行人的脚步踏碎了叶凌风的美梦，登时把他的一团高兴变作了一片惊慌，他第一个念头是想张口叫喊，把他的师母唤来，不愁这夜行人不束手就擒。

但叶凌风却不敢叫喊，第二个念头从心中升起：“焉知这不是风从龙那一伙人？”倘若张扬起来，这可对他大大不利了。

叶凌风想到这个可能，心中恐怖极了。但他情愿是风从龙这一伙人还比较好些，“最少不会伤害我的性命，我还可以请他们去追杀宇文雄，永除后患。”

叶凌风悄悄的拔剑出鞘，伏在窗下，似是发梦呓般的自言自语道：“日月无光，日月无光！”这是他与风从龙那一伙人联络的暗号，倘若这人果真是如他所料，定会以同样的暗号回答。

夜行人的衣襟带风之声在他窗外戛然而止，可是却丝毫没有声响回答。

他并不是风从龙这一伙人。

叶凌风这一惊更是非同小可，他想到了另一个更令他害怕的可能，“若是岳霆这一伙，已经知道了我谋害千手观音的秘密，前来找我算账，这可如何是好？”

于是第三个念头在他心中升起，“管他是什么人，他一进来我就杀他个措手不及。即使他是我师父的朋友，三更半夜，偷闯进来，我杀他也无罪过。这人十九是对我不利的，宁可杀错，不可放过。”

那夜行人听得叶凌风自言自语，心中好生奇怪，这晚是初三四的蛾眉月，月光虽然黯淡，但也不能说是“无光”，晚上更是扯不上日头，那夜行人寻思：“他说这日月无光，不知是什么意思，难道是在说梦话么？反正我是要找他的，且进去看个明白。”

这夜行人艺高胆大，推开窗子，便跳了进去，同时叫道：“叶兄，醒醒！你看看是谁来了？”

话犹未了，叶凌风躲在暗处，忽地身形暴起，“刷”的一剑，就向那人刺去。那人脚未落地，人在半空，这一剑突如其来，正对着他的胸口，他若是煞不住身形，就等于送上去将身就剑，让叶凌风刺他一个透明的窟窿了。但他身子正向下落，又焉能立即煞住？

只听得“咔嚓”一声，如削败革，却不似血肉之躯。叶凌风方自一怔，只觉虎口一麻，手中的宝剑已给那人夺了过去。原来这夜行人乃是一个江湖行家，他也预防到叶凌风有此一着，故而在跳进来的时候，解下束腰的皮带，作为护身兵器，叶凌风这一剑，只是削断了他的皮带。

但这夜行人还未想到叶凌风是有意杀害他的，夺了叶凌风的宝剑之后，并未还击，却笑了一笑，说道：“叶兄，是我！你听不出我的声音了么？”

叶凌风听这人的声音果是似曾相识，但一时间却想不起他是谁，暗自寻思：“这人既称我为兄，料想无甚恶意。他武功远胜于我，我是决计不能用强的了。”当下说道：“请恕小弟鲁莽，幸亏没有误伤兄台。只是小弟记性太坏，却想不起是几时曾与兄台见过的了。”

那人哈哈一笑，只见火光一亮，那人擦燃火石，点起油灯，说道：“你仔细瞧，还认得我么？”

叶凌风定睛一瞧，只看了一眼，就吓得面如白纸，如遇鬼魅，半晌才说道：“你，你是——”

这人正是日间曾盘问过宇文雄的那个黑衣少年，他见叶凌风这副失魂落魄的样子，不禁又笑道：“也难怪你想不起是我，我也想不到我会死过去又活转来的。只是你问我是谁？我可就难答你了。我以前有个名字叫叶凌风，现在你用了我的名字，我只好不要这个名字了，随便你叫我什么吧。嘿，嘿，名字不过是个记号，无关紧要。我穿着黑色衣裳，你就叫我黑衣人吧。”

叶凌风面上一阵青、一阵红，这人才是他最最害怕的人，却又是他做梦也想不到还会活在世上的人。

这是两年前的事情了，有一天叶凌风从甘肃的麦积石山下经过，不，那时他还不是“叶凌风”，他是陕甘总督的少爷叶廷宗，在离家十年之后回来，心里还拿不定主意，要不要回家的。

他在山下经过，忽听得山坡上有喝骂声，有呻吟声，他动了好奇之心，上去一看，只见山坡上横七竖八的十几个尸体，死的都是穿着御林军军官服饰的人，但还有个军官未死，身上满是血污，正在地上一寸一寸地向前爬去。前面躺着一个黑衣少年，也还没死，瞪着两只又大又圆的眼睛，是愤怒也是恐惧，眼睁睁地看着那个军官拿着刀向他爬来。他伤得比那军官更重，那军官还可以在地上爬，他却是丝毫也不能动弹了。

两年前那个叶廷宗还是个刚刚出道的少年，有着一股朝气，怀着一股雄心，想要出人头地，干一番事业的。

怎样才算是“出人头地”？应该干的是什么“事业”？每一个年轻人都会考虑自己的前途，对这两个问题也有各各不同的看法。

叶廷宗的父亲是朝廷大官，他的师父则是个反清志士，这两个人的看法当然更是截然不同，而在叶廷宗的身上则同时受了两种不同的影响。

叶廷宗是个聪明人，在他出道之时，已经对自己的前途再三考虑过了，“我爹爹如今已官居陕甘总督，跟我爹爹，取功名是易于拾芥，但博得一顶乌纱，就算是出人头地了么？”

“我爹爹做的是鞑子皇帝的官，他在衙门里也许还不清楚，我在外面却是知道的，凡是有点血气的汉人，哪个不想驱除鞑虏，还我河山？看来满洲鞑子迟早都要给逐出关外，只不知是什么时候罢了。”

“走师父的路虽然危险，但成则可以建不世的功业，败也可以有个侠义的美名。走爹爹的路看是容易，其实也不见得稳妥。如今民变四起，‘乱象’已萌，依靠清廷，也不见得能保住荣华富贵。如果鞑子真被逐出关外，连身家性命也未必能够安全。”

尽管当时的叶廷宗有许多个人的打算，但却还是选择了反清的道路。因此他出道之后，就无时不在留意，想要结识反清的豪杰，江湖上侠义道中的英雄。只可惜他师父远走边疆，与中原的侠义道联络已断，而他又是个初出道的“雏儿”，未曾扬名立万，纵然想尽方法要结纳反清豪杰，但反清豪杰额上没有刻字，也只有等待机会，可遇而不可求了。

这机会好不容易给他碰上了。此刻，他在麦积石山上看见那个军官，正在爬过去拿刀要杀那黑衣少年，心头一动，不禁又惊又喜，想道：“这少年独力杀了十几个军官，一定是反清的侠义道中个重要人物，妙在他如今已受了重伤，而要杀他的那个军官也受了重伤，此际我去救他，不费吹灰之力。我救了他的性命，他当然要感恩图报，提携我了。哈哈，既然丝毫没有危险，何乐不为？”

叶廷宗打定主意，立即行动，悄悄地跑到那军官后面，那军官正在地上爬，连他是谁也不知道，就给他一剑插下，刺了个透明的窟窿。

那黑衣少年嘶哑着声音说道：“多谢义士拔刀相助，但你还是赶紧走吧，我、我不行了。”说到后来，已是气若游丝，声音断续，微弱之极。

叶廷宗大失所望，心道：“这人伤得如此之重，要是当真不能救活，那就白费了我的心机了。好坏也得试他一试，他要死也不能让他立即便死。”

山上有间破庙，叶廷宗抱起那个少年，说道：“兄台安心调养，小弟最佩服侠义之士，即使有天大的危险，我也得服侍到你贵体康复，陪你下山。”心中则在思忖：“这些鹰爪都已给他杀了。他们的同党当然是要来寻找的，但决不能这样快到来。至少今天是没有危险的了。机会难逢，无论如何，也得借他作个进身之阶。”

黑衣少年哪里知道他的心中另有利己的打算，不禁满怀感激，满眶热泪，完全把叶廷宗当作了同道中人。

叶廷宗将他抱进破庙，那少年已是没有气力说话，叶廷宗道：“你武功这么好，随身一定带有伤药，小弟代你取出来吧。”那少年点了点头，随即却又摇了摇头。

叶廷宗怔了一怔，但他是个绝顶聪明的人，想一想便明白了那少年的意思。他点头是表示身上有药，摇头是表示纵然有药，亦已无济于事。叶廷宗道：“吉人天相，兄台切莫灰心。再说一句不中听的话，即使有甚三长两短，也总得尽人事而听天命。兄台身上若是有甚秘密物事，小弟决不会乱动。兄台想来可以相信小弟？”

那少年给他说得倒有点不好意思，又点了点头，叶廷宗把他身上的东西都掏出来，果然有两个装着药丸药散的小瓶，另外有一把金豆，几锭碎银，还有一封书信，封面没有受信人的姓名，火漆密封，料想是封重要的书信。

金银也还罢了，那封书信却令得叶廷宗怦然心动，想道：“果然所料不差，这封信多半是给哪个反清的领袖的。”他装作毫不在意，只留下两个药瓶，金银书信，仍然放回少年怀中。

叶廷宗认得那瓶药散是金创药，问道：“这一瓶子药丸是内服的伤药吧？”少年点了点头。叶廷宗给他敷上了金创药，打开水囊，喂他吞了几颗药丸。这药丸确是医治内伤的妙药小还丹，但少年伤得太重，小还丹也只能让他苟延残喘而已。少年服药之后，暗自运气，只觉四肢百骸，痛如刀割，他是个武学行家，已知自己是断了奇经八脉，天下能够治疗此伤的只有华山医隐华天风一人。

华山与麦积石山相隔数千里，黑衣少年自知只有一个时辰可那是决计不能前往华山求医的了。这时他服了小还丹，稍稍提起了一点精神，遂叹口气说道："我在临死之前，得以结识你这样一位好朋友，死亦可以瞑目了。兄台高姓大名，尊师哪位？"

叶廷宗也看出了他的回光反照之象，还想劝慰他几句，那少年说道："没多少时候了，我还有些后事要拜托你呢。"

叶廷宗泪珠滚滚而下，作着忍着悲痛的神气说道："小弟叶廷宗，家师是青城派的崔云亮。"

黑衣少年点了点头，崔云亮的名字他是听到过的，当下更无疑虑，便即说道："我也姓叶，名叫凌风，我死之后，麻烦你给我报一个讯。"

叶廷宗道："小弟赴汤蹈火，在所不辞。但却不知是哪路义军首领，他可肯相信小弟么？"

黑衣少年道："他不是义军首领。他是我的姑父。刚才你见到的那封信就是我爹爹写给他的。你可以把这封信带去，作为凭证。"

叶廷宗有点失望，但转念一想，这少年武功如此了得，他的姑父想来亦非常人，自己或许可以得到一点好处，遂提起兴趣问道："令亲是哪一位前辈英雄？"

那少年道："敝姑父家住山东东平县杨家庄，名叫江海天。江湖上知道他的人很多，即使他不在家中，你向人打听，也总可以找着他的。"

叶廷宗呆了一呆，好像是拾到了宝贝一般，蓦地叫起来道："是江海天，江大侠！"江海天是武林第一高手，叶廷宗早已知道他的声名。他起初只求凭借这黑衣少年的关系，得以结识一位前辈英雄，于愿已足；做梦也想不到，这少年的姑父竟是天下闻名的江大侠、江海天！当真是"喜"出望外。

那少年道："你把今日之事告诉他，请他设法找我爹爹回来，为我报仇。"

叶廷宗道："报仇？你不是都已把那些鹰爪杀了么？"

那少年道："我是半个汉人，今日死在清廷鹰爪手下，我是要我爹爹为了我的缘故，也为汉人报仇。你只须这么一说，江大侠自然明白。"原来这少年的父母遁迹海外，这少年却是希望他们回来的。

叶廷宗听他说是“半个汉人”，大为奇怪，心念一动，说道：“报讯容易，但小弟却还有一宗疑虑。”那少年道：“何事疑虑，请说！”

叶廷宗道：“这封信虽然是令尊写给江大侠的，但由我带去，只怕江大侠还是不能无疑。我怎能证明是受你嘱托，而不是把你害死偷拿了你的信呢？”

这少年想了一想，觉得叶廷宗的顾虑也不无道理，说道：“我本来可以咬破指头给你添上几行，但可惜我的字迹我姑父也不认识。我已没精神思想了，你有什么好的办法？”

叶廷宗道：“你和你姑父从前说过些什么话，外人不知道的么？”

这少年道：“我与姑父从来就没见过面。”说到这里，蓦地叫道：“有了有了！我把我的身世告诉你，这是外人决不知道的。”

叶廷宗说了这许多话，为的就正是要求他自白身世，他怕这少年说到一半死去，连忙给他喝水，又把耳朵凑到他的嘴边，说道：“你省点力气，小声说吧。”

叶廷宗听了这少年的自白，才知他的父亲本是西域一个小国马萨儿国的王子，为了让位给他弟弟，这才逃出海外的。这少年自幼跟随双亲，没回过本国，也没有见过江海天。这次他父亲要他去投靠姑父，学点武功。但却郑重地吩咐他，一定要等待马萨儿国的太子继位之后，他才可以回去见他叔叔兄弟。

这少年本来还要说及他为何遭受鹰爪围攻，但精神气力都已耗尽，心知已是命在须臾，遂叹口气道：“叶兄，小弟身受大恩，只有来生报答了。请你草草将我掩埋，作个记号，好让我爹娘来收我的骸骨，却不必费时候找棺材了。此地不宜久留，你也该早走为妙。”

叶廷宗流泪说道：“叶兄，你不能走！唉，咱们恰巧又是同姓，要是你能活在世上，咱们可以结成兄弟。”

那少年道：“好，好兄弟，可惜我不能陪你了。你见了我姑父，他会将你当作我一样看待的。”说了这几句话，自觉心事已了，双眼翻白，便断了气。

叶廷宗看清楚他已“确实”死了，这才破涕为笑，忍不住手舞足蹈地欢呼起来，“哈，哈，这可真是百世难逢的奇遇！我只须换个名，连姓都不用改！”

叶廷宗本来还未决定回不回家的，得了这样的“奇遇”，登时打定主意，要做江海天的弟子，再凭借江海天的力量，结纳反清英雄，干一番“大事”。

他目的已达，又怕追兵意外早来，“万一”发生危险，恨不得插翼飞到江家，哪里还肯多花功夫掩埋这个少年。也幸亏他如此，这少年后来巧遇神医，才能“复活”。

从此叶廷宗就冒用了叶凌风的名字，变成了江海天的“掌门弟子”，谷中莲的“嫡亲侄儿”。

为了避免混乱起见，反正名字是个记号，“叶凌风”三字既然受了他的玷污，本书今后也就不再用“叶廷宗”的原来名字，就让他继续叫做叶凌风吧。

但这假叶凌风却想不到今晚又遇上了真叶凌风。

那黑衣少年（即真叶凌风，以下暂称黑衣少年）笑道：“我的名字可以送给你，但你用了我的名字做了些什么事情，我却想知道知道。”

假叶凌风（以下为了行文方便，省一“假”字）心里恐慌之极，两年之前，他恨不得救活这个少年，如今则恨不得将他杀掉。但他刚刚试过了这黑衣少年的本领，心知自己的本领虽然比从前高明了不知多少，但比之这个黑衣少年，还是颇有不如，暗自想道：“硬的来不得只能来软的了。好在我于他有过一次‘救命之恩’，动之以情，或者还有几分希望。”

叶凌风也不知哪里来的一副急泪，忽地跪在那黑衣少年面前哭着说道：“小弟冒用了你的名字，实在该死。但我也有不得已的苦衷，大哥，你饶恕我，我才敢说。”

那少年双手将他扶起，说道：“这是小事一件，不用介怀。你从前救了我一次，免我死在鹰爪刀下，我还未曾得报答你呢。我本来想不到还可以活的，你记得吗？当时你要与我结拜兄弟，我因为命在须臾，没有答应你。但我说，你见了我的姑父，他会将你当作我一样看待的。如今你果然做了我姑父的弟子，正是如我所愿。不过，我料不到的是姑父不仅把你当作我一样看待，而是完全以为你即是我了。嘿，嘿，这还超过了我的愿望，那也好啊！”

叶凌风细听他的言语，语气之中，虽也不无怪他做得“过分”之意，但却也似乎没有问罪的意思，当下稍稍宽心，便顺着他的语气说道：“大哥请莫怪我，我当时也以为你是断了气不能再活的了。我自问武功低微，很想学点本领，好继承大哥的遗志，小则向鹰爪报仇，大则驱除鞑虏，这样大哥虽死犹生了。”

黑衣少年道：“好，说得好。你就是怀着这个目的冒充我的身份么？”

叶凌风道：“不错。我怕江大侠不肯收我，一时计拙，想出了这个笨主意。”

黑衣少年忽道：“你既然是想为我向鹰爪报仇，昨晚却又为何偷进黑店、私会鹰爪？”

此言一出，吓得叶凌风魂飞魄散，这才知道放火焚毁“太白楼”的就是这个黑衣少年，而自己昨晚潜入黑店之事，也已落在他的眼中，无可抵赖的了。

黑衣少年冷冷说道：“这可是事实吧？你怎么不说话呀？”

幸而一灯如豆，光线暗淡，叶凌风面上变色，只是刹时间的事情，那少年还未觉察，他已经恢复了镇定，故意深深地叹了口气，说道：“你我乃是生死之交，大哥若有见疑之意，小弟也就无话可说了。”

叶凌风作出一副委屈模样，黑衣少年倒有点过意不去，说道：“并非我不信你，但此事关系重大，我想弄个水落石出，也好给你洗脱嫌疑。你要明白才好。”

叶凌风聪明绝顶，一听这个说话，就知黑衣少年尚未深悉内情，还有可以狡辩的机会，于是说道：“小弟生来愚鲁，未识大哥苦心，一时负气，实是糊涂了。不错，昨晚小弟是曾到过那太白楼，但却是为了弄清楚一件事情去的。”

黑衣少年道：“什么事情？”

叶凌风故意踌躇了片刻，这才说道："此事有关我一个师弟的秘密，我本不愿在外人面前，说他闲话。但大哥既要查究真情，我也不能为他隐瞒了。好在大哥也不算是外人。"

无故探听别人秘密，这是江湖上列为禁忌之一，也是光明磊落的好汉引以为耻，不屑为的。但这黑衣少年会过了宇文雄，心中想道："宇文雄倒是说他好话，且听听他又是怎么说他师弟？兹事体大，我也只好不拘小节了。"

叶凌风见黑衣少年并没打断他的说话，只好将临时编造的故事往下说道："我有一个师弟名叫宇文雄，镖局出身，他过去的来历，师父并未十分清楚。前几天，我在东平镇上见他与一个人交谈，这人与他分手之后，进入了太白楼。我忽地觉得这人相貌好熟，似乎是在哪里见过的，终于给我想起来了，这人是，是……"

黑衣少年道："是什么人？"

叶凌风道："御林军的副统领李大典。前些时，我与师父出门访友，在路上碰见一班鹰爪，李大典便在其中。他们不敢惹我师父，匆匆走过。这是后来师父和我说的。"黑衣少年点了点头，说道："你发现了是李大典，后来怎样？"

叶凌风道："那日是师弟先去趁墟，我后来才去的。我发现他们，他却未发现我。后来我进大白楼喝酒，酒楼的食客之中，不见有李大典其人。我一想李大典既然不是来喝酒的，那就一定是躲在店中，换言之，也就是店主人的一伙了。因此我起了怀疑，怀疑这是一间黑店！"

黑衣少年道："这么说，你昨晚私探太白楼，为的就是要查明此事？结果，你看到了什么？听到了什么？"

叶凌风道："我看到李大典果然是藏在这黑店之中，又听到了他和同伴的说话。他说他和我这师弟的父亲乃是旧好，交情还很不浅呢。他又说他打算利用我的师弟，给他卧底！"

黑衣少年骇然道："有这样的事？他可曾说你的师弟答应了没有？"

叶凌风道："他只提到那日见过我师弟之事，却没提到师弟是否答应。不过，他和同伴的谈话，说的既然只是'打算'二字，想来也许他的这个意图，根本还未曾对师弟开口。”

叶凌风是一个十分机警的人，初时他本来想一口咬定宇文雄做了奸细的，但后来听了黑衣少年问话的语气，似乎有点不大相信，心中一动，想道：“可不知他是否会见过宇文雄，我且给他来个模棱两可，不要把事情说得太死了。”于是临时改变了口气。

叶凌风这么一说，黑衣少年倒是有点半信半疑。要知他曾听得祈圣因对人骂过宇文雄，他虽然不知道其中原委，但从祈圣因所骂的言语听来，似乎也证实了李大典与宇文雄是曾相识。当下想道：“依我的观察，宇文雄是个诚朴的少年，想来不至于敢做奸细？但匆匆一席交谈，也未必作得定准。可惜宇文雄不肯相信我，我问的好些事情，他都没有回答。”

黑衣少年昨晚只看见叶凌风偷进黑店，当时他未知底细，他是稍后才知道那是黑店的，一时失策，没有跟进去看，却不知他在店中干些什么。是以对叶凌风的说话虽有存疑，毕竟也相信了几分。心道：“宇文雄纵然不是奸细，但与李大典交谈之后，回来不禀告师母、师兄，也是一件过错了。要弄清楚这件事情，我还须去查明他与李大典究竟是何关系，才能判断。”

想到此处，黑衣少年便再问道：“你夜探太白楼之后，回来可曾对你师母言及？”

叶凌风叹了口气道：“若是我早知有今日之事，昨晚就应该对师母说了。”

黑衣少年道：“哦，你没有说？”

叶凌风道：“我这是为了师弟设想，我想师弟年轻识浅，一时行差踏错，也是有的，却未必当真敢做奸细。我若说给师母知道，岂不是毁了他的一生？因此我想私下劝他，只要他以后不再与鹰爪往来，这件事情，我就替他遮瞒过去。”

这一番话说得合情合理，黑衣少年听了暗暗点头，心中想道：“如此说来，他倒也爱护师弟。”

叶凌风接着说道：“可惜我空有爱护师弟之心，事情终于还是闹了出来。祈圣因被鹰爪杀了之后，她的同伙岳霆找上门来，揭穿了我师弟的底细，师母迫得把他逐出门墙。”

黑衣少年心道："祈圣因可还没有死。"但他不想即时告诉叶凌风，却先问道："然则祈圣因那匹坐骑，又是谁下的毒？"

叶凌风装作大吃一惊的样子，说道："什么，她的坐骑给下了毒？我是一点也不知道！昨晚我根本就没到过马厩！"

黑衣少年道："谁饲的草料？"

叶凌风道："这匹坐骑一直都是师弟照料的。"

他说的和宇文雄说的相符。黑衣少年听了亦是疑心不定，寻思道："听宇文雄今日的言语，他对祈圣因似无好感，难道当真是他下的毒么？好在祈圣因没有死，我总要设法找到她，弄清这件疑案。"

叶凌风道："大哥脱险归来，我是不该再冒充大哥了。但请大哥顾我一点颜面，给我两天期限，让我悄悄离开。三天之后，你再来见你姑母，说明其中原委。"

黑衣少年笑了一笑，说道："我说过要酬谢你恩德，你既然做了我姑母的侄儿，那就不必更改了。只要你始终奉行侠义二字，你用了我的名字，我也与有荣焉。"

叶凌风也不知哪里来的一副急泪，感激涕零地说道："这、这、这个却教小弟如何过意得去？"

黑衣少年道："我来得久了，万一给你师母发觉，这就不妙了。以后倘有良机，我当再来会你。事情如此处置最是适当，你也不必耿耿于怀了。好，但愿后会有期，告辞了。"

黑衣少年回身从窗口跃出，叶凌风道："但愿大哥早来。"忽地一掌击去，同时发出了早就藏在掌心的三枚毒针。这三枚毒针是李大典昨晚交给他，叫他伺机伤害祈圣因的。他对祈圣因无隙可乘，如今却派上了用场了。

这是叶凌风在一晚之间，对黑衣少年的第二次偷袭。但两次偷袭，情形却大不相同。第一次是黑衣少年刚来的时候，他与叶凌风未曾会面，恐防叶凌风认不出他，预先有了防备，所以叶凌风偷袭不逞，一个照面就给他把剑夺去。

但这一次的偷袭却是在他们会面之后，黑衣少年要走之时。黑衣少年做梦也想不到叶凌风刚刚还在感激涕零，突然间却会在他背后偷施暗算。结果是一掌三针，中个正着。叶凌风以“须弥掌力”，击中了他的脊梁，而那三枚毒针，又全都射进了他的要害穴道！

“须弥掌”是金世遗当年采自天山派掌法的精华，再加以发扬的，在内家各派掌法中堪称第一。叶凌风的火候虽然还未到一成，但给他正正击中了脊梁，亦是非同小可。另外那三枚毒针，更为厉害，那是在大内秘制的毒药——鹤顶红与孔雀胆的毒液中淬炼过的暗器，只要被刺破了一点表皮，毒质立即散播全身，何况是给它刺进了穴道！

那黑衣少年闷哼了一声，登时似皮球一般，从窗口抛了出去。

叶凌风如影随形，跟着也从窗中跳出，第二次拔剑出鞘，向那少年追击！

黑衣少年武功也真个了得，身体刚一着地，一个“鲤鱼打挺”，立即翻了起来，大骂道：“叶廷宗，你，你简直是狼心狗肺！”大骂声中，连发三掌，虽然中了毒针，掌风仍是十分凌厉，刮面如刀。

叶凌风大叫道：“有贼，有贼！”那黑衣少年是仗着深湛的内功，一时未至晕倒，勉强支持的。因此虽是怒极“大骂”，声音却已嘶哑。叶凌风的叫声把他的骂声盖过，随即用“天罗步法”，避开了他这“强弩之末”的连环三掌。

叶凌风是怕那少年的骂声传到师母耳中，是以必须把他的声音盖过。他躲开了那黑衣少年的三掌，知道他已不能再支持多久，遂冷笑说道：“反正你的性命是我救活的，如今丧在我的手里，你就只当我当初没有救你罢啦，何必如此恼怒？你别乱打主意了，你的姑母决不会相信你的话的！她一到来，你死得更快！”

黑衣少年三掌打空，只觉眼睛发黑，已是感到阵阵昏眩，叶凌风反守为攻，使出新学会的追风剑法，剑剑凌厉，那黑衣少年在他狂攻之下，再也不能分神说话！

黑衣少年虽然头昏目眩，神智尚还清醒，心中想道：“这厮倒也说得不错，我与姑母从未见过，这厮却是先入为主，姑母当然不会相信我的言语。何况这内里情由也不是三言两语交代得清楚的，这厮有心害我，岂能停手容我细诉情由？只怕等不到姑母到来，已先遭了他的毒手了。唯今之计，只有走为上计！”

叶凌风使用追风剑式，瞬息之间，刺出六六三十六剑，把那少年杀得手忙脚乱，“哇”的一口鲜血喷了出来。叶凌风大喜，刷的一招“白虹贯日”，剑锋径刺他咽喉。追风剑式是三十六招成一段落。叶凌风出剑虽快，但在告一段落、换招之际，却不免稍慢一些。那黑衣少年蓦地中指一弹，叶凌风堪堪刺到他的咽喉，竟给他一指之力，把剑弹开，而且虎口微微发热。

叶凌风大吃一惊，说时迟，那时快，那少年已托地跳出圈子，拔足飞奔。原来这少年是施用“天魔解体大法”，自行咬破舌尖，喷出鲜血的。

“天魔解体大法”是一种临到性命关头才使用的邪派功夫，自残肢体之后，刺激神经，可以增强功力。这少年的父亲叶冲霄是邪派出身，后来才学正派武功的。这少年家传本领，故此也是邪正兼通。

但“天魔解体大法”只能见效片时，功效一失，元气更伤。黑衣少年在弹开叶凌风的宝剑之后，立即便要飞逃。

叶凌风惊疑不定，心道：“难道他刚才那副力竭筋疲的狼狈模样，是弄假不成？”一时间倒不敢去追。

就在此时，只听得江晓芙的声音叫道：“贼人在哪里？师哥别慌，我来帮你！”

叶凌风机警之极，见黑衣少年没命逃跑，心道：“这小子若是气力未曾用尽，不至于逃得如此慌忙。为了预防万一，我还是趁师妹未到之前，把他杀了灭口的好！”当下，脚尖一点，如影随形，紧追不舍，直待越过了围墙，这才出声应道：“这小贼本领有限，不必师妹帮手，我已经可以把他料理啦！”

江家倚山面湖，叶凌风追到湖边，已是赶上了那个少年，那黑衣少年声音嘶哑，“哼”了一声道：“好，好狠的你！我倒要看你欺世盗名，能到几时？”叶凌风大喝道：“好大胆的狗腿子，竟敢闯进江大侠的家中，你以为我师父不在家中，我就不能取你性命么？”

江晓芙追到了山坡，远远叫道：“师哥，且慢！”

叶凌风哪里还肯手下留人，听得师妹的叫喊，出手更快，黑衣少年给他迫到湖边，怒声骂道："我死为厉鬼，亦不饶你！"说时迟，那时快，叶凌风已是闪电般的一剑刺出，只听得"卜通"一声，那少年无路可退，跌下了湖中。叶凌风一剑刺空，面前骤失目标，几乎也要跟着冲下水去，慌忙煞住脚步。

这东平湖四面皆山，通向外面一条大河。此时正是连日大雨之后，春霖水涨的时节，东平湖承受四面山洪，波涛汹涌，几个浪花一卷，黑衣少年已是逐浪翻腾，凌波而去，无踪无影。

叶凌风除掉"祸根"，得意之极，心中冷笑道："你诅咒我身败名裂，可惜你是永远办不到了。上一次你侥幸不死，这一次我看你还能再活么？"黑衣少年身受内伤，又中了毒针，于今跌落湖中，叶凌风亲眼看着他给波浪卷去，自是料他必死无疑。

江晓芙赶了到来，埋怨道："师哥，你怎的就把那贼人杀了？"

时凌风佯作不解，说道："怎么？这贼人胆敢闯进咱们家中，给我发现之后，还意图害我，难道我不该杀他？"

江晓芙道："你应该留下活口，问他口供，交给妈妈处置才对。你一下子就把他杀了，他是什么来头，抱着什么意图来的，咱们可就没法知道了。"

叶凌风拍了拍脑袋，道："不错，这倒怪我糊涂了，一时没想到这层。但也怪这小子本领不济，我并非用的杀手，他已招架不住，跌落水了。或许他还没死，要不要找人打捞？"

江晓芙道："这个时候，他的尸身也不知冲到哪里去了，怎还可以打捞？算了吧，反正人已死了，咱们回去告诉母亲吧。"

二人回到家中，只见谷中莲已在叶凌风的房中等候。原来她们母女给叶凌风的喊声惊醒之后，谷中莲有意叫女儿去助叶凌风，而自己则到叶凌风房中查看。

谷中莲做梦也想不到来的"贼人"是自己的亲侄儿，却给假侄儿害了性命。听了叶凌风的禀报之后，说道："这也怪不得你，你碰上了贼人，当然要和他拼命，一时就想不到要留活口了。这贼人是怎么来的？"

叶凌风道："我听得有夜行人的声息，推开窗子，他就一把暗器打了进来。幸亏我早有防备，躲到门后，没有给他打着。我立即舞剑防身，冲出去和他拼命。他听得我的叫喊，慌忙便逃，我想把他揪回来，追到湖边，他招架不住，便跌落水了。”谷中莲道：“就只一个贼人么?”听口气似是有点怀疑。

叶凌风心头微凛，“难道她看出了什么破绽?”只好答道：“不错，只是一个。”

江晓芙道：“妈，我也觉得奇怪呢！这个贼人真是胆大包天，只一个人就敢到咱们家来。若有绝世武功，那倒罢了。本领却又那么不济，连师兄也招架不来。嗯，这不是来送死吗？他何以会如此愚昧?”

要知江海天是武林公认的天下第一高手，等闲之辈，岂敢独闯江家？除非他并非怀着敌意而来，而是江家相识。

叶凌风心道：“原来她们是因此起疑。幸亏我早已有了准备。”当下说道：“这贼人想必是知道师父不在家中。”

江晓芙道：“爹爹不在家中，妈可是留在家的，贼人若然那样消息灵通，焉有不知之理？哎呀，师哥，我倒是当真有点担心你杀错人了。”

叶凌风道：“不会的。来的倘是好人，怎会一来便发暗器打我？刚才我与他拼命，你也是看见的了，其中若有误会，他又怎会不出声呢?”

江晓芙道：“可惜你没有拿获活口，如今那人已经死了，却不知他是何来历?”

谷中莲忽道：“我已经知道他的来历了!”

叶凌风大吃一惊，只听江晓芙问道：“是什么来历？妈你怎知道的?”谷中莲道：“来的是大内高手。你瞧这个!”手掌摊开，只见掌心上有四支黑黝黝的毒针。

叶凌风一见，这才定下心来，说道：“我正想来寻觅这贼人所发的暗器，原来姑姑已经捡起来了。”

江晓芙道：“这是淬过毒的梅花针么？江湖上用毒针的人不少，何以见得就是大内高手?”

谷中莲道：“这不是寻常毒针。这是在孔雀胆与鹤顶红的毒液中淬炼过的。这两种毒药只有大内才有，江湖中人，虽然知道孔雀胆与鹤顶红含有剧毒，但却不知配制的秘方。”

叶凌风早已放下心头的大石了，但这时才装作大大吃惊的样子，咋舌道：“好险，好险！幸亏我没有给他打着！”

原来叶凌风聪明绝顶，他师母可能因贼人是单独前来而起疑，这一层他也早已想到了。所以在匆促之间，他也没有忘记预先做下手脚。

李大典给他的毒针共有七支，他只用了三支射那黑衣少年，另外四支则撒在地上。他知道师母为人仔细，布此疑阵，正是有心让师母发现。这种毒针，只要中了一支，就可以置人于死，那少年中了三支，其余四支当然是无需用了。

谷中莲果然中了他的计，发现了毒针之后，虽然觉得“贼人”敢单独前来，未免胆大，但已毫不怀疑的便认定了“贼人”是大内高手了。

江晓芙对这位大师兄虽无特殊好感，却也并无成见，听了母亲的话，倒觉得有点歉然，说道：“师哥，我还担心你杀错了人呢，倒是我错怪你了！”

谷中莲道：“这鹰爪孙大约是自恃有此毒针，以为你师父不在，便放胆来了。嗯，风侄，这几个月来你跟随师父，武功亦已大有进境了啊……芙儿，你别以为这鹰爪孙本领不济，其实在江湖上也算得是一流好手了。我瞧他飞越围墙的身法，那份轻功，根基就显得颇为深厚，只是受伤之后，不免迟滞一些而已。要是未曾受伤，只怕你还未必比得过他呢！”

叶凌风暗暗吃惊，心道：“师母的眼光好不锐利，幸亏她只是远远看见，未曾听到他说话。”

江晓芙怔了一怔，忽地很不高兴地说道：“师兄，你又说你在路上只是学了一些口诀，原来是骗我的。你既然比我高明，为何还要求我指点？”

谷中莲微笑道：“芙儿，这是你的表哥懂得礼貌，对你客气。你怎的不懂好歹，反怪他了？你们兄妹是应该时常切磋，也不必说是谁指点谁了。好了，你们都去睡吧，明天还要赶路呢。”

叶凌风哪里睡得着觉？谷中莲母女走后，他抹了一额冷汗，心道："好险，好险，好在也只是虚惊一场。"惊魂稍定之后，又不禁为自己的"好运道"而心花怒放，以为可能揭破他秘密的两个人都已死了，以后是天下莫予毒也，这江家的掌门大弟子是做定的了。

直到将近天明时分，他忍不住疲倦，才蒙蒙眬眬地合上了眼睛，才过了一会儿，忽听得有拍门之声，叶凌风吓得跳了起来，喝道："是谁？"江晓芙门外说道："师哥，你醒了么？妈叫你赶快过去。有一个人等着要见你呢！"叶凌风边穿衣服边问道："什么人？"江晓芙道："你再也猜想不到的人！"叶凌风猛地一惊，睡意全都醒了。正是：

平生不作亏心事，半夜敲门也不惊。

欲知来者是谁？请听下回分解。

第二十七回　峭壁留痕惊恶报
名山述旧儆凶顽

“再也猜想不到的人？难道是那黑衣少年给人救起？难道是祈圣因死里逃生？难道是宇文雄重返师门？”叶凌风心中七上八落，央求江晓芙道：“好师妹，你就告诉我是谁吧，省得我瞎猜了。”

江晓芙笑道：“反正一会儿你就见到，着急什么？怎么？你好像有点害怕？”

江晓芙今日的心情很好，有意捉弄她的师兄，叶凌风却给她弄得越发惊慌，硬着头皮道：“师妹说笑了。我只是好奇而已，何来害怕。昨晚鹰爪孙拿毒针打我，我都不害怕呢。这次来的想必是哪位武林前辈，师母要我见客吧。”

江晓芙笑道：“你猜错了。要见你的人恰好是你的同辈，妈从来没见过他，但今后就要把他当作家人骨肉一般看待，要留他和咱们同住的。这，你可难猜了吧？”

叶凌风这一惊非同小可，心道：“如此说来，不是那黑衣少年是谁？”几乎就要转身逃跑，但已经来不及了，说话之间，他们已到了客厅前面，只听谷中莲叫道：“风侄，快来，爷爷已经回来了。”

叶凌风一听，心中大石放下，说道：“原来是爷爷，师妹，你怎么胡说一通？”话犹未了，只听得江南说道：“凌风，我给你带来了一位师弟，你们快来行过见面礼。”

只见在江南身后，闪出一个十三四岁的小孩子，说道：“这位是大师兄吧？叩见大师兄。”叶凌风一看，既不是黑衣少年，也不是宇文雄，这才完全定下心来，大喜过望，连忙将这孩子扶起，道：“你是李光夏师弟么？”

那孩子道：“不是。我名叫林道轩。李家哥哥是我最要好的朋友，我也知道现在又与他是同门了，但师父还未找到他。”

谷中莲道：“这孩子是你师父在米脂新收的徒弟。他的爹爹就是天理教的教主林清。”

叶凌风一听，林道轩有这么大的来头，不禁暗暗有点妒忌，心道：“这小子的父亲是教主，天下钦敬的反清英雄，他长大之后，凭着他父亲的声望，我这个掌门大师兄的光彩只怕都要给他夺去。”心中不舒服，脸上可还是一副高高兴兴的神情，拉着林道轩的手道：“好极了，我可多了一位好师弟啦！师父呢，怎么却不见他？”

谷中莲道：“你师父上华山看他义父华天风去了。”

叶凌风不觉又是心头一跳，问道：“就是那位被称为天下第一国手的华山医隐么？”

谷中莲道：“不错。他的女儿是马萨儿国的王后，也正是我的二嫂，你的嫡亲婶婶呢！你不知道么？”

叶凌风道：“这事爹爹是说过的。但爹爹曾再三向我叮嘱，在马萨儿国的太子未继位以前，不许我踏上本国土地认亲，也不许我泄露本身来历，只能让姑姑你们一家人知道。所以我始终不敢去见华爷爷。免得传到叔叔耳中，他要把我找回去继承王位。”

叶凌风早已知道那黑衣少年的身世秘密，所以说来毫无破绽。但他害怕的却是另一件事情。这“华山医隐”华天风的名字突然触起了他的一重疑虑。

那黑衣少年当时伤得很重，叶凌风是在他断气后才离开的，后来他却怎么会活转过来？是谁有这本领使他起死回生？

但叶凌风随即在心中暗笑：“那小子是在麦积石山受的伤，与华山相距何止千里？哪有这样凑巧的事，恰好遇上华天风来救了他？他当时曾服了小还丹，也许是一时断气昏迷，后来苏醒过来？

“这小子直到前天才知道我冒充他的身份，即使他见了华天风，我的秘密他们还是未能知道的。何况这小子要遵守父亲之嘱，不能上华山去见华天风！

“总之他遇上华天风的机会是微乎其微。我可不必瞎疑心了。”

叶凌风正在心思不定，只听得谷中莲叹了口气，说道：“我明白你爹爹的一片苦心，他是自责太深了。”歇了一歇，笑道：“这些旧事不谈了。你师父可着实惦记着你呢。这是他给我的信，上面提到你——你可以拿去看。”

原来江海天、仲长统等人，那日与上官泰分手，下了天笔峰之后，仲长统带领几个徒弟北往洛阳，处理一件待他解决的帮中事务，却叫大弟子元一冲陪江海天师徒南行，先去参加邙山之会。

江海天一心是要回家的，不料才走了三天，途中忽然接到他义父华天风托丐帮代传的书信，信写得很简单，只是说有紧要的事，要江海天立即去见他。义父有命，天大的事情也只好暂时搁下。于是江海天遂把林道轩交给元一冲，叫元一冲带他回家，自己先往华山去见义父。

德州的丐帮分舵舵主杨必大是元一冲的师叔，元一冲送林道轩往东平县江家，道经德州，在杨必大家中住宿。恰巧就在那天晚上，江南也来到了德州的丐帮分舵报讯，元一冲就把林道轩交给了江南，让江南带他回家。

江海天写给妻子那封信，除了说明他暂时不能回家的原因外，还提到了叶凌风。信中嘱咐，倘若叶凌风已经回到家中，就叫谷中莲带他赴邙山之会，在天下英雄之前，正式宣告他是江海天的掌门弟子。

武林中一个新门派成立，掌门弟子的地位非常重要，通常总要邀请若干武林前辈，举行仪式的。如今江海天虽然免去这个仪式，但借邙山之会，介绍他的掌门弟子，那是更显得隆重了。江海天信中还说他尽可能在独臂神尼的忌辰赶到邙山，主持此事。但要是因事耽误，就由谷中莲以叶凌风师母的身份代为宣告，不必等他。

叶凌风看了此信，心花怒放，却装作一副惶恐的神情说道：“师父是武林第一人物，弟子德薄能鲜，缪膺掌门之选，只怕见笑天下英雄。”

谷中莲道：“江湖上以侠义为先，你与萧志远在泰山舍命相救李文成父子之事，江湖上也有不少人知道了。你如今武功虽未大成，但以你的聪明，他日必将为本门放一异彩。你已薄有侠名，又是你师父的掌门弟子，谁还敢看轻你。”

江晓芙也为叶凌风高兴，说道：“大师哥，这次你可以在天下英雄之前露面啦！你不必假客气了，你应该大大的得意才是。”江晓芙心直口快，想到什么就说什么，其实是未存有讥讽之意的。叶凌风听了，却不由得满面通红。

谷中莲道：“芙儿，你说话真没分寸，好在你的师哥懂得你的性情，不会多心。不过风侄，我也希望你以本门的掌门弟子身份，见过了天下英雄之后，必须格外谦虚，切戒骄傲。我知道你为人谨慎，本来也无需我嘱咐你的了。”

叶凌风道：“姑姑的教训，侄儿紧记在心。师父恩重如山，弟子决不敢损了师门声誉。”当下跪下来向谷中莲磕了一个响头，表示领取师门教训。

谷中莲道：“好了，好了。我是要你对外人谦虚。对自己人可不必太多繁文缛礼。你收拾几件替换的衣裳，咱们就可以走了。爷爷，请你留在家中看守。轩儿，你也随我去见见世面吧。你一路奔波，身体可觉疲累？”

林道轩道：“不累。我天天跟着师父跑路，早已习惯了。这两天爷爷要我骑马，我反而不习惯呢。”

江南笑道：“这娃娃倒是个天生的练武根骨，能吃得苦，人又聪明。他师父教他的换息吐纳的功夫，才不过一个多月吧，他已经很能够运用了。”“换息吐纳”是一种上乘的运气功夫，可以令人气力悠长，善于耐劳，久战不疲。叶凌风听了，心中更是隐隐妒忌。

江南又道：“武林中求名师难，求佳弟子也是不易。海儿一年之中，收了三个徒弟，还有一个已经名列门墙，尚未找到的李文成的儿子。四个徒弟都是天资好人品也好的好徒弟，说起来也是武林奇遇呢！”

谷中莲笑道：“爹爹，你总是欢喜夸赞自己人，也不怕人笑话。”

江南道：“这是事实，并非我自赞自夸。”说至此处，忽地叹口气道：“可惜宇文雄身受嫌疑，给你赶了出去。”谷中莲难过得很，说道：“在我的处境，我是不得不然。”

江南道：“我知道，我并不怪你。但我总觉得宇文雄这孩子诚厚朴实，不像是会做坏事的。但愿他能够早日洗脱嫌疑，重新回来。”接着笑道：“我是把海儿的几个徒弟，都当作我的孙儿一般，不分彼此的呢！”

江晓芙听他们提起了宇文雄，更是黯然神伤，比她母亲还要难过。但事情早已成了定局，她也不好埋怨母亲了。

谷中莲不愿再提起宇文雄之事，说道：“轩儿的父亲是鞑子朝廷的第一号钦犯，此去邙山，与会的虽然都是正派中人，但也难保没有坏人混入。你们对轩儿的身世，必须给他保住秘密。”叶凌风与江晓芙同声答道：“我们懂得，师母母亲放心。”

叶凌风答了这一句话，回房收拾行装。心中却是七上八落。暗自想道：“去年朝廷为了追捕李文成父子，费了那么大的气力。林清是天理教的教主，比李文成重要得多，朝廷对他的儿子，想必是更欲得而甘心的了。幸亏镇上的黑店已毁，要不然他们若来向我打听，我可不知怎么对付呢？说与不说，都是为难！”

叶凌风匆匆拾好行装，回到客厅，刚听得师母说道：“华老爷子自从那年到过一次马萨儿国之后，又已有将近二十年不下华山了。这次他把海天找去，不知是为了何事？”

江南沉吟道：“华天风比我年长，今年怕有七十高龄了吧。”答非所问，谷中莲诧道：“这又怎样？”江南笑道：“人老了就特别容易感到寂寞，华天风独隐华山，想找一个人和他聊聊天都找不到，过这样的日子还有不难受的吗？”谷中莲道：“爹爹真会说笑话。这么说，华老爷子是找海天陪他聊天去的了？”江南笑道：“我最怕没人陪我说话，想来别人也是一样。”

大家笑了一阵，江南说道：“说实在的，我虽然不知道华天风为了何事把海儿找去，但料想对海儿是只有好处，决无坏处。你以前生怕他有甚意外，如今已经知道他的下落，也应该可以放心了。”

谷中莲点头道：“这个当然，他去他义父那儿，我还有什么不放心的？”

这时叶凌风已进了客厅，站在一旁，听他们的谈话。江南所说的笑话无关紧要，谷中莲那几句话他却非常留意，心里想道：“原来华天风已有将近二十年不下华山，那我更是不用担忧了。他将师父找去，总不至于是和我的事情有甚干连？”叶凌风哪里知道，华天风要与江海天所说的事情恰恰就是与他相干，而华天风，前两年也曾下过华山，不过谷中莲不知道罢了。此事以后再表。

且说谷中莲带了女儿和两个徒弟，当日便启程前往邙山。一家人路上有说有笑，倒也热闹。叶凌风使出浑身解数，既巴结师母，也讨好师妹。但江晓芙对他总是比较冷淡，反而与林道轩亲近得多。林道轩比她小三岁，两人就似姐弟一般。不过江晓芙也并非对叶凌风存有恶感，只是不喜欢他那股“气味”，觉得性情不投，因此就不大愿意和他接近，甚至迹似敷衍了。

谷中莲是以邙山派掌门的身份，提前赶去主持开山祖师独臂神尼的祭典的。这日到了邙山，距离正日还有三天。谷中莲本来担忧带着一个孩子走路，可能要多走一两天，在会期前夕才到达的。如今早到三天，可以有比较空暇的时间与本门长幼两辈相聚，商量大小事情，心情自是十分舒畅。

邙山春日风景绝佳，谷中莲的心情又特别好，于是一路上山，一路和他们谈说邙山派历代祖师的事迹。不多一会，已到主峰，山峰上有一条瀑布，似是一匹倒挂的锦缎，瀑布流量不大，但在丽日下洒起金色珍珠的泡沫，景色却是十分奇幻。峭壁上有个茶杯口大，四边平整，似是人工凿开的痕迹。谷中莲笑道：“你们看见了石壁上的裂痕么？你猜这是怎么来的？”

江晓芙道：“这似乎不是天然的裂痕。妈，为什么在好好的石壁上凿一个窟窿？”

谷中莲道：“不错，这是人工造成的，但却非有心开凿。这里有一个令人惊心动魄的故事。”

江晓芙道：“我最喜欢听故事了。妈，说给我们听听好不好？”

谷中莲道：“好。这故事对于你们也是一个很好的教训。

“这个窟窿是了因和尚的禅杖戳开的。

谷中莲道："这峭壁上的杖痕，有一个惊心动魄的故事。"

“邙山派开山祖师独臂神尼门下有八个弟子，以了因居首，号称‘江南八侠’。了因不但是大师兄，武功也是以他最强。他的六个师弟都是他代师传授的。所以对于这六个师弟来说，他是以大师兄而兼有‘半师’之份。”

江晓芙道：“你不是说的‘江南八侠’吗？那么了因应有七个师弟。”

谷中莲道：“最小一个是独臂神尼的关门弟子吕四娘。吕四娘拜师之时，了因早已出道了。她的武功是师傅亲自传授的。

“独臂神尼早就发觉了因心术不正，恐防自己死后，无人能够制他。遂把自己晚年精研的一套剑法，传给了吕四娘，并授她一面金牌。临终遗嘱，倘若了因在她死后为非作恶，吕四娘可以凭着这面金牌，代师父清理门户。

“独臂神尼死后，了因自以为武功已是天下无敌，果然给他师傅料中，作恶起来。且还不是一般的恶行，而是投靠清廷，为虎作伥，背叛师门。

“吕四娘遵守遗嘱，趁着了因来祭师父，要一众师弟奉他为掌门之际，取出金牌，宣告将了因逐出本派，并摘下他‘江南八侠’的头衔。了因不服，于是与一众同门，便在师傅墓前，展开了一场生死的搏斗。这一战惨烈非常，是邙山派有史以来从所未有的激斗！最后了因给吕四娘刺瞎双眼，结果了他的性命。他临死之时，飞出禅杖，意欲与吕四娘同归于尽。吕四娘以超卓的轻功避开，禅杖插入了石壁。后来甘凤池将禅杖取出，石壁上遂留下这个窟窿。”

众人听说这是了因在重伤之后，临死之时的杖痕，都不禁骇然。

叶凌风则比他的师弟师妹还多了一层惊骇，了因的情形和他相似之处很多，尤其是了因前半段的历史，简直就是他今日的写照。叶凌风不禁暗地不安：“师母为什么对我说这个故事？”

谷中莲缓缓说道：“叛师求荣，我相信你们是决计不会的。但也得记住这个教训，技成之后，切不可自恃武功，为非作歹。结交朋友，也必须小心谨慎，莫给奸人诱入歧途。否则了因的身败名裂，就是你们的前车之鉴了。”叶凌风听得师母只是一番泛论，这才放下心，随着江晓芙、林道轩同声应了一个“是”字。

但叶凌风从了因的故事却得到了另外的“触发”，恰恰是和师母的期望相反的“触发”。心中暗自想道：“了因之死，都是因为他的关门师妹独得师傅宠爱，多传了她一套玄女剑法的缘故。要不然了因的武功就是天下第一了，何至于落得如此下场？”他从了因的故事，又想到自己身上，“师父武功天下第一，我是他的掌门弟子，理该得他的衣钵真传，他年师父年老封刀，顺理成章，我也就是武林盟主了。怕只怕师父偏心，也像独臂神尼那样培植一个关门弟子。”

叶凌风暗自盘算：“宇文雄已被逐出门墙，不足为患。我只须多费心机，讨了师妹为妻，也就不用害怕她会反对我了。这件事有师母帮忙，料想可以有八九分把握。李文成的儿子还未找到，不必管他。看来最大的隐忧，倒是林道轩这个小鬼。他沾了他父亲的光，师父定然要尽心尽力栽培他。他人又聪明，善会讨人欢喜。他来了还没两天，师母师妹就已经把他当作宝贝一般宠爱了。这样下去，只怕我这掌门弟子的地位也要动摇！可怎生想个法儿，也把他赶了出去才好？”

叶凌风心神不定，踢着一块石头，一个跄踉，往前冲了两步，才稳住身形。江晓芙笑道：“大师哥，你怎么不看路呀？你在想着什么心事？已经到啦！”

叶凌风抬头一看，果然玄女观已经在望。山上也已经有人下来迎接了。

叶凌风连忙镇定心神，说道：“我是在想，今年的风声特别紧，两个月前，我和师父在路上已听说清廷准备暗算邙山派了，恐怕鹰爪孙要趁这次的大会捣乱。”

谷中莲道：“当然要防备敌人捣乱，就只怕他们不是明来。嗯，来了，来了！白师伯，路师伯，谢师姑、静缘师叔，你们都好！自己人怎么这样客气呀？”原来邙山派在玄女观的弟子，以白英杰、路英豪、谢云真、静缘师太四人为首，已在寺门恭候掌门驾到。

谷中莲将丈夫的两个徒弟介绍给她本门的长辈认识，其中白英杰、路英豪二人是叶凌风从前随师父在德州丐帮分舵作客的时候曾经见过的，其他的人则是初会。众人听说他是江海天的掌门弟子，都刮目相看，大表欢迎，不在话下。

白英杰道："今年是咱们祖师的百年忌辰，各大门派都准备派人来参加祭典，这都是联络好了的。还有许多武林中的成名人物，料想也要来参加此次盛会的。江大侠若能如期赶到，固然最好；倘若不能，咱们的力量，也足可以对付任何挑衅。"

谷中莲道："安排此会，费了两位师伯不少精神了。"

白英杰道："明日起客人便要陆续到来，估计今年来的要比往年多许多。"

谷中莲道："地方够用吗？"

白英杰道："玄女观已经添建了几十间房舍，还有半山药王庙也可以住一部分人。大约是够用的。只是客人太多，恐怕招待的人手不够。我想请叶世兄帮忙作个知客，和我一起专责招待各大门派的首脑人物。"

原来白英杰老于世故，见谷中莲带了江海天的掌门弟子同来，已知道江海天有心让他的掌门弟子在会中露面，认识天下英雄。而且他对叶凌风的印象也很不错，知道他能言会道，仪表不凡，是以有此安排。

谷中莲点点头道："凌风虽然不是本派弟子，但也算得是自己人。既然人手不够，让他权充本门的知客，也可以使得。凌风，你意下如何？"叶凌风求之不得，谦虚几句，也就答应了。

第二天，客人果然络绎而来，其中重要的人物，由谷中莲、白英杰亲自招待的有少林派的主持大悲禅师，有武当派的掌门雷震子，有峨嵋派的长老法华上人，以及这三派的门下弟子不下百人之多。叶凌风陪着师母接待贵宾，应付得体，获得许多称赞，不在话下。

第三天已是会期的前夕，来的客人更多。其中有一拨客人最引起叶凌风注意的是青城派的掌门辛隐农，和他率领的十二名门下弟子。青城派是中原六大门派之一，但论声名却还不及少林、武当。叶凌风之所以特别注意青城一派，并非由于它的地位，而是因为他的义兄萧志远是青城派中人，去年萧志远和他分手之后，就是回川协助冷天禄叔侄举义抗清的。这次萧志远没有来，叶凌风很想探听他的消息。

谷中莲已先问道："听说冷天禄在小金川揭竿起义，如今战局如何?"

辛隐农道："初期甚是得利，他们叔侄兵分两路，取广元，破绵竹，逼成都，川中震动。可惜到了今年春初，形势就逆转了。清廷把原任陕甘总督的叶屠户调来作四川总督，他带了十万兵马入川，义军寡不敌众，被迫退回小金川据险固守，情况艰苦得很。"

林道轩此时也正在师母身边，好奇问道："为什么把那个姓叶的称为屠户，他是个杀人不眨眼的魔王么?"

辛隐农笑道："此人本是两榜出身的进士，外貌倒是文质彬彬。但心狠手辣，在陕甘总督任上，杀人如麻，故此得了个'屠户'的绰号。这次他带兵入川，以'清乡'的名义，在义军住过的地方的百姓，每每给他诬以'通匪'的罪名，杀个清光！这位小哥说得不错，他的确是个杀人不眨眼的魔王！"

周围听辛隐农说话的人都在骂那"叶屠户"，但谁也没有想到，这个人所痛恨的"叶屠户"，就正是江海天的掌门弟子、如今正在辛隐农面前的叶凌风的父亲。辛隐农因为一来就忙着谈说川中之事，白英杰还未来得及向他介绍叶凌风的身份。

叶凌风听得众人骂他父亲，心中又是难过，又是惊恐。就在此时辛隐农眼光忽地向他望来，怔了一怔，问道："这位是——"白英杰道："这位叶少侠正是江大侠的掌门弟子。"

叶凌风连忙上前以晚辈之礼谒见，辛隐农将他扶起，笑道："我正要找你，却想不到先给你吓了一跳。"

江晓芙天真烂漫，辛隐农是她父亲的老朋友，她自小就相熟的，忍不着好奇之心，便即问道："辛爷爷，我大师哥的相貌可并不丑啊，为什么把你吓了一跳?"

江晓芙这两句话，若是在另一个时候、另一个场合说的，叶凌风听她赞他相貌长得好，一定心花怒放，欢喜无限。但在此时此地，听她这么一问，却禁不住心头卜卜的跳了。

辛隐农说道："就因为叶少侠一表斯文，才把我吓了一跳。"江晓芙道："这却为何？"辛隐农道："我认得那叶屠户，他的相貌，说来奇怪，和叶少侠竟是颇有几分相似！"

白英杰哈哈笑了起来，道："幸亏他是我派掌门江夫人的亲侄儿，来历分明，要不然在外面行走，给人当作是叶屠户的家人子侄，那就冤了！"

辛隐农笑道："叶世兄的来历，我也是早已知道的了。此叶不同彼叶，人有相似，物有同样，叶世兄也不必因为貌似那屠户而难过了。"

叶凌风怕众人见疑，索性狠起心肠，骂他父亲道："我才不难过呢，我只恨这个残害百姓的屠户，居然与我相貌相似，但愿义军早日扑灭此獠，为民除害，也好出了我胸中一口闷气！"

辛隐农说道："叶世兄，你可愿去会一会叶屠户？说不定有机会你可以亲手杀他，为民除害。"

叶凌风心里暗暗吃惊，害怕辛隐农是用说话试探他，只好说道："我当然恨不得手刃此獠，老前辈的意思可是要我入川相助义军？"

辛隐农道："不错，我正是为这件事找你。你有一位义兄名叫萧志远的，是么？"

叶凌风此时已知辛隐农的来意，心头一块大石方始放了下来，说道："不错，我也正想打听萧大哥的消息。"

辛隐农怕白英杰等人不明白，加以解释道："萧志远是我门下弟子，他与叶少侠乃是八拜之交，去年叶少侠到江家去投亲，就是我这姓萧的弟子陪他去的，所以我知道叶少侠的来历。"

解释过后，辛隐农接着说道："目下小金川的义军处境艰危，青城派的弟子差不多都去参加义军作战了。但人力总是还嫌不够，必须向外求援。萧志远希望你去助他一臂之力。"

叶凌风把眼望着师道："这是见义勇为之事，晚辈怎敢推辞。可是却先得向师父请示，师父现在还未回来，也不知他有无别的事情，要分派给我？"

辛隐农笑道："你师父的脾气我是知道的。他是见义恐后的人，你是为了此事入川，他即使有别的事情，也不会要你去办的了。实不相瞒，我此次前来，是受了冷天禄的嘱托，向天下英雄求援来的。不但希望有叶少侠去，还希望有更多的人去呢！谷掌门，你是这次邙山之会的主人，我也要请你鼎力帮忙。”

谷中莲道：“这是应该的。趁这次大会，我一定为你呼吁。至于凌风之事，我可以替他师父答应。即使他师父不能及时赶回参加此会，也不必等他了。”谷中莲本来是舍不得叶凌风离开的，但一来这是义举，二来却不过辛隐农、冷天禄的面子，三来这也是栽培叶凌风的一个好机会。因此她替江海天一口答应，这事就算说定了。正是：

惊他覆雨翻云手，未识奸徒是祸胎。

欲知后事如何？请听下回分解。

第二十八回　奸徒得意英雄会
黑网伸张覆武林

叶凌风口头上不能不答应，心头上却是老大的不愿。他坐在一旁，听辛隐农数他父亲的劣迹，一众英雄也在异口同声骂他父亲，更是如坐针毡，十分难过。

幸好不久又有远客到来，是天山派的钟展夫妇和他们的一对子女钟灵、钟秀。天山邙山两派渊源极深，天山派的老掌门唐晓澜，一向是邙山的好朋友，他的妻子冯瑛、小姨冯琳，当年曾与谷中莲的师祖吕四娘合称“江湖三女侠”；钟展的妻子与谷中莲的义母谷之华当年也是情同姐妹。当真可以说得是几代交情。如今天山派的老掌门唐晓澜早已去世，由他的儿子唐经天接任掌门。只因天山邙山相隔万里，唐经天不能多派人来。但钟展是唐晓澜的大弟子，在天山派中的地位仅次于掌门师兄唐经天，由他们夫妇带领子女前来，这份情谊也是十分隆重的了。

钟展一家人来到，谷中莲自然是要以晚辈之礼加以款待，各派的首脑人物也都来和他们叙旧倾谈。这么一来，话题方才移转，不再骂叶凌风的父亲了。

叶凌风耳根暂得“清净”，心中可是百倍愁烦。此时重要的客人都已来齐，不用叶凌风再当知客了。叶凌风听一班武林前辈叙旧谈道，根本插不进话。他也无心听他们说话。坐了一会，便出外面闲遛，他需要静下来想想心事。

“我若是入川相助义军，这不是父子成为敌对了么？”尽管叶凌风也曾经有过“驱除鞑虏，还我河山”的抱负，但要他与自己的父亲为敌，他却是连想也没有想过的。何况自从给风从龙捏着了他的把柄之后，他那早年的“抱负”也已渐渐淡了下来，变成个患得患失的小人了。

叶凌风又曾经打过一个如意算盘，有朝一日，他倘若在义军中有个较高的地位，便得审度情势，为自己打算了。倘若义军得势，他打算策动他父亲反正，以他父亲的兵力扶助他当上义军的领袖，自己来做“开国之君”。倘若义军失势，甚或土崩瓦解的话，则在最恶劣的情况之下，回到父亲身边，也还不失为一条后路。

叶凌风再四思量：“我若是现在就与父亲敌对，率领义军与他厮杀，只有闹个两败俱伤，这如意算盘就打不通啦。还有一层，我父亲手下，认识我的人不少，我若入川，只怕秘密难保不被揭破?”

叶凌风正自心烦意乱，惘惘前行，迎面忽然来了个人，向他打了个招呼。

叶凌风一看，认得是自己刚才接待过的客人，似乎就是辛隐农带来的那十二个青城派门下弟子之一，但却不知他的名字。

叶凌风此时正是心烦意乱，哪有闲情与人应酬，但为了礼貌，不能不还了一礼，并请教他的姓名。心中想道：“此人大约是来巴结我的，看在青城派的份上，且敷衍他一下。”

心念未已，只听得那人哈哈一笑，忽地低声说道：“日月无光。嘿，嘿，是自己人!”

叶凌风这一惊非同小可，手指直打哆嗦，目光都吓得呆了。那人笑道：“此处人多，咱们找个地方说话去。小心，别露出可疑的神色，叫人看出了破绽。”

叶凌风心里叹了口气，想道：“我以为可以摆脱他们，哪知还是给他们缠上了。”无可奈何，只好强摄心神，貌作镇定，跟那人走。

到了一个僻静的所在，四顾无人，那人说道：“叶公子，咱们不妨先作小人，后作君子，把话言明。实不相瞒，在这邙山之上，我们的人来的不少，知道叶公子秘密的也不仅仅是我一人。叶公子，你可别打杀人灭口的主意。”

叶凌风确实是曾动过这个念头，不料这人比他更为精明厉害，一开口先就点破。叶凌风暗暗吃惊，强笑说道："兄台忒也多疑了，都是自己人，小弟岂能下此毒手？"

那人笑道："对啦，你明白就好。咱们是利害相关，休戚与共，倘若秘密泄漏，我不打紧，别人知道你是叶屠户的儿子，只怕有人要把你乱刀宰了。"

叶凌风抹了一额冷汗，连声说道："是、是、是。但凭老兄吩咐。现在可以请教你的大名了吧？老兄可是青城派门下？"

那人道："你记性不差，我正是青城派弟子，业师韩隐樵，辛隐农是我掌门师伯，你的义兄萧志远论起辈分是我师弟。嘿，嘿，这么一说，你可以知道咱们是有双重关系，更是'自己人'了。小姓蒙，贱名永平二字。"

叶凌风道："风大人风从龙和蒙兄是怎么个称呼？"

蒙永平笑道："你不查根问底，料你也不放心，我就和你一发说个明白了吧。风从龙是我顶头上司，我就是他派到青城派卧底的，已有十多年了。我的身份，和你完全一样。你还有什么怀疑的么？"其实并不完全一样，蒙永平是"混进来"的奸细，叶凌风是被"拉出去"的叛徒。

这些"小节"，叶凌风当然无心分辩，当下苦笑说道："蒙兄约小弟来此，有何见教？"

蒙永平笑道："一来是给你贺喜；二来咱们自己人也该认识认识，有事才好商量啦！"

叶凌风怔了一怔，道："喜从何来？"

蒙永平一脸正经地道："我们的辛掌门要你入川相助义军，这不是天大的喜事么？"

叶凌风苦笑道："我可正在为这件事情愁烦呢！"

蒙永平阴冷的眼光盯了叶凌风一眼，阴恻恻地说道："这样的喜事你还愁烦？哦，莫非你还是首鼠两端，一颗心未肯完全向着朝廷？"

叶凌风瞿然一惊，连忙说道："蒙兄可别误会。小弟是年轻识浅，碰上这样麻烦的事情不知如何应付？还得请老兄指教。"

蒙永平哈哈笑道："你是个聪明人，还用得着我指教么？嘿嘿，有了这个机会，你就可以为朝廷立大功啦!”

叶凌风心里已然明白，不由得暗暗打颤，装作糊涂，讷讷说道:“小弟愚鲁，还是请老兄细道其详。”

蒙永平道:“好，灯不点不亮，话不说不明。你的地位与我不同，我办不到的事正好可以由你来办。你要知道这次辛隐农是来给冷天禄请援兵的，除了你之外，一定还有许多所谓‘江湖义士’的一同入川。但你是江大侠的掌门弟子，这一支援军的首领，十九是你无疑。辛隐农是一派掌门，尽管他赞助义军，却是不便公开出面的。所以只要你好自为之，入川之后，以你和萧志远、冷铁樵他们的关系，不难将冷天禄、冷铁樵叔侄那支义军也拿了过来，大权在握，那时，哈、哈!你还不可以为所欲为吗?你可以暗通消息，使得义军一败涂地;你也可布下陷阱，把那帮‘江湖义士’一网打尽!”说到“一网打尽”四个字，还咬牙切齿地作了一个手势。

叶凌风又是吃惊，又是着急，这倒并非由于他忠于义军，或对“江湖义士”有所厚爱，而是因为蒙永平的打算不合乎他的“如意算盘”。叶凌风暗自思量:“这么一来，就是一面倒向朝廷了。以后我如何还能够在侠义道中立足?而且我若公开叛了义军，师父他不会来取我性命?”

蒙永平似是知道他的心意，笑了一笑，说道:“叶公子有甚为难之处，不妨明言，我一定会给你好好解决，让你毫无顾虑!”

叶凌风道:“现今民变四起，反叛朝廷的亦不仅是冷天禄这支义军，要想把江湖义士一网打尽，我看这是决计办不到的。”

蒙永平道:“那么你的意思怎样?”

叶凌风道:“小弟倒是愿意为朝廷多多效力，但若在入川之后，便露出本来身份，那么即使扑灭了冷天禄这支义军，也还是无补大局。”

蒙永平翘起大拇指道:“好，好!叶公子你当真是抱负远大，志向不小，这又可以说得是有其父必有其子，你们父子俩竟是英雄所见彼此一般，不仅是‘略同’而已。”

叶凌风怔了一怔，道:“我爹爹他也知道了我的事情了?他说些什么来着?”

蒙永平道："令尊与风大人早已谈过你的事情，而且给你考虑得很周到了。他们的意思也正是要长线放远鸢，香饵钓大鱼。你若入川，他们给你掩饰还来不及呢，怎会急功近利，马上就要你表露身份。比如说他们可以故意让你先打几场胜仗，官军决定放弃的地方也可以让你先去占领。不过冷天禄这支义军，最终也还是要扑灭的，入川的那帮'江湖义士'也还是要斩尽杀绝的。只要你和我们忠诚合作，我们定可以给你安排得天衣无缝。不过或者要令你多少受点委屈，官府会把你当作反贼缉拿，甚至要你受些皮肉之伤。嘿嘿，叶公子你是聪明人，如何做法，临机应变，也不必我一一举例了。总之，我们可以做到令他们那些所谓侠义中人，决不会怀疑到你身上！"

叶凌风道："我虽然是自小离家，但爹爹的手下，认识我的恐怕还是不少。"

蒙永平哈哈笑道："这你就更不必顾虑了。他们绝不会泄漏你的秘密，他们还要装作对你痛恨，到处骂你，并故意散布谣言，说你是官军的死敌，朝廷的叛逆。总之把你打扮成义军的英雄，这样你可以满意了吧？"

叶凌风大喜道："这样我就放心去了。"

蒙永平忽地又换过一副教训的口吻，说道："你今天的说话虽然机灵，但当辛隐农要你入川相助义军的时候，你的态度言语还嫌不够热心，记着，你是要当义军首领的，凡事必须争先，说话定要漂亮！叶公子，以你的绝顶聪明，你应该懂得这些道理！"

叶凌风道："是，是。多谢蒙大哥指点了。"

蒙永平道："好，义军的事不谈了。现在我要向你打听一个人。"

叶凌风道："不知蒙兄要打听的是谁？"

蒙永平道："天理教教主林清。"

叶凌风心头一震，说道："林清？他的名头我倒是知道，他的下落我可是半点不知。"

蒙永平冷冷说道："当真是半点不知么？但据我所知，你的师父就是到米脂去会林清的。"

叶凌风道：“我师父是单独前往米脂，我并没有跟他同去，这件事风大人是知道的。我师父如今也尚未回家，我何从得知林清的消息？”

蒙永平道：“这正是风大人要我向你打听的。他说你师父交游广阔，纵然人未返家，难道就不会托人捎个信儿么？你要知道林清是朝廷的首名钦犯，我们绝不能放过任何一条可以打听他的线索！风大人要你记着他和你说过的话，你和我们早已是拴在一条绳子上的蚂蚱了，谁也离不开谁，不论是生是死，是祸是福，你都得依靠我们的了，你明白么？”

叶凌风有气没力地答道：“明白。”

蒙永平狞笑道：“明白就好！我们帮忙你是尽心尽力的，你也得尽心尽力帮忙我们。嘿，林清的消息，你是真的不知还是假的不知？”

就在此时，忽听得有盈盈笑语，远远传来。正是江晓芙和林道轩的声音。叶凌风竖起了耳朵，隐隐听得林道轩说道：“大师哥不知在哪儿，怎的总是见不着他？”

江晓芙道：“别管他了，咱们找地方玩去，有了他咱们反而玩得不痛快了。嗯，你瞧，那边的山杜鹃开得多好看，我给你编个花环。”林道轩道：“芙姐，你似乎有点讨厌大师哥？”江晓芙道：“我倒也不是特别讨厌他，只是觉得合不来。”说到这里，笑了一笑，接道：“小林子，你对大师哥倒似乎佩服得很，想要和他多多亲近是么？那你就去找他吧，我不反对。”林道轩道：“他是掌门师兄，我理该尊敬他的。但姐姐你既然不欢喜和他一起，那我也不找他了。”

叶凌风作贼心虚，害怕给他们瞧见自己与蒙永平一起，躲在树后面屏息呼吸，不敢露出声息。待到他们去得远了，叶凌风方始探出头来，吁了口气。

蒙永平道：“原来是你的师弟师妹。嗯，你的师弟是姓林的么？”

叶凌风心乱如麻，善恶交战。阳春三月，山上犹有余寒，但他额上的汗珠却已似黄豆般的一颗颗滴下来！

蒙永平阴冷的眼光迫视着他，道："叶公子，你怎么啦？"

叶凌风讷讷说道："你刚才问起天理教的教主林清，嗯，这个，这个——"

蒙永平道："怎么样？你干嘛吞吞吐吐，快把林清的消息说出来！"

这刹那间，叶凌风心中善恶交战，已是转过了好几个念头，最初是觉得陷害一个小孩子于心何忍，但随即想道："量小非君子，无毒不丈夫。留下这个小子，终是我的隐忧。他身世比我好，又得师父师母阖家宠爱，待他长大，我这掌门弟子的地位只怕也要动摇。了因不是给师弟师妹所杀的么？我应该早为之计，不可蹈了因的覆辙！"

思念及此，叶凌风咬了咬牙，狠起心肠，终于把秘密吐露出来："林清的消息我是确实不知，但他儿子的下落我倒知道。你们要不要他的儿子？"

蒙永平喜出望外，连忙说道："怎么不要？拿不着老的捉了小的也好。你既知道，快快说吧！"

叶凌风把手一指，蒙永平抬眼望去，隐隐还可以看见江晓芙与林道轩的背影，只听得叶凌风缓缓说道："林清的儿子就在你的眼前，他也正是我的师弟林道轩！"

蒙永平又惊又喜，又似乎未敢完全相信，说道："这可真是意想不到的事，但你师父不是还未曾回来么？"

原来蒙永平刚才听得江晓芙叫他师弟做"小林子"，虽然立即引起注意，但却以为林道轩姓林不过是个巧合而已，未必就是林清的儿子。因为江海天还未曾回来，而在他的意念中，江海天若是在藏龙堡救出林清的儿子，那一定是带着他一同回来的。不料他随随便便问叶凌风一声，却触发了叶凌风借刀杀人之念，把秘密都和盘托出来了。

叶凌风道："他是我师父托丐帮的人送回家的。"讲了事实经过之后，惴惴不安地问道："难道你们打算在这儿捉他吗？这是邙山派的地方，我师母是邙山派的掌门，你若捉了我的师弟，我师母焉能与你干休。你走得掉吗？"

蒙永平道：“这是我的事情了，你不必管！”叶凌风道：“可是，我、我是他的师兄呀。我师母将他交与我看管的。”蒙永平笑道：“叶公子，你放心，我们当然会做得恰到好处。决不会连累到你。事不宜迟，我如今就要去布置了。”

叶凌风道：“这小鬼很是机灵，我师妹的本领也很不弱。”蒙永平道：“知道啦，不用你担心。你赶紧回到你师母那儿，就没有你的事了。”

叶凌风道：“那么你可得算准了时间，等我踏进了玄女观你才好动手。”蒙永平冷笑道：“我还用得着你指点吗？快走吧！”尽管他们是狼狈为奸，但叶凌风这样患得患失，只顾自己的为人，连蒙永平也觉得有点讨厌了。

叶凌风急急忙忙离开，心中想道：“不错，我在师母身边，管他们闹出什么事情，师母总不致疑心到我身上。”

江晓芙与林道轩正在对面的山坡上采摘野花，林道轩似乎玩得很高兴，笑声远远的传来。叶凌风想到要谋害这样一个天真无邪的孩子，而这个孩子又是一直把他当作掌门师兄来尊敬的，也不觉有点内疚于心。慌忙掩了耳朵，三步并作两步，赶回玄女观。

谷中莲还在和钟展夫妇谈话，见他回来，问道：“你的师妹和轩儿到外面玩耍去了，你可见着他们么？”叶凌风道：“没有。”

谷中莲笑道：“这两个小孩子就是贪玩。她的钟姑姑正在找她呢，转眼就不见她了。”

李沁梅笑道：“小孩子总是喜欢热闹的，要他们陪着大人说话，他们哪有兴趣？就让他们年轻人在一起玩吧，咱们大人可不必管他们了。”又道：“我那两个孩子一路之上已在商量，要和江家世妹切磋剑法，又要她带路逛逛邙山。这回可以称了他们的心愿了。”

谷中莲道：“芙儿和她的师弟料想也只是在附近玩耍，不会走得太远的。只是她那点功夫还浅得很，向叔叔姑姑讨教，或者还勉强学得上，说到‘切磋’二字，那可是差得太远了。”

李沁梅道：“你太客气了。谁不知江大侠武功天下第一，强将手下哪有弱兵？”

谷中莲道：“那是别人给他戴的高帽，在你们面前，他还是晚辈呢。天山派武功博大精深，风侄，趁这机会，你也可以和钟叔叔亲近亲近，求他指点一二。”叶凌风赶忙答了一个“是”字。

谷中莲所说的“姑姑”“叔叔”，即是钟展那对儿女——钟灵、钟秀。论年纪他们不过比江晓芙大三四岁，论辈分却要长了一辈。

谷中莲和李沁梅说的不过是家常闲话，但叶凌风心中有鬼，听了却是忐忑不安。

要知道钟展是得了唐晓澜衣钵真传的弟子，在天山派中，是仅次于现任掌门唐经天的人物。他的一对子女家学渊源，武功自然亦是非同小可。如今他这对子女已经出去找江晓芙，而江晓芙和林道轩采摘野花的地方，不过是在离寺观不远的山坡，并不难于寻找。

叶凌风心里想道：“此际倘若他们已经见面，这小鬼就等于多了两个保镖了。蒙永平不知还埋伏有什么能人，只怕也未必胜得过钟家兄妹。万一事不成功，反而给他们拿住，严刑迫供，那就糟了！”

钟展笑道：“武林规矩，门派不同，各自论交，不必拘泥辈分。叶少侠今年几岁了。”

叶凌风正自胡思乱想，以为钟展是在和他师母说话，并不怎样留心。谷中莲道：“风侄，钟老前辈在问你的岁数呢！”叶凌风呆了一呆，这才答道：“晚辈今年二十二岁了。”

钟展笑道：“你比我的灵儿大两岁。你不必听你师母的说话，叫什么叔叔姑姑，你们小一辈的应该似兄弟姐妹一般，平辈论交最好。”

叶凌风连忙垂手说道：“这个晚辈怎敢？”钟展忽地在他肩上轻轻一拍，道：“坐下来吧，不必太过拘礼。”

叶凌风忽觉一股沉重非常但又极之柔和的力道向他压下来。钟展只是拍他的肩头，但他身体各个部分，都感受到这股力道，就似有一张无形的大网，网住了他，慢慢收束一般。叶凌风大吃一惊，本能地运功抵抗。

钟展哈哈一笑，把手松开，叶凌风已是不由自主坐了下来。钟展笑道：“你已得了你师父的内功心法了，可惜还未能够运用自如。你入门多久了？”叶凌风这才知道钟展是在试他本领。

谷中莲道："他入门不过半年多些，内功只是刚窥门径，教老前辈见笑了。"

钟展吃惊道："只是半年么？如此良材美质，确是武林罕见了。"

李沁梅笑道："你就只知眼红人家的好徒弟。不过话说回来，我也羡慕江大侠收得好徒弟呢。资质好那是不必说了，难得又这么温文尔雅，一见就知是个很有教养的佳子弟了。我那灵儿秀儿却是粗野得很呢。"

谷中莲听得他们赞赏叶凌风，心里也很得意，笑道："你们太夸奖他了。风侄，难得钟老前辈喜欢，你还不趁机会向他讨教？"

李沁梅笑道："对啦，你试了小辈的本领，可不能只是夸赞两句就算的了。看你拿什么见面礼给人家？"

钟展道："江大侠的弟子还稀罕什么武功？不过你们既然都说要给见面礼，我也只好意思意思，给他来个锦上添花了。武功他是不必学咱们的了，我就给他打通任、督二脉，让他可以早日运用上乘内功吧。"

普通修习内功之士，倘若循序渐进，要打通任、督二脉，最少也得花五年工夫，而这一关，却又是进一步练上乘内功所必须经过的。江海天的内功传自金世遗，论到深奥精致，实不在天山派内功之下，威力之强，甚且尚在其上；不过若论到纯正厚重，则天山派内功却要胜他一筹。而以外力助人打通任、督二脉，又正是天山派不传之秘。

正因为如此，所以钟展此言一出，连谷中莲也是大感意外，又惊又喜。怔了一怔之后，连忙说道："这份见面礼太重了，风侄，还不赶快磕头？"

钟展哈哈一笑，把叶凌风扶了起来，说道："这不过是举手之劳的人情，何足挂齿？"说话之间，已是运指如飞，疾点了叶凌风任、督二脉的十三处穴道。顿时间，每一处穴道都似有一线暖流通过，瞬息流遍全身。

叶凌风全身炙热，禁不住发出呻吟。钟展掏出两颗碧绿色的丸药叫他吞下，这是以天山雪莲制炼的碧灵丹，叶凌风吞服之后，遍体生凉，痛苦大减。

钟展道：“你试试运用你本门的内功心法。”叶凌风依言一试，只觉真气凝聚，已是随意所之，在体内运行无阻。叶凌风知道这是上乘内功开始练成的迹象，他做梦也想不到有此奇遇，转眼间就获得了别人要苦练五年的功夫！

原来钟展夫妇此次携同儿女前来邙山，除了因为与邙山派深厚的交情之外，还有一层用心，乃是想为儿女找媳妇女婿。叶凌风是江海天的掌门弟子，他们又为叶凌风外表的聪明俊秀迷惑，不觉看中了他，有选他为婿之意。因此，钟展才肯送给叶凌风这么一份珍贵的“见面礼”。他们却不知道谷中莲也有将侄儿变作女婿之心；而谷中莲则以为钟展是看在两家交情份上，也还未知道他们这层用意。

谷中莲很是欢喜，说道：“风侄，你把师妹师弟叫回来吧，让他们也高兴高兴。”

李沁梅性情好动，笑道：“我也坐得闷了，咱们一起到外面走走吧。各派的首脑人物都已到齐，大约也没有什么重要的客人来了。”

谷中莲道：“恐防他们临时有事找我，我还是不便走开。凌风，你替我陪钟大侠、钟夫人吧。”

李沁梅正是愿意如此，便即笑道：“也好。趁着天色未黑，可以叫他们几个年轻人聚一聚，切磋一会武功。”

叶凌风听了这话，不觉又是忐忑不安，暗自想道：“怎么还未动手？钟展夫妇一出去，事情可就要糟了！”可是尽管他心中慌乱，还是不能不强摄心神，赔着笑脸，答了一个“是”字。

李沁梅道：“好，那就走吧！”正在此时，忽听得外面许多人七嘴八舌地同时叫道：“快来人呀，有奸细，有奸细！”“在那一边，快追上去呀，追上去！”“不好了，抢了一个小孩子了！”“是谁家的孩子？”“别问了，捉奸细要紧！”“追呀，追呀！”

谷中莲这一惊非同小可，颤声说道：“不好，恐怕是轩儿遭掳了！”连忙飞奔出去。钟展夫妻也加快了脚步，叶凌风追他们不上，满头大汗地跟在后面。他是又喜又惊，心中的紧张比外貌的紧张更甚百倍！林道轩虽然被掳，他心上的石头却还未快能落地，心里不住地叫道：“赶快跑，赶快跑！可千万不能够让他们追上。”

不错，被捉去的正是林道轩，但捉他的那个人却不是蒙永平。蒙永平说的不是假话，在这邛山之上，确实还埋伏有他们的人，而且其中还有武林中顶儿尖儿的角色。

不过活捉林道轩的这个人却是个谁都想不到的，年纪不过比林道轩大三四岁的大孩子。现在且先回过笔来，补述一下林道轩是怎么被捉去的。

且说林道轩正在采摘野花，给江晓芙编织花环，忽见一个少年向他走来，林道轩认得就是从前他与师父在山洞中遇见的那个杨芃。那次他与师父被鹰爪所困，杨芃曾经拔刀相助，帮了他们一个很大的忙的。

林道轩本来对杨芃并无甚好感，但在邛山上忽然碰见，还是很高兴地招呼他道：“杨大哥，你也来了？你爹爹呢？”

杨芃也有点感到意外，心道：“原来要我捉的就是这个小子。可不能让他多说话了。”

江晓芙道：“这人是谁？”她见来的是个年纪和她差不多的少年，也并不怎么在意。

林道轩道：“说起来还是我的恩人呢，我和师父在米脂结识的。”话犹未了，杨芃已笑嘻嘻地来到他们面前。

杨芃手中提着一口布袋，他穿着一身华丽衣裳，是个公子哥儿的模样，却拿着一个叫化子的讨米袋，实在显得不伦不类。林道轩好奇问道：“杨大哥，你拿这口布袋做什么？”

杨芃笑道：“你采野花，我来捉鸟。”江晓芙觉得有点不对，诧道：“捉鸟儿要用这样大的布袋的么？”杨芃道：“我捉大鸟。”江晓芙道：“这山上哪有什么大鸟？”杨芃道：“这里就有一只呆头鹅！”话犹未了，只听得“呼”的一声，杨芃已是张开布袋，以迅雷不及掩耳的手法向林道轩当头罩下。

林道轩本来是个机灵的孩子，但他做梦也想不到杨芃会这样来对付他，一下子就着了道儿。说时迟，那时快，杨芃已拉紧了袋口的活结，背起布袋便跑。这布袋是祁连山中一种稀有的野麻织的，坚韧非常，平常刀剑也戳它不破。林道轩装在里面，被裹得紧紧的，手足也施展不开，闷得几乎透不过气来，当然更是不能挣脱了。

江晓芙吃了一惊，喝道："你干什么？"杨芃道："嘻嘻，开开玩笑！"江晓芙倏地拔剑出鞘，追上去喝道："放下，否则我就杀了你。开玩笑可不是这样开的！"

杨芃背着个人，跑不过江晓芙，临机应变，提起布袋迎着她的剑尖一晃，冷笑道："你杀吧！"

江晓芙吓得连忙收剑，杨芃趁她吃惊之际，腾地飞起一腿，踢中她膝盖的环跳穴，江晓芙叫道："捉奸——""奸细"二字还未说得完全，穴道被封，已是不能言语，立有如石像。

杨芃顾不得伤害江晓芙，拍拍布袋笑道："小师弟，我看你还顽不顽皮？这回你跑不了啦！"

附近有几个峨嵋派与武当派的小弟子，但一来他们看不清楚这边的情形，还未知道江晓芙是给点了穴道；二来杨芃装得像个稚气未消的大孩子，他们只道是谁家的小徒弟哥儿俩在开玩笑，有些人还跟着起哄，一时间哪会想到是一件十分严重的鹰爪捕人之事。

幸在钟灵、钟秀正来寻觅江晓芙，听得她的声音，赶紧过来。钟灵一看她的模样，就知她是被点了穴道，但杨家的独门点穴另有一功，钟灵无法解开。钟灵依稀听得她刚才说的是"捉奸"二字，连忙问道："那小子可是奸细？"江晓芙不能说话，头颈还能转动，缓缓地点了点头。正是：

明枪容易躲，暗箭最难防。

欲知后事如何？请听下回分解。

第二十九回　魑魅幽林施毒手
英雄大会究奸徒

钟灵大吃一惊，忙把江晓芙交与钟秀，说道："阿秀你照顾江家妹子，我去捉贼。"抬头一看，杨芃已经上了对面那座山峰，钻进高逾人头的茅草丛中了。好在他是背着一个大布袋，摇摇摆摆，弄得茅草似波浪般起伏，故此在这面山坡，还是可以隐隐看见他的行踪。

钟灵一面追赶，一面呼喊："捉奸细啊！"的声音这才四方纷起，响彻了山头。

钟灵展开八步赶蝉的轻功，追到山顶，终于追上了杨芃。杨芃提起布袋，一个转身，抡起布袋作为兵器，朝钟灵劈面打来，冷笑道："你不要这小子的性命，你就出剑！"

哪知钟灵武功远非江晓芙可比，杨芃用这个办法可以克制江晓芙，却难不倒钟灵。只听得钟灵哈哈一笑，说道："我的剑是长着眼睛，只伤奸细的。你瞧着吧！"刷的一剑刺出，果然便似长着眼睛一般，并没碰着布袋，剑尖直指杨芃的肩井穴。

杨芃身躯一矮，抱着布袋作为盾牌，避开了钟灵的连环三剑。钟灵见他抱着数十斤重的布袋，步法还是这么轻捷，也不禁暗暗惊诧。

钟灵喝道："小小年纪，如此狠毒。再不放人，我可不能饶你性命了！"天山派的追风剑式一展，乘瑕抵隙，剑剑直指杨芃要害。妙在他的剑招虽是疾如暴风骤雨，但却总是刺向布袋遮拦不到的地方，杀得杨芃手忙脚乱。

眼看杨芃就要伤在他的剑下，忽听得一声长啸，远远传来，钟灵冷笑道："小贼，放人！否则等不到你的党羽前来，我就先毙了你。"

钟灵正要使出本门的杀手神剑，杨芃忽道："你要人么？给你！"突然把那布袋一抛，但却并非抛给钟灵，而是抛下山谷！

钟灵大惊，百忙中无暇思索，立即抢去救人，一个起伏，刚好在悬崖旁边，把那布袋接下。杨芃喝道："你也领教领教少爷的剑法！"

这一下主客势易，是钟灵背着布袋，杨芃挥剑进攻。钟灵当然不能够用布袋中的林道轩当作兵器，还要处处小心，防杨芃刺着布袋。几招一过，险象环生，差点儿给他挤下悬崖。

说时迟，那时快，只见一个瘦长的汉子已似一溜烟地来到，替下了杨芃，只是一个照面就把布袋夺了过来。

钟灵去了"包袱"，立即抢攻，"呼"的一掌打出，那瘦长汉子把布袋往后面一摔，身形一侧，反而踏上一步，就在悬崖旁边，挥掌相迎。

钟灵用的是"须弥掌力"，刚柔兼济，本来是十分纯厚的内家掌力，莫说是人，石头给他打上一掌，也得粉碎。哪知双掌相交，钟灵只觉触手之处，柔若无物，掌力有如打到虚空之处，身体失了重心，不由自己地一个踉跟。

钟灵方觉不妙，那汉子猛地大喝一声："下去！"陡然间掌力尽发，排山倒海般的向钟灵推挤过来。钟灵身在悬崖之边，立足不稳，登时似断了线的风筝一般，应声而落，坠下深谷。

这瘦长汉子不是别人，正是杨芃的父亲杨钲。

原来杨钲果然是暗中接受了清廷"礼聘"的武林败类，他打听得江海天尚未回来，便放胆偷上邙山，与蒙永平等人串通，阴谋破坏邙山之会。

可是邙山防范森严，来历不明的人绝不能轻易混进。杨钲只能叫儿子跟着蒙永平，在玄女观附近活动。而自己则匿伏山头，伺机行事。他的儿子不过是个十七八岁的少年，认作蒙永平一个同党的徒弟，年纪轻轻的少年，不比陌生面孔的大人之容易受人注意，所以容易蒙混得过去。果然一出马便立了“大功”，活捉了林道轩。而杨芃向这座山头逃跑，也正是与父亲约好的。

杨钲是一派宗师，那次在天笔峰上与江海天比武，也有接江海天数十招的能耐，论本领自是高于钟灵，但钟灵本来也不至于一招落败的，只因他一来是在悬崖之边，给对方占了地利，二来杨钲的邪派独门武功，钟灵又未能够一下子适应，故此只一掌便给他打下悬崖。

杨钲哈哈大笑，眼看钟灵就要摔成肉饼，却忽地在半空中一个猴子翻跳，减弱了下坠之势，恰恰抓着了峭壁上横生的一枝虬松。杨钲心道：“想不到这小子还有这一手轻功。此时若不除他，他年又是一个劲敌。”

杨钲正想找一块大石砸下，忽听得有人高宣佛号：“阿弥陀佛，邙山之上，岂能容你擅开杀戒？”跟着又有人霹雳似的一声断喝：“大胆奸贼，往哪里逃？”原来是少林派的罗汉堂长老大雄禅师，与邙山派名宿甘人龙已经赶到！

杨钲一听，就知来的二人乃是武林中一等一的高手，当下顾不得伤害钟灵，忙即吩咐儿子道：“你先把这小子带走，不用惊慌，我给你抵挡追兵。你只须翻过这座山，就有人备好马匹，接应你了。”

杨芃兴高采烈，说道：“爹爹，我才不害怕呢。咱们爷儿俩这么一闹，已足令这许多自称英雄豪杰的面上无光了。明儿大姨父一来，便管教天下英雄丧胆！”他自小在父亲熏陶之下，根本不分是非，只知恃强逞能，想在人前露面。

杨钲眉头一皱，说道：“别提你的大姨父了，快走！”

杨芃刚刚跑开，大雄禅师与甘人龙随后赶到。大雄禅师喝道：“施主留人！”把一串佛珠一抖，一百零八颗念珠都变作了暗器，雨点般的向杨钲洒下来！

这手“佛珠降魔”的功夫是少林寺三大绝技之一，当年少林寺的前任方丈痛禅上人就曾以这手功夫震慑过孟神通。一百零八颗念珠看似冰雹乱落，其实却都是打向人身穴道。

杨钲冷笑道：“米粒之珠，也放光华？”舞起一根青竹杖，只见漫天碧影，点点寒星，叮叮之声，不绝于耳，在那根青竹杖纵横扫荡之下，念珠向四方飞散。杨钲纵声大笑。却不料那一百零八颗念珠互相激荡，有几颗念珠竟然拐弯打到，杨钲在大笑，忽地“哎哟”一声叫了出来，“少阳”“曲池”“风府”三处穴道，同时给念珠打中。

杨钲一连退出了七八步，仍是脚步不稳，身躯摇晃，好似风中之烛，但也还没有倒下。甘人龙冷笑道：“哼，你这贼子口出大言，却原来也只是这么一点能耐，看你还敢目中无人么？”大踏步上前，使出大擒拿手法，便来抓杨钲的琵琶骨。

甘人龙以为杨钲已经受伤，这一下还不是手到擒来，哪知杨钲待他抓到，蓦地里一声喝道：“教你识得我的本领！”反手一拿，咔嚓一声，竟把甘人龙一条手臂，硬生生拗折！

原来杨钲的痛苦神情，仍是伪装出来的。大雄禅师的“佛珠降魔”虽然厉害，究竟还比不上当年的痛禅上人；而杨钲的武功虽然也及不上当年的孟神通，但两相比较，仍是杨钲比大雄禅师稍胜一筹。但他自忖决计抵敌不了大雄禅师与甘人龙联手，故而施用诈术，预先运了闭穴的功夫，让念珠打中，假作受伤，来引甘人龙上当。

甘人龙也是一时不察，以为杨钲已经受了重伤，为要留下活口审问，那一抓就不敢使出内家真力，生怕将杨钲抓死。却不料冷不防的就着了道儿，反而给杨钲把他的一条手臂拗折了。

甘人龙是江南七侠中甘凤池的后代，家传武学，百步神拳，非同小可。受伤之后，负痛狂呼，独臂挥拳，猛地捣出，仍是拳风虎虎，威不可当。但杨钲狡猾非常，一击得手，立即便闪过一旁，“蓬”的一声，百步神拳的拳力，把他十步之外的一棵松树震得叶落枝摇。杨钲待他凭着的这股气发泄之后，劲力松散之时，蓦地绕到他的背后，冷笑道：“你也该歇歇了，倒下吧！”青竹杖倏然戳出，以重手法点了他的穴道。

大雄禅师见伤了好友，低眉菩萨也登时变成了怒目金刚，脱下袈裟，扑过来道：“好个恶贼，你伤了两人，还想生下邙山么？”

一件柔软的袈裟，拿在大雄禅师手中，变作了十分厉害的武器，只见他迎风一抖，便似平地里起了一片红霞，向杨钲当头罩下。方圆数丈之内，沙飞石走！

杨钲冷笑说道："大和尚，你少林寺武功虽好，只怕也未必就能将我留下！"青竹杖一挑，发出嗤嗤声响，恰似一片红霞之中有一条青色的光芒划过，将红霞戳破了一角。

大雄禅师连番猛扑，每一次的猛扑，都给杨钲的竹杖将他的袈裟挑开。可是杨钲的竹杖点穴，也都给大雄禅师的袈裟挡住，无法攻进大雄禅师身前三尺之内。

就在此时，山寨又出现了两条人影，正是钟展与谷中莲一同来到。谷中莲已经见过了女儿，因为给女儿解开穴道，稍微耽了一些时候，但仍然是后发先至，赶在众人的前头。

谷中莲扬声叫道："轩儿，轩儿！"听不见林道轩的回答，又惊又怒，厉声喝道："奸贼，你把我的轩儿怎么样了？你敢伤他一根毫发，我就要你性命！"她尚未知杨芃已把林道轩带走，恐防敌人将他加害，先扬声警告。

杨钲听她的声音从山腰传来，竟然刺耳如针，吃了一惊，心道："这婆娘若然赶到，只怕我不是她的对手。"不敢恋战，青竹杖一挑，挑开了大雄禅师的袈裟，转身便逃，大雄禅师喝道："往哪里走？"跟在背后，紧紧追来。

杨钲早已想好脱身之计，猛地把手一扬，冷笑说道："我接了你的念珠，来而不往非礼也，你也接我暗器。"只见一个暗赤色的圆球飞来，忽地"蓬"的一声爆裂，化作了一团焰火，向大雄禅师当头罩下。

大雄禅师怒道："好歹毒的暗器，但又能奈我何哉！"袈裟一荡，火光流散，转瞬之间，已是烟消火灭。

不料杨钲又是把手一扬，这一次的毒火弹却是打到甘人龙身上。甘人龙是早就给他点了穴道躺在地上的，当然躲避不开。

大雄禅师这一惊非同小可，连忙赶回去扑救。杨钲哈哈大笑道："大和尚，你安安分分念你的往生咒去吧。失陪了！"大笑声中，早已去得远了。

大雄禅师扑灭了火焰，可怜甘人龙已是给烧得焦头烂额，气息奄奄。幸而还未曾毙命。大雄禅师给他解开了穴道，连忙施救。

不多一会，谷中莲与钟展双双赶到。谷中莲见甘人龙给烧成这个模样，也是吃惊非小。甘人龙是她师伯，她当然不能置之不理，只好把追捕奸细的事情暂搁一搁，帮忙大雄禅师救治。

甘人龙嘶声说道："谷掌门，捉拿奸细要紧，我，我没什么。"大雄禅师也道："甘师兄性命无妨，谷掌门放心去吧。"

谷中莲摸过了甘人龙的脉息，知道他伤得虽重，但也不至于便有性命之忧，而大雄禅师有少林寺的"小还丹"，这是天下第一治伤圣药，这才把心上的一块石头放下来。

捉贼、救徒，两件事情一样重要，谷中莲问道："我那徒儿呢？"大雄禅师道："一个小贼将他装在布袋之中，已逃跑了。是向着那一个方向逃的。"杨钲、杨芃父子逃跑的方向不同，谷中莲略一踌躇，觉得还是救林清的儿子要紧，于是拜托钟展追捕奸细，自己则向杨芃所逃的方向追去。

可是就在此时，钟灵呼救的声音也从峭壁下传了上来，原来他攀住了虬松，已是精疲力竭，无法上来。钟展在悬崖边望下去，见他儿子双手攀着一条不过蜡烛般粗大的树枝，身子悬空，摇摇摆摆，随时都有掉下去的可能。这景象大雄禅师也看见了，说道："钟大侠，还是救人要紧。"钟展父子连心，叹了口气，也只好放松杨钲不追，先下去救自己的儿子了。

在钟展将儿子从峭壁下拉上来的这段时间，各派弟子，陆续来到。

叶凌风在路上会见了江晓芙、钟秀二人，神色仓皇，满头大汗地赶来，一见着大雄禅师，立即问道："我那小师弟呢，怎么样了？怎么样了？"关心、焦急之情，尽都见之辞色。刚听到一半，"哇"的便是一口鲜血吐了出来，捶胸叫道："这怎么好？这怎么好？"

江晓芙连忙将他扶住，说道："大师哥，你别着急。妈已经追下去了。"

钟展道："秀儿，你照料哥哥，我去追擒奸细。"

叶凌风如梦初醒，猛地敲了一下额头，说道："对，咱们大伙儿都去捉贼！"

江晓芙道："师哥，你歇歇吧。你忧心过甚，气色太差，莫把自己也弄出毛病来，有我们这许多人出动，也不在乎多你一个了。"

叶凌风从来没有听过江晓芙说的这样体贴话儿，心里甜丝丝的，又是得意，又是好笑，暗自想道："我破损了一点舌尖，也是值得了。"原来他吐的那口鲜血，是咬破舌尖所致，并非真的吐血。

叶凌风索性把戏演到十足，摔开了师妹的手，说道："不，我虽然未必帮得上忙，但我必须尽我一点心意。谁叫我是掌门师兄呢？"

大雄禅师大为感动，掏出了一颗小还丹，交给叶凌风道："叶少侠，你带着这颗药丸路上备用，若是精神不济，再吐血的话，可以将它服上，至少可以使你不受内伤。"

叶凌风知道小还丹是极难得的良药，医治内伤，天下无双，装作匆匆要走的样子。忙不迭地收下，心里想道："早知如此，再吐两口血也值得。"

当下大雄禅师将甘人龙背回玄女观医治，钟秀陪伴她的哥哥钟灵。钟灵倒没受伤，只是精疲力竭，难以跑路，只好就地盘膝而坐，默运玄功，徐徐恢复精神，钟秀在旁给他守护。

除了这几个人之外，其他的人，分头都去搜捕奸细。可是翻遍了整个邙山，结果都是失望而归。

谷中莲追得最远，她施展绝顶轻功，追出邙山山下百里之外，也没见着杨芃的踪影。原来杨芃有人接应，他们所乘的乃是御苑骏马，多好的轻功，也是追不上的。

待到谷中莲回到玄女观的时候，已经是午夜了。邙山派弟子与一众英雄都在等待她的消息，谁也没有去睡。

众人见谷中莲独自归来，形容憔悴，不必再问，已知结果。人人都感心头沉重，相顾无言。

江晓芙尤其感到难过，首先打破沉默的气氛，哽咽说道："妈，都是我的不好。我不中用，保护不了小师弟，丢了你的面子。"

叶凌风接着说道："不，都是我的不好。要是我听师母的说话，早早找你们回来，就不至于发生这样的不幸了。"他的表情，更是动人，似乎奸细捉了他的师弟，就似摘了他的心肝一般，说到伤心之处，一颗颗的眼泪都滴下来了。

谷中莲叹了口气，说道："这件事怪不得你们。贼人是谋定而动，要怪也只能怪我料敌不足，防范未周。时候不早，你们都去睡吧。"

这一晚各人都是闷闷不乐，只有叶凌风一人例外，连梦里都几乎笑出声来。

第二日已是独臂神尼的忌辰，也即是邙山大会开始的日子。叶凌风一早起来，随着众人到独臂神尼的墓园聚集。今年来的人特别多，各大门派小一辈的弟子都只能在墓园外参拜，四面山坡上黑压压的站满了人。叶凌风看了这样盛大的场面，又是欢喜，又是吃惊。欢喜的是自己将可在天下英雄之前露面，吃惊的是有这么多反清的英雄豪杰，倘若知道自己竟与清廷鹰爪同谋，那真是不堪设想。

谷中莲率领长幼三代同门，拜谒了两位祖师独臂神尼与吕四娘的灵墓。随后又是各大门派的掌门人或代表以及有身份的宾客参拜。礼成之后，谷中莲抬起头来，眼角有晶莹的泪珠。

与会诸人都已知道昨晚的事情，但许多人也都感到奇怪，为什么敌人要冒奇险，费那么大的气力捉一个小孩子，虽然这小孩子是江海天的徒弟，但比他身份重要的人，不是还多着吗？由于觉得事有蹊跷，许多人都在交头接耳谈论昨晚的事情。

礼成之后，照原定的次序，应该是由谷中莲以主人身份，宣告邙山大会开始，然后由各派首脑人物商定这次大会讨论哪几项重要的事情。

众人停止了耳语，等候谷中莲说话。只听得谷中莲缓缓说道："在大会开始之前，我先有两件事情要禀告各位前辈与及武林同道。"

谷中莲说的第一件事，就是江海天把叶凌风立为掌门弟子的事情。

按照武林规矩，各门各派的掌门弟子，或废或立，都得请一些德高望重的前辈到场，作为见证。如今谷中莲在英雄大会宣布此事，那是最隆重的了。

但一来这一件事情，众人都已预先知道；二来因为昨晚所发生的事故，大家心情都受了影响，所以叶凌风所期待的，大家向他热烈祝贺的场面并没有出现。不过由于江海天在武林的地位，各派的首脑人物，都是循例的来向他道贺，稍稍说了一些勉励的话。本来江海天知交甚多，除了各派首脑人物之外，还应该有许多人来向他道贺的；但与会诸人，人人都是抱着同样心情，急于听谷中莲说昨晚那一件意外之事，急于商量如何去捉拿奸细，祝贺的仪式以及一切赞美的套词，也就尽量减少了。

叶凌风日盼夜盼的，可以在天下英雄面前大出风头的场面，就是这么平淡的过去了。他早就准备好的一篇激昂慷慨、矢志行侠仗义的答词，因为感到大会的冷淡气氛，也就自己识趣，没有再说了。叶凌风不无感到“遗憾”，但经过了这一仪式，他的“江大侠掌门弟子”的地位，已经确立，天下英雄，也都知道有他叶凌风这个人了。叶凌风虽然感到“遗憾”，心中仍是高兴万分。不过他很会掩饰，可并没有表露出来。对所有向他祝贺的武林前辈，他也是彬彬有礼，甚是谦虚，获得了全场的好感。

仪式过后，谷中莲神情沉郁，再向众人说道：“第二件事是邙山派应该另立掌门之事，这次英雄大会，也该另选贤能主持，请天下英雄见谅。”

此言一出，全场骚动。白英杰道：“谷掌门，你这是为了什么？”一大门派的掌门人，自请废立，那是武林中从所未有的事情。因此大家虽然知道她是为了昨晚之事，还是大感惊愕。

谷中莲道：“请本派四位长老出来！”本来邙山长老一辈，还有个甘人龙的，但甘人龙伤重，在场的就只有白英杰、路英豪、卢道璘、林笙四人了。这四人的心都似坠了铅块一般，正想劝慰掌门，谷中莲已在独臂神尼墓前跪下，说道：“弟子谷中莲无德无能，致令本派蒙污，愧对祖师，特来请罪。”说罢，站了起来，道：“我有亏掌门职守，致令鹰爪在邙山之上，公然掳人，又伤了本门长老甘师伯。请四位长老执行戒律，给我应得的惩处！”

白英杰道：“依我看来，昨晚之事，颇有蹊跷，不能只是怪掌门防范不周。各位想想，鹰爪偷上邙山，费了这么大气力，为什么只把一个未成年的孩子掳去？还不是因为他是江大侠的徒弟吗？鹰爪何以会知道他的身份？又恰恰选择了一个适当的时机？”

路英豪和白英杰是老搭档，接声说道：“是呀，看来多半是有内奸与外敌勾结，才会弄出昨晚的事情。所以当务之急，是要查明谁是奸细，免得咱们自己人中，潜伏了害群之马！至于本派掌门，自请惩处，那倒是可以从缓商量。”

白路两人还未知道林道轩的身世来历，只从他是江海天的弟子这一身份立论。不过他们老经世故，所说的却是合情合理。在场的有识之士，和他们也都是抱着同一的见解。当下纷纷附和：必须先查奸细！

可是昨晚杨钲父子在人前露面，与他们交过手的也有江晓芙、钟灵、甘人龙、大雄禅师等人，可没有一个人认识他们。经过一晚的时间，各派首脑人物也都查究过了，并没有失踪的人，显见那两个乃是外敌，并非内奸。内奸是谁？大家还在迷雾之中！

当众人异口同声要查明奸细的时候，叶凌风的一颗心几乎要从腔子跳出来，但他外貌却镇定得很，暗自想道：“幸亏出事之时，我是在师母身边，无论如何，她总是不至于疑心到我！”

不错，谷中莲确是对他丝毫没有起疑，她倒是担着另一重心事。心里想道：“知道轩儿来历的，除了我之外，只有风侄与芙儿。他们二人当然不至于是内奸。但怕只怕芙儿口没遮拦，也许说话不小心，在人前漏了风声，给奸细听了去。”想至此处，不寒而栗。

谷中莲有所顾虑，说道：“奸细当然是要查究的，但看来也不是马上可以发现。此次英雄大会还要商讨许多重要的事情，与其多花工夫先查奸细，不如搁到会后再办。不过，发生了这样的事情，你们就是不责备我，我也深感惭愧。这个大会，无论如何，也不应该由我主持了。”谷中莲是想在今晚无人的时候盘问女儿，故此主张把查究奸细之事，搁在后头。

她的主张也不无道理，众人冷静下来，也都想到奸细既然安排得如此周密，决不能轻易查获。可是若不先查奸细，众人又怎敢放心讨论重要的事情？

正在议论纷纷之际，忽地有一个人站起来说道：“我倒有一条可以追查奸细的线索！"

饶是叶凌风如何强作镇定，听了这句说话，也不由得心头一震，微微"噫"了一声。幸亏是在全场哄动之中，叶凌风的"失态"，没人注意。

谷中莲一看，说话这人乃是丐帮帮主仲长统的大弟子元一冲。仲长统因事未能赴会，元一冲乃是代表丐帮的首脑人物。丐帮是江湖上第一大帮，与邙山派的渊源又极深远，前任帮主翼仲牟本身就是邙山派的，故此元一冲的说话，遂特别惹人注意。

江晓芙在叶凌风身旁，大为欢喜，说道："师兄，这可好啦。丐帮消息素来灵通，说不定他们已经知道奸细是谁了。咦，师兄，你的面色怎的如此苍白，是精神还未恢复吗？"

叶凌风连忙强慑心神，说道："我昨晚记挂师弟，一晚都没睡好。听得这个消息，我是高兴得几乎要流泪了。对，这消息真是太好啦！"

谷中莲待骚动稍稍平静之后，问道："元香主，你有什么线索，可以追查奸细？"

元一冲道："请问江姑娘，掳你师弟那个少年，是不是姓杨的？你师弟在见到他的时候，曾经说过什么话？"

江晓芙道："不错，是姓杨的。我师弟说那小贼是曾于他有恩的'好朋友'，可惜这件事他还没有说出来，就给那小贼捉去了。"

元一冲道："这小贼的相貌，是不是如此如此……"他详细描述了杨芃的相貌，江晓芙喜道："一点不错，元香主，你是认得他的呀？"昨晚事发之时，元一冲并没在场，他是未曾见到杨钲父子的。

元一冲点了点头，又问大雄禅师道："你曾经与那鹰爪交手，那厮是不是个瘦长汉子，用的一根青竹杖。"大雄禅师道："不错。"颇觉有点奇怪，因为昨晚元一冲是早已向他打听过一遍了的。

元一冲道："谷掌门，你可以放心了。要追查奸细的线索，就在这两个鹰爪身上。他们是两父子，父亲名叫杨钲，儿子名叫杨芃。"

谷中莲道："这两个是什么人？咱们怎样可以抓到他们？"

元一冲道："我也不知杨钲底细，不过我可以到一处地方问出他们的下落。这杨钲和江大侠是见过面的。他有一个连襟住在天笔峰，名唤上官泰，和我们丐帮从前有点小小的过节，后来就是江大侠与我师父同上天笔峰，将这过节化解了的。这上官泰颇有几分义气，想不至于包庇奸人。"

武当派的松石道人性情最急，立即说道："对，有了庙祝，就不怕跑了和尚。待此会散了之后，咱们几个老头子陪谷掌门、元香主都上天笔峰去，管那上官泰包庇奸人也好，不包庇奸人也好，总得着落在他的身上，捉拿鹰爪，追究奸徒。"

群雄纷纷道好，有许多人还自告奋勇，先报上名，要参加追捕杨钲父子。叶凌风却是松了口气，想道："我道他是什么线索？却原来要兜这么一个大圈儿。那杨钲父子与我并不相识，他们是另外一条线和蒙永平联络的，即使抓着他们，也不会连累到我。"

群雄正在议论纷纷之际，忽听得冷笑之声，远远传来，群雄愕然都朝着声音来处望去，却是只听见笑声，还未见着人影。

白英杰喝道："什么人？"话犹未了，只见一个青袍汉子已经出现在众人眼前，冷冷说道："诸位可不必费神上天笔峰了，有谁想动杨钲一根毫发的可冲着我来！"

青袍汉子来得迅速之极，说到一个"来"字，他的脚步已经是踏进了墓园。与他携手同来的还有一个十六七岁的少年，正是昨天用布袋捉了林道轩的那个杨芃。

这一下突如其来，登时全场震动，有些性情暴躁的已在高声喝打。青袍怪客冷笑说道："你们这些自命英雄的人物，只知道倚多为胜吗？江海天在哪儿，我倒要请他出来问问！"

谷中莲自行请罪一事，既然未有结果，只好仍以邙山派掌门人兼大会主持的身份答话："尊驾何人？你要替杨钲出头揽事，你可知他所干的勾当么？你要会江海天，那又是为了何事？"

青袍怪客道："你敢情是邙山派掌门江夫人了？怎么，你丈夫还未回来么？这可真令我虚此一行了。"言下之意，除了江海天一人，天下英雄，都不在他眼中。

松石道人怒道："江大侠虽然不在这儿，阁下意欲如何，我们也决不至于令阁下失望!”

谷中莲不愿多生枝节，说道:“杨钲之事，究竟如何?先了结这桩，再说别的!”

青袍怪客似是意兴萧索，懒洋洋地说道:“杨钲干了什么勾当?你且说说!”

邙山长老之一的路英豪大声道:“你这是明知故问，这小贼与你同来，你还能不知道么?”

青袍怪客双眉一竖，面有怒容，朝白英杰的方向戟指骂道:“咄，还未分出青红皂白，你怎可胡乱骂人?”

两人之间的距离少说也在十丈开外，寻常武学之士发暗器也不打到这么远的距离。但这青袍怪客只是朝着这个方向一指，白英杰登时便觉得冷风扑面，似有一把无形的利刃向他刺来!饶是他有数十年的内功修为，也不由得机灵灵地打了一个冷战!

谷中莲道:“好，那咱们就让天下英雄评评理吧，看杨钲父子是不是该骂?杨钲作了朝廷鹰犬，指使他的儿子在邙山之上掳人。除非你也是与他们同流合污的一路人物，否则还岂可包庇他们?”

与会诸人都因青袍怪客的倨傲态度而动了怒气，异口同声地说道:“对，他既替杨钲出头，就得着落在他身上把杨钲交出来!”“这厮分明也是朝廷鹰爪，何须再问?把他擒下再说!”但群雄都是有身份的武林人物，决不能一拥而上；而且在这邙山之上，也得听从谷中莲的命令。故此，虽是群情汹涌，也只是向谷中莲提议而已，并未演成群殴。

那青袍怪客在群情汹涌中却是神色自如，淡淡说道:“我这姨甥捉了你们的什么人?”谷中莲见他一副毫不在乎的神色，有点诧异，也有点火起，当下说道:“就是你所要会的江海天最小的徒弟，只是个十四岁的孩子。”

青袍怪客冷笑道:“我道是什么大事，原来只是捉了江海天一个徒弟。捉了江海天的徒弟怎见得就是朝廷的鹰犬?又怎能含血喷人，连我也骂起来?哼，满洲的鞑子皇帝是什么东西?也配驱使我么?哼，你们别在门缝里瞧人，把人瞧扁了!”

此言一出，倒是大大出乎众人意料之外。要知俗语也有的话:

“是什么人说什么话；是什么果结什么瓜。”这青袍怪客若真是朝廷鹰犬，他尽可以胡说八道，但决不敢辱骂皇帝。

谷中莲静默了半刻，仔细地打量了那青袍怪客一番，说道：“然则你们又为什么要把江海天的徒弟掳去？”

就在此时，忽听人声脚步声嘈成一片，只见有一大群人，已经在山坡上出现，正朝着墓园走来。群雄纷纷上前堵截。

谷中莲喝道：“你们是些什么人？”她使用上乘内功将声音传出来，声音不高，但却似在那些人的耳边问话一般。

这些人本是来势汹汹，而且其中也不乏武学高明之士，但在谷中莲以最上乘的内功镇慑之下，都是不禁心头一震，愕然止步。

青袍怪客哈哈一笑，轻描淡写地说道：“他们有些是我的朋友，有些是我的家人奴仆，跟我来参加你们的‘英雄大会’的，总之是你们邙山派的客人，何用大惊小怪？怎么，你们不欢迎我们这班不速之客么？”

邙山的英雄大会，其实亦即是抗清义士的一个秘密聚会，并非公开宣告，任凭什么人都可以参加的。即使有些未接到请柬的，也都是由熟人带来，决不能无因而至。像今日之事，那是从未有过的。而且，这青袍怪客还把家人奴仆都带了来，说是要参加他们的英雄大会，这就不仅是蔑视当主人的邙山派，对与会的一众英雄，也简直是一个侮辱了。

但谷中莲还无暇责问对方的“失礼”问题，而是首先要担心本派巡山弟子的安危。要知邙山派乃是清廷的眼中钉，即使是在平时，也有巡山弟子，严防敌人偷袭。今日英雄大会在此举行，当然更是警卫森严的了。假若只是青袍怪客一人，凭着武功高强，逃过众人耳目，偷上邙山，尚还不足为奇；这许多人突如其来，巡山弟子居然没有发现，那就真是不可想象的怪事！

谷中莲一惊之下，勃然怒道：“我不管你们是些什么人，你们硬闯上山，倘若伤了我邙山派一个弟子，我就不能放过你们，林师伯，请你带人去查个明白。”谷中莲此言一出，群雄登时把那些人包围起来，只待林笙查明事实，便可动手。

那青袍怪客笑道：“谷掌门不用惊慌，我并没有伤了你们弟子的一根毫发，只是他们不许我参加此会，我迫于无奈，只好将拦路之人都点了穴道。我是用最轻的手法点穴，只须半个时辰，穴道便能自解！”

谷中莲这才知道，原来是青袍怪客先来“开路”，将巡山弟子都点了穴道之后，那一批人才跟着上来的。倘若他说的是真，则他的轻功之超妙，手法之迅捷，也委实是足以震世骇俗了。

谷中莲厉声说道：“是谁请你们来的？你能怪得我门下弟子拦阻你吗？好，你既然如此无礼，我也不必问你是什么人了。你划出道儿来吧，免得你说我以多为胜。”这话的意思即是已把青袍怪客这一班人当作敌人，不过还可以照江湖的规矩，让他们提出如何较量。

那青袍怪客不接这个话头，却仰天大笑三声，拍拍掌道：“好笑呀，好笑！”正是：

剑拔弩张来怪客，独闯名山逞异能。

欲知后事如何？请听下回分解。

第三十回　青袍怪客来挑战
黄石奇招未奏功

谷中莲凛若冰霜，冷冷说道："有什么好笑？"

青袍怪客仍是哈哈笑道："你们号称英雄大会，这'英雄'二字是自封的么？为什么要你邀请的才能算是'英雄'？才可以参加此会？哈哈，这不是可笑得紧么？"

谷中莲道："英雄必须是侠义之士，这是要武林中大多数人承认的。来历不明的人，我们碍难把他当作英雄招待。"

青袍怪客又大笑道："这话越发不通，武林中人有多少？你们今日在此聚会的人又有多少？你计过数么？还有，如何才算'侠义'，是否要你们点头才算？更何况行侠仗义，不贵宣扬，难道不为武林中大多数人所知的就不是英雄了？"

青袍怪客词锋咄咄迫人，倒也有他几分歪理。谷中莲不知他的底细，又不能明白地告诉他，这其实是共商抗清大计的秘密聚会。

邙山长老之一的路英豪是姜桂之性，老而弥辣，按捺不住，已是咆哮起来道："我们可没有工夫与你歪缠。哼，哼，你与杨芃这小贼同来，分明就是鹰爪一路，还敢自称英雄，要想参加我们的英雄之会？谁信你的鬼话，这才是可笑得紧呢！掌门人，咱们不能为他耽搁时间，请你发命！"

谷中莲沉声道："把这些人都赶下山去！把杨芃这小贼留下来，叫他们拿人来换！"

青袍怪客大叫道："好，那咱们就凭武功胜负，判断谁是英雄！"

眼看双方如箭在弦，一触即发，忽听有人高声叫道："且慢动手!"这个苍老的声音，各大门派的首脑人物无不熟悉，都不禁愕然，立即约束门下弟子，与青袍怪客那一班人暂时成了两阵对员的相持局面。

转瞬之间，那人已是跑上山来。却原来是丐帮的帮主仲长统。

仲长统本来在北方有事，他派弟子元一冲来参加大会，曾经有言交代，他未必能够及时赶来，叫大家不必等他的。

丐帮是天下第一大帮，若论在武林中的辈分与地位，仲长统尚在谷中莲以及各派首脑人物之上，足可以与天山名宿钟展比肩。是以群雄看到仲长统赶了到来，都是又惊又喜。欢喜的是英雄大会又多了一大高手，一大支柱；但惊愕的却是：他为什么给这青袍怪客说情？

仲长统到了青袍怪客面前，抱拳说道："阁下可是玉屏山的竺尚父么?"

青袍怪客怔了一怔，原来他与仲长统以前也是未曾会过面的。不过他从群雄对仲长统的称呼之中，已知对方是丐帮帮主。丐帮是天下第一大帮，青袍怪客倒也不敢失了礼数，一怔之后，还了一揖，哈哈笑道："人道丐帮消息灵通，果然不假。竺某一个山野鄙夫，想不到仲帮主你居然也知道贱名。"话语之中，对不识他来历的与会诸人，暗暗刺了一下。

群雄仍然是十分纳罕，俱在想道："玉屏山的竺尚父，这是什么人啊？怎的从没听过他的名字?"

只有谷中莲一人恍然大悟，心中想道："此人姓竺，嗯，把李文成的孩子捉去作为书童的，想必就是他了。"

谷中莲也是第一次听到竺尚父的名字，不过林道轩回来之后，已经把江海天所探听到的关于李光夏的消息都告诉了她。江海天曾见过竺尚父的女儿竺清华，竺家的仆人把李光夏捉去，江海天也是早已知道了的，所不知道的只是竺尚父的名字而已。后来上官泰也曾向江海天证实这个消息，并告诉他竺家父女对李光夏很好，叫他放心。

但谷中莲所知道的也只是她丈夫叫林道轩告诉她的这么多而

已，至于竺尚父的来历如何，是好是坏，谷中莲却是毫无所知。她本想在英雄大会之中，托武林同道广为查访的，想不到竺尚父自己来了。

谷中莲疑惑不定，心里想道："仲帮主赶来调停，想必是知道此人来历，且听他说些什么。"当下把手一挥，叫邙山派的弟子暂且退后。

只见仲长统面色一端，朗声说道："我倒知道阁下的事情，却只怕阁下不知道自己的事情！"

竺尚父剑眉一竖，愠道："你这话是什么意思？"

仲长统道："杨钲是你的襟弟，但你可也知道他已经投靠了朝廷么？你来替他出头，受他蒙蔽，你不觉得羞惭，我老叫化却要为你感到不值了！"

竺尚父面色倏变，道："你，你胡——胡说什么？无知之辈的谰言，你身为丐帮帮主，竟也轻信么？"他本想骂仲长统"胡说八道"的，总算是由于仲长统的身份，给了他几分面子。

仲长统道："杨钲甘为鹰犬，我是握有凭据的，并非仅仅因为他掳了江大侠弟子一事而已。哼，只怕轻信人言的正是阁下！"

竺尚父"哼"了一声道："你又有什么证据了？"

仲长统道："你可知杨钲要和上官泰联手来对付你，为了上官泰不肯与他合谋，他把上官泰打伤了？他又安排了陷阱，要令你与江大侠两虎相斗。为的什么？就是因为他已经做了清廷的鹰犬，是以要从中挑拨，使得你与天下英雄彼此相残！"

竺尚父板起脸孔道："还有别的没有？"

仲长统怔了一怔，道："你还嫌证据不够么？你要是不相信的话，你可以上天笔峰一看，只怕上官泰的伤还未完全好呢。他自会告诉你的。"

竺尚父冷笑道："上官泰早已到过我的玉屏山了。他们两人是我襟弟，他们之间为何斗殴，我全都明白。总之，这是我们的家事，用不着你来挑拨离间！"

仲长统大怒道："你把我姓仲的当作什么人了？再告诉你一件事吧，你意图开宗立派，不肯臣服朝廷，是也不是？杨钲就是因为知道你有这个意图，才煽惑上官泰一同反对你的！”

竺尚父淡淡说道：“我知道上官泰把他天笔峰上的金创药草任凭你取，为的就是要讨好你，以便得到外援。有上官泰做你的耳目，你知道我的一些事情有什么稀奇？”

原来竺尚父深信杨钲的说话，把他当作心腹，反而把上官泰当作背叛他的人。这里面还有一个原因，竺尚父要把女儿嫁给杨钲的儿子杨芃，杨芃也很能体会父亲的意思，对这位大姨父大加巴结。父子两人反而诬捏上官泰要杨芃做女婿，又加上另外一些煽惑言辞，说上官泰如何如何不服气给竺尚父欺压等等，使得竺尚父全都相信了他们。

且说仲长统以丐帮帮主的身份，给竺尚父一顿排揎，气得七窍生烟。好一会子，这才叫出声来：“岂有此理，你简直是狗咬吕洞宾，不识好人心！”

竺尚父冷笑道：“多谢你这位好人了。好吧，我就姑且从好处着想，你是上了上官泰的当了。但不论是你上当也好，串通也好，我的家事，决不能任你外人干预，你也休想从中挑拨！”

仲长统一片好心，竟给竺尚父口口声声骂他挑拨，气得说不出话！

谷中莲道：“仲帮主，对一个不分好歹的人，你也不值得为他生气。好吧，竺老先生，你不相信杨钲是坏人，那也罢了。咱们言归正传，杨钲掳了我们的人，你又有何解释，作何交代？”

竺尚父淡淡说道：“杨钲此举，也不过是报在天笔峰上所受的一掌之辱而已。怎能就把他说成是朝廷的鹰犬了？”

仲长统刚歇过口气，听得竺尚父如此说话，不禁又动了怒火，说道：“什么一掌之辱？不错，江大侠在天笔峰上是曾打了杨钲一掌，但你可知道江大侠是为了什么打他的吗？当时杨钲正在暗算上官泰，江大侠是为了救上官泰的性命！这才打了杨钲一掌的。至于杨钲又何以要暗算上官泰呢？正就是因为上官泰识破了杨钲要充当清廷鹰犬的秘密！”

竺尚父道：“只是上官泰一面之词，你们既然没有别的真凭实据，就不能胡乱含血喷人，诬蔑杨钲。咱们今日只该就事论事，请别节外生枝!”

竺尚父说什么也不相信杨钲是朝廷鹰犬，仲长统没有办法，只好忍着气说道：“好，那就只论今日之事吧。杨钲父子把江大侠的徒弟捉去，这事情该当如何了断？你替杨钲出头，你说!”

竺尚父笑道：“何必如此紧张，武林中人争的只是一点面子，这点小小的过节，也算不了什么。你叫江海天来给杨钲赔一个罪，包在我的身上，叫他交还江海天的徒弟便是。”

竺尚父所提的这个办法，其实乃是杨钲的主意。竺尚父哪里知道，杨钲说得轻松，其实却正是他的一个大阴谋。杨钲是明明知道江海天未曾回来的，何况即使江海天在场，也绝不会向他赔罪。他怂恿竺尚父出头，一来是企图使得竺尚父这班人与群雄闹得个两败俱伤；二来他还有个非常毒辣的阴谋，以后再表。

一切都在杨钲意料之中。谷中莲果然说道：“江海天今日不在场，在场也绝不会向杨钲赔罪。你是杨钲襟兄，你替杨钲出头；我是江海天的妻子，他的事情，我也可以全部承担，闲话少说，我可要向你讨人了！请你把杨钲父子与江海天的徒弟都交出来！否则你就划出道儿来吧!”

竺尚父道：“好，江海天既是不在场，那我还有两个办法，随便你们选择。第一个办法是，几时江海天回来，你叫他定下日期，仍然邀请今日在场之人来作见证，我也请杨钲到来，由他向杨钲赔罪。第二个办法是，你们若想今日了结，就冲着我来。只要你们哪一位胜得了我，我也负责把江海天的徒弟交还。”

原来竺尚父也有他自己的打算，他准备了多年，意欲开宗立派，做一番事业，所以特地选择了这个时机，在英雄大会之中露面。为的就是想技压群雄，扬威立万，至于替杨钲出头，那不过是适逢其会，他就顺便拿了做个借口而已。

此时谷中莲对于竺尚父的来历虽然略有所知，但毕竟还未摸到他的底细。心想：“听仲帮主之言，此人似乎也是与朝廷作对的。但仲帮主乃是从上官泰那儿间接听来的，并没有任何事实可以作为佐证。倒是此人处处袒护杨钲，倒不能不令人怀疑他是杨钲一路!”

正因为谷中莲有此怀疑，遂决意把他当作敌人看待。当下说道：“第一个办法不必再谈了，第二个办法倒是干脆得很，咱们就按照江湖规矩，在武功上分个输赢，定个曲直！但还有一样我要先问个明白的是，你带来的这些人，是给你助拳的还是只作见证的！”

竺尚父哈哈笑道：“他们有些是我的朋友，有些是我的家人奴仆，但却都是不远千里而来的。好容易来这一趟，碰上这个千载难逢的机会，当然是想以武会友的了。你们不是有人说我的家人没资格参加你们的英雄大会吗，我倒要看看你们这班英雄是否都能够胜过我的家人？不过最后决定胜负的当然还是由我！”

群雄都为他的狂妄态度所激怒，许多人已在跃跃欲试，叶凌风忽地振臂大呼：“让我先来！”几乎是在同一时候，江晓芙也跑出了场，说道：“大师兄，让我先来！”

叶凌风道：“不，我是师父的掌门弟子，这位竺先生要向师父挑战，师父不在这儿，理该由我替代师父领教竺先生的高招！”

竺尚父冷笑道：“你的武功，依我看来，在小一辈中是过得去的了。但若要与我较量，那就只是白白送命，你知道么？”

叶凌风昂然说道：“江门弟子，岂是怕硬欺软之人？宁可死在你的手下，也绝不能有辱师门！”

其实叶凌风是早已料到竺尚父不会拿他当作对手，他才敢出场挑战的。何况即使退一万步来说，竺尚父倘若当真要和他动手，有他师母以及这许多前辈高人在场，也绝不会让他白送性命。他乐得表示一番英雄气概！

果然叶凌风这一慷慨激昂的态度，赢得了如雷的掌声！

竺尚父冷笑道：“你不怕死，我却怕给人笑话。你不配与我动手，退下去吧，别在这里混搅了，哼，你还不走开？”说到一个“走”字，声音就似一把利刀似的，“戳”穿耳膜，直“刺”进叶凌风的心窝，吓得叶凌风心头一震，不由自己地如奉纶音，接连退出了六七步才站得稳。钟展夫妇连忙挡在叶凌风身前，喝道：“不许吓唬小辈！”

叶凌风退下去，江晓芙却走了上来，竺尚父眉头一皱道：“女娃儿，你也要胡闹？”江晓芙道：“什么胡闹，你有你的过节，我有我的过节，只许你上邛山来找我的爹爹，就不许我找这小贼算账么?”说到此处，蓦地向站在竺尚父身旁的杨芃一指，喝道：“小贼，滚出来！昨日你用卑鄙的手段擒了我的师弟，今日咱们来见个真章!”竺尚父这才知道，原来江晓芙并非向他挑战，而是要找杨芃报昨日之仇。

江晓芙与杨芃一般年纪，一个是江海天的女儿，一个是杨钲的儿子，身份正是当事人双方的子女，江晓芙找他算账，完全符合江湖规矩。

竺尚父没有理由拦阻，心里想道：“也好，让他们先打一场，我也可以窥探江家武功，芃儿新近学会了我的几种武功，想来该不至于打不过这丫头吧?”杨芃是他的未来爱婿，他对杨芃自然是分外关心。因此还在患得患失。

杨芃因为昨日很轻易的就点了江晓芙的穴道，对她不免意存轻视，不待姨父答话，便跳了出来，笑嘻嘻地说道：“江姑娘你不服气么？好吧，那么咱们就再较量一场。要是你输了，你可要当众承认你江家的武功不及我杨家了。”

江晓芙喝道：“你输了我要你的命，看剑!”刷的一招“玉女投梭”，剑光如练，直刺杨芃胸口。杨芃料不到她剑招如此狠辣，说打便打，连忙举起竹杖招架。他这支竹杖也是一件宝物，坚韧无比。但江晓芙的裁云宝剑更是人间异宝，只听得“铮”的一声响过，杨芃的竹杖给她削去了短短一截。

竺尚父“哼”了一声，杨芃人极机灵，一听就知是姨父责备他的打法不对。登时换了另一种打法，只见他的竹杖宛如蜻蜓点水，一掠即过，由于双方招数都快，江晓芙的力道未透剑尖，已给他的竹杖以柔劲引开，要再削断他的竹杖可就不能了。

江晓芙一发狠，把追风剑法使了出来，越展越快，使到疾处，当真是只见剑光，不见人影。杨芃的招数渐渐跟不上她，但因为他趋避得宜，一时之间，还是未能分出胜负。

杨芃生性轻佻，见江晓芙长得美貌，心想：“江海天的女儿可比清华表妹美得多啦，可惜我婚事已定，却是不能动她的念头了。”激战中哪容得他心神不属，只听“嗤”的一声，江晓芙一剑穿过了他的衣襟，幸而未伤着皮肉。

杨芃嘻嘻笑道：“没刺着！再来，再来！”江晓芙大怒，刷刷刷连环三剑，迫得杨芃手忙脚乱。

群雄看了她这精妙的剑法，都是大为赞赏，心中想道：“到底是江大侠的女儿，小小年纪，便这么了得！”对杨芃的武功，也颇惊奇，但比较之下，却似乎还是江晓芙更胜一筹。群雄已认为江晓芙将可获胜，许多人已在为她高声喝彩了。

只有谷中莲双眉紧皱，忙用“天遁传音”之术向女儿送话：“要沉得住气，不可急躁！”她的天遁传音之术，以绝顶内功把声音凝成一线，虽在喝彩声中，传进女儿耳朵。连竺尚父那样一个武学的大行家也没觉察。

江晓芙把杨芃杀了个手忙脚乱，正自得意，听了母亲传音，不觉一怔，心中想道：“我就要取了这小贼的性命了，妈还何需为我担心？”

心念未已，只听得杨芃又是嘻嘻笑道：“还是没刺着！”说话的时候，还向江晓芙龇牙裂嘴，扮了一个鬼脸。突然间转守为攻，乘瑕抵隙，青竹杖在剑光缝隙之中穿进，来点江晓芙的穴道。

杨芃的竹杖点穴是看家本领，手法怪异，与中原各大门派都不相同。本来江晓芙若然沉得住气，使用攻守兼顾的大须弥剑式，还是可以守得住的。但她吃亏在经验不足，杨芃接连向她扮鬼脸，说怪话，不由她不生起气来，恨不得一剑将杨芃杀了。一沉不住气，猛可里就着了杨芃的道儿！

只听得杨芃喝声：“着！”竹杖一戳，果然点中了江晓芙胸前的“璇玑穴”。他是有心调戏江晓芙，想把她点倒再扶起来，博个他们的人哈哈一笑。

就在此时，竺尚父忽地叫道：“芃儿，小心了！”突然间，只见剑光一闪，江晓芙已是反手一剑刺来，杨芃做梦也想不到江晓芙已给点了穴道，还能使用如此狠辣的招数，本来非死在江晓芙剑下不可，幸而得姨父提醒，百忙之中，滑步闪开，但饶是如此，也给剑锋在他手臂划了一道五寸多长的伤口。

这一个出人意外的变化，连竺尚父也是大吃一惊，莫名其妙。心中想道：“难道这小姑娘竟然就练成了护体神功不成？”要知杨芃用的是他杨家独门的重手法点穴，即使对方有闭穴功夫，也是难以抵挡。只有练成了上乘的护体神功，才可以不受重手法点穴的伤害。但江晓芙只有十七八岁的年纪，而练成护体神功，至少也得二十年以上的功夫。

竺尚父生怕江晓芙再补上一剑，大惊之下，正要出去抢救，心念未已，忽见江晓芙身躯一晃，第二招还未发出，便咕咚一声，坐在地上了。

原来江晓芙并非练成护体神功，而是穿有护体宝甲。这件宝甲是金世遗当年从海外取回来的乔北溟的三宝之一，金世遗传给江海天，江海天又给了他女儿使用。宝甲薄如蝉翼，是海底所出的白玉所制，能避刀枪，但穿在身上，可不大舒服。江晓芙昨日因未穿宝甲，吃了大亏，今日才特地穿上的。

就因为江晓芙身上穿有这件宝甲，杨芃点穴的力道，给宝甲隔了一隔，未能立即发生功效。江晓芙的追风剑法何等迅捷，就在这一瞬间，便把杨芃伤了。但伤了杨芃之后，那股力道也已透过宝甲，侵入她的穴道。

谷中莲忙把女儿扶起，那一边竺尚父也把姨甥接了回去。竺尚父是个武学的大行家，此时已经恍然大悟，冷笑说道："你女儿已经输了一招，你认不认？"

谷中莲也冷笑道："受伤的总是你的姨甥吧？"照一般比武的规矩，输招事小，受伤事大，败中取胜，凭勇敢伤了敌人，也还算是赢的。竺尚父无可辩驳，只好说道："反正今日乃是以武会友，谁赢谁输，那也不值得斤斤计较，他们一个输招，一个受伤，就算是打成平手吧。小孩子的玩耍不算数，还是让咱们大人来较量较量吧！"

谷中莲心中当然明白女儿是凭着宝甲侥幸取胜，也就乐得显示大方，不予计较。但对于竺尚父的狂妄态度，她却大有反感，解开了女儿的穴道之后，便想出去指名挑战。她师伯白英杰老成持重，看出她的心意，低声劝她道："你是英雄大会的主持人，不可自贬身份，轻易出手，还是先看看对方的武功，究竟值不值得你出手吧。"白英杰绕着弯儿说话，其实是恐防对方武功太强，掌门人万一有失，那就无可挽回了。所以主张先看看对方的深浅。

谷中莲正自踌躇，只见一个三络长须的老道士已经进入场心，指名向竺尚父挑战了。

众人一看，却原来这个道士乃是武当派的长老松石道人。

松石道人是武当掌门雷震子的师弟，以一口长剑而能使出“九宫八卦阵”的剑法号称武林一绝，在武当派中是第二号人物，在中原的武林之中，也可以挤进十大高手之列。群雄见是松石道人出场，心中俱是想道：“让这位道长去试探对方虚实，那真是最合适不过的人选了。说不定他还可以一战而胜呢。”

不料竺尚父却似乎并不知道松石道人的来头，摆出一副爱理不理神气，懒洋洋地说道：“你要和我较量么？”

松石道人年纪虽老，火气未减，怒道：“我武当派的长老难道还辱没你不成？”

竺尚父淡淡说道：“多谢你看得起我了。可是我还没兴致与你动手，你先把我的一个家人打败，再找我动手吧。”随即高声叫道：“老刘，你奉陪这位道长比划几招，领教领教他们武当派的镇山剑法。”

一个青衣汉子应声而出，手中提着一支又长又粗的旱烟杆。叶凌风认得这人就是他和师父从前曾经碰见过的那个竺家仆人，当时他是和竺尚父的女儿竺清华同在一起的。从竺清华对他的称呼，可以知道这姓刘的汉子乃是竺家的管家。管家的地位虽然高于一般仆人，但也总还是仆人身份。

竺尚父此言一出，全场耸动。起初大家只道他是不知道松石道人的身份，尚还“情有可原”；如今听他一口道破松石道人的看家本领，却还把一个仆人派出来，那就分明是蔑视松石道人的了。

松石道人勃然大怒，骂道：“岂有此理！姓竺的，你，你，你——”气得几乎说不出话来，盛怒之下，也不知要如何骂才好。

竺尚父微微一笑，说道：“今日不是说明了是以武会友的么？注重的是本身武功，并非本人的身份。你准能赢得我的仆人么？老实说，我让我的管家陪你过招，已经是很看得起你了！”

那姓刘的青衣汉子向竺尚父行了个礼，却叹口气道：“主人有命，小的不敢违背。其实我是一心想来会会高手的。”言下之意，松石道人在他心目之中，距离“高手”二字还远着呢。

竺尚父笑道：“老刘，算我是委屈你也好，抬举你也很好，你不必发牢骚了。快去接这位道长的高招吧。”

那青衣汉子道：“是。但请恕小人无礼，小人还想抽一袋烟。”

竺尚父笑道：“连这一刻的烟瘾都不能熬吗？好，你喜欢抽你就抽吧。可别耽搁时候，让人家等得不耐烦了。”

这青衣汉子应道：“是。我抽着烟也能打架的。”装了一斗烟，抽了两口，神气悠闲地走到场中，淡淡说道：“我不吸两口烟就没精神，请道长恕我失礼了。来吧，来吧，你有宝剑，我有烟杆，咱们正好较量较量。看是你的宝剑锋利还是我的烟杆坚硬？”

这青衣汉子不但要抽着烟打架，而且就是用烟杆来作武器。松石道人本来不愿意和他交手的，但给他这么一气，再不交手如何可以报复这个侮辱？当下大怒喝道：“我不与小人斗嘴，来就来吧！你就是口喷毒烟，我亦何惧？”他是个武学大行家，心头虽然火起，却还沉得住气。当下凝神注意，默运玄功，防备对方喷出毒烟。

青衣汉子笑道：“你疑心我这是毒烟么？我让你闻闻，这烟只能提神，决无毒害。”漫不经意的就走到松石道人身前，一口烟迎面喷去，气味氤氲馥郁，果然是上等烟叶的气味，决非毒烟。

但向人喷烟，这却是个迹近侮辱的举动。松石道人一口气再也按捺不住，也无暇再讲身份让对方出招了，当下刷的一剑便刺出去，喝道：“小子无礼，非叫你受点教训不行！”

这一剑上刺面门，来得势如闪电，松石道人是恨他狂妄，意欲刺瞎他的眼睛的。哪知剑势虽快，对方躲得更快，只见青衣汉子霍的一个凤点头，烟嘴尚含在口中，身形已从剑底钻过，这才移开烟杆笑道：“领教了。你怎么不使你的看家本领？”

话声未了，松石道人已是在这瞬息之间，接连攻出七招，武当派的连环夺命剑是著名的狠辣剑法，攻到了第七招，那青衣汉子再也躲闪不开，这才提起烟杆，一招“横架金梁”架住对方的宝剑。

这支烟杆也不知是什么做的，非木非铁，宝剑砍着了它，发出

“当”的一声响，火花四溅，烟杆上连一条裂痕都没有。松石道人虎口一震，剑锋已经荡开，但那青衣汉子的身形，也接连晃了两晃。

松石道人试出对方的功力竟是与他不相上下，这一惊非同小可，心中想道：“一个仆人也这么了得，主人的武功只怕更是莫测高深了。”到了此时，他哪里还敢轻敌？可是由于对方是个仆人，既然功力相当，松石道人也还不愿意立即便使出他独步武林的“九宫八卦阵”剑法。

青衣汉子笑道：“武当派的连环夺命剑法果然名不虚传，但也不见得就能把人的性命夺了。我等着领受道长的教训呢，还是把你独步武林看家本领使出来吧！”

说话的当儿，青衣汉子的招数已是陡然一变，那支烟杆捏在他的手中，夭矫如龙，竟然使出了三种不同的兵器招数。杆尖点刺，在判官笔的点穴手法之中，又兼有小花枪的招数。使到疾处，忽地把烟杆似风车般一转，倒持杆柄，那个还在闪着火星的烟斗又似小铁锤的敲磕下来。斗中余烬未减，但因舞得太快，连一点烟灰都没有掉下。

松石道人哼了一声，沉着应付。他情知对方是要迫他使出镇山剑法，但他偏不服气，仍然没有改变剑法。

松石道人挟着数十年功力，只用“连环夺命剑法”，也还足以应付。可是却不能取胜。这青衣汉子的武功好得出奇，远远超出松石道人的估计。他虽然也胜不了松石道人，但要比松石道人从容得多，往往在斗到十分激烈之时，还能忙里抽闲，抽一口烟。

不知不觉已斗了百招开外，双方仍是打成平手。青衣汉子那一斗烟也早已吸完了。更妙的是，自从他初下场时喷出了一口烟之外，后来在他的口鼻之中，就再也没见到一丝烟气。众人只道他的烟瘾奇大，把烟都吞下了肚，倒也不觉得特别奇怪。

可是在松石道人心中，可就满不是味儿了。对方不过是个仆人身份，自己竟然容他打到百招开外，还不能占到一招半式的便宜，而且对方还能够偷闲抽烟，分明是意存轻视。别人如何想法松石道人不知，但他自己已是深感面上无光，似乎所有向他投来的眼光，

松石道人用“九宫八卦阵剑法”与竺尚父的管家恶斗。

都是向他嘲笑。

松石道人咬了咬牙，杀机陡起，终于使出了他独步武林的“九宫八卦阵”剑法！霎眼间，只见满场都是剑光，忽东忽西，忽聚忽散，宛如水银泻地，花雨缤纷！又好似松石道人变幻出无数化身，四面八方都是他的影子，场中诸人，几曾见过如此奇妙的剑法，看得目眩神迷，连喝彩都忘记了。

原来“九宫八卦阵”本来是武当派所创的一个“剑阵”，按乾、坤、艮、巽、坎、离、震、兑的八卦方位，各由一个弟子把守，再加上一个弟子在阵势中央八方兼顾，共是九个弟子组成，是以称为“九宫八卦阵”。后来松石道人苦心钻研，练成了一个人便可以替代一个“剑阵”。

这“九宫八卦阵”剑法一展，就似有九名武当弟子，互相呼应，围攻敌人。以一个人更代一个剑阵，当真是世间绝无仅有的剑法。竺尚父看了，也不禁耸然动容，心道：“中原各派，果然各有各的看家本领。这一剑法足可以与天山派的须弥剑式并驾齐驱。只可惜这老道年纪虽大，功力却还未纯。这一剑法大约是新创未久，也还有未能尽善尽美之处。假如是换了江海天来使这路剑法，只怕连我也未必能够破解了。”

竺尚父委实是个武学的大行家，只是看了一看，就从非常繁复的剑法之中看出了它的破绽。他猜得不错，这剑法松石道人创立至今，不过十年。十年时间在常人的观念当然不算短了，但对于一种武学而言，这点历史只能算是初生的婴儿。要知各大门派任何一种够得上是第一流的武功，都是经过许多代的聪明才智之士，不断增益，不断改进，这才达到“成熟”的阶段的。松石道人创这路剑法不过十年，当然未能尽善尽美。而他因为以毕生的心血来钻研剑法，对于内功的修习，当然也就不能同样用心，是以落在行家的眼中，就觉得他未够纯厚了。

但话说回来，这“九宫八卦阵”剑法在竺尚父眼中虽有些少瑕疵，但已经是另辟蹊径，独创一家的剑法，足以与任何上乘剑法抗衡。松石道人的才智在武林中也算得是出类拔萃的了。当然他能够创立这路剑法，也还是由于继承武当原有的“剑阵”而来，并非仅凭他个人之力。但从九人组成的“剑阵”变为一人可使的“剑法”，则应归功于他个人的天才。

这青衣汉子是竺尚父的管家，已得了主人的六七成功夫，因此还可以勉强抵挡。但毕竟远不及主人的见识，竺尚父看得出的破绽，他却是看不出来。即使偶尔看出一两处，凭他的真实本领，也还未能破解。不过，他胸中早有成竹，却是另有破解之方。

松石道人在瞬息之间，踏遍八个方位，一口气接连刺出九剑，就似有九名武当弟子，同时向这青衣汉子发动攻击，杀得青衣汉子只有招架之功。九招剑法首尾相连，第一个九招过了，第二个九招续发，俨如长江大河，滚滚而上，毫不容许对方有喘息的机会。

眼看这青衣汉子已是险象环生，命在俄顷。他却忽地笑道：“你这镇山剑法果然非同小可，我再与你较量一下听风辨器的功夫。”正是：

诡计多端争一胜，主人如虎仆如狐。

欲知后事如何？请听下回分解。

第三十一回　论剑喷烟施绝技
还珠留偈显神通

松石道人“哼”了一声道：“你知道厉害了么？你要比别样也成，磕头认输了再说！”他只道对方是因抵敌不了他的剑法，故而提议比试别的。他可不容对方胡混过去。

哪知青衣汉子却是说道：“也还不知是谁要向谁磕头呢？先说大话可没有什么好处！你有多少本领尽管施展，我的意思只是在领教你剑法的同时，再领教你的听风辨器的功夫！你明白了么？”

松石道人冷笑说道：“你要使用暗器尽可请便。我可没工夫与你啰唆！”口中说话，手底丝毫不缓。就在这说话的时间，又已踏遍了八个方位，接连刺出了九剑！

武学中所谓“听风辨器”，一般是指接暗器的功夫，是以松石道人以为对方想放暗器。

哪知青衣汉子却又冷笑说道：“听风辨器就只有在暗器上才可施展么？好，你既然还不明白，我就做个样子让你瞧瞧。”突然闭上了双眼，只凭听觉来接松石道人迅如闪电的剑招！

松石道人的剑法正在使到紧处，他也想不到对方忽然闭上眼睛，当然不会收手。只听得“嗤嗤”几声响，青衣汉子的衣裳已经穿了几个小洞，头发也给削去了一大片。可是他闭上眼睛，在“九宫八卦阵”剑法之下，居然没有受伤，这份“听风辨器”的功夫，也确是难能可贵了！

松石道人怒道：“白日青天，做什么瞎子？睁开眼来，否则你就是自己找死！哼，你要胡混，我可没兴致与你瞎闹！”

要知松石道人毕生精力都是用在钻研剑法上的，“听风辨器”的功夫并非他擅长，而按照比武的规矩，也并非对方提出什么，就一定要跟着对方做的，他当然不愿闭上眼睛，陪对方“瞎闹”。不过他是名家风范，在对方没有睁开眼睛之前，他也把剑收了回来，没有继续进击。

青衣汉子哈哈笑道：“我不强迫你闭上眼睛，但只怕你不想陪我‘瞎闹’也不成啦！”笑声未已，蓦地大口一张，登时浓烟滚滚而出，转瞬之间，数丈方圆之内，就似在浓雾笼罩之下一般，伸手不见五指！原来他有一个特殊的技能，可以把吸进肚中的烟积贮起来，一下子全都喷出。烟倒不是毒烟，但却制成了“烟幕”。

浓烟中但见剑光闪烁，说时迟，那时快，蓦听得“叮当”一声，松石道人从烟幕中钻了出来，但已是双手空空，他的长剑早已给对方打落了。青衣汉子大笑道：“得罪，得罪！承让，承让！我可不用向你磕头了吧？”

青衣汉子得意洋洋，又装了一斗烟，旁若无人地大吸特吸，一摇三摆的正要回去，忽听得有人喝道：“慢走！”

出场的竟是武当派的掌门人雷震子！

青衣汉子打了一个哈哈，说道：“武当派的大掌门肯予赐教，那真是何幸如之！”

雷震子铁青着脸，说道：“姓竺的！你们也未免欺人太甚了。你敢光明正大的与我比试一场么？”言下之意，即是指他的管家用的不过是投机取巧的功夫，算不得真实本领。

竺尚父笑道：“雷大掌门言重了。以武会友，胜者为强，各有各的打法，怎能算得是欺人？武当派的镇山剑法我们已经领教过了。你还是请回去吧。”

雷震子嘿嘿冷笑道：“九宫八卦剑法，我师弟所施展的不过十之一二而已。就这十之一二，也并非你的管家所能破解。你就敢大言不惭了么？嘿嘿，井蛙窥天，盲人扪象。可笑，可笑！”

竺尚父情知雷震子是要激他动手，他却偏要把雷震子再气上一气，说道：“雷大掌门，你若定然要与我较量，那就请你依前例，胜了我的仆人再说！”照一般比武规矩，青衣汉子既然胜了松石道人，他是有权再打一场的。

青衣汉子走上来笑道："主人有命，我只好舍命陪君子，再接雷大掌门的高招了。可是得有话在前，我的打法是否光明正大，我可是不知道的啊！"

雷震子正是要先替师弟报仇，再斗竺尚父的。当下按着怒气，冷笑说道："管你用什么打法，总之，我仍是用九宫八卦阵的剑法，十招之内，我倘若胜不了你，我给你磕头！"

此言一出，连武当派的弟子也都觉得惊奇。

"九宫八卦阵"剑法乃是松石道人以毕生心血钻研出来的，创立不过十年，直到目前为止，武当派也只有他一人会使，他所教的几个弟子，还未曾出师。雷震子虽然是他的师兄，但在武学上各有所长，武当派的弟子平时也从未见过掌门人练过这套剑法。而且雷震子说是要比剑法，但他却是空着双手出场的，腰间可没配剑。

青衣汉子心里想道："十招之内，我不必喷烟，你也未必赢得了我。"他刚才斗松石道人，在喷烟之前，就已经斗到百招开外。于是有恃无恐地笑道："既然如此，那咱们就一言为定了。十招之内，我倘若输了给你，我也给你磕头。雷大掌门，请亮剑吧！"

雷震子冷笑道："对付你何须用剑？废话少说，进招！"

此言一出，众人不觉又都是一怔。要知雷震子是曾讲明要用"九宫八卦阵"剑法在十招之内胜这青衣汉子的，以他一大门派掌门人的身份，当然是不能自食前言改用别的招数的了。但没有剑又如何能使剑法？

竺尚父是个非常自负的人，有其主必有其仆，这青衣汉子是他的管家，样样效法主人，平生除了佩服主人之外，对各大门派的掌门人，老实说也不大放在他的眼内。听了雷震子此言，不觉大怒，哼了一声道："且看你十招之内如何胜我？"铁烟杆扬空一抖，抖起了几朵枪花，似是枪刺，又似笔戳，小花枪中兼有判官笔的招数。

雷震子喝声："来得好，看剑！"只见他手捏剑诀，骈指如锋，瞬息之间，已是踏遍八个方位，"刺"出了一招九式！更妙的是，尽管他出手如电，而招式又非常繁复，但这一招九式，却是干净利落，人人都看得分明，果然是松石道人刚才使过的"九宫八卦阵"

剑法。所不同的不过是他以掌代剑，剑刺变为指戳而已。

青衣汉子大吃一惊，连忙把烟杆撤回防守。雷震子口中数着“一、二、三、四……”招式越展越快，顿时间，只见四面八方都是他的影子，捏着剑诀，骈指刺戳！指头戳到之处，“嗤嗤”有声！他的内功比师弟松石道人深厚得多，这是他的内家真力，力透指尖，激荡气流所至。刚才松石道人使剑刺削，也没有他如此威势。场中不乏武学行家，登时彩声雷动！

竺尚父当他使了四招三十六式，也不禁点了点头，赞了一个“好”字，跟着微笑道：“你使的这个九宫八卦剑法，果然是比你师弟高明得多，但可惜也还有一两处破绽，未能尽善尽美。”旁人是赞赏雷震子的内功，竺尚父则是着眼于他的剑法。

雷震子暗吃一惊，心道：“这人好厉害的眼力！”原来他虽然不似师弟之以毕生心血钻研这套剑法，但由于这套剑法是从武当派的镇山剑阵而来，雷震子身为掌门，对于这剑阵的微妙变化，当然比师弟懂得更多，是以松石道人每逢碰到疑难之处，总是向他师兄请教。他为了要成全师弟之名，将创立这套剑法之功尽都归于师弟，自己也没有在门人面前练过这套剑法，但其实却是要比师弟高明得多。不过，这套剑法以一人替代一个剑阵，变化也实在是太过复杂，有几处关键的变化，雷震子也还未曾琢磨得透。

雷震子一惊之后，心里想道：“我与师弟以数十年之力，竭尽心智，尚未琢磨得透，即使还有破绽，谅这姓竺的也决计不能破解！”于是冷笑说道：“是么？你等一等吧，我马上就要向你请教了！”口中说话，招式丝毫未缓，继续数道：“五、六、七……”

那青衣汉子接到了第七招，已是险象环生，无法招架，迫得重施故技，一大口浓烟喷了出来。

可是雷震子却非他的师弟松石道人可比，青衣汉子所喷的浓烟，对他丝毫不发生作用，只见他脚底仍是踏着九宫八卦方位，手中的招式也丝毫未变。浓烟刚一喷出，便化成了一股烟柱，袅袅升空，转眼间已是随风而逝！原来他虽然没有使用劈空掌的功夫，但那深厚的掌力已是随着招数无声无息地发出，就似有一把无形的扇子把浓烟迫上空中。

青衣汉子口中喷烟，精神不免略分，若能生效，也还罢了，一不见效，心里慌乱，败得更快。只听得雷震子刚数到一个“八”字，喝一声：“倒！”那青衣汉子果然应声而倒。但却又不是全身倒下，而是双膝跪地，“咚、咚、咚”的向雷震子磕了三个响头。

这一下倒是颇出众人意料之外，想不到这青衣汉子居然言而有信，输了便当真磕头。

众人哪里知道，这青衣汉子虽然曾与雷震子打过赌，十招之内，他若输了，便即叩头，但他现在却不是心甘情愿地叩头的。原来他是给雷震子点着了膝盖的“环跳穴”，雷震子的内力使到恰到好处，就似波浪一般，一个浪头过了又是一个浪头，留下了三重后劲。这青衣汉子刚要跳起，膝盖又发麻跪倒，穴道受了三次冲击，就不由自己地叩了三个响头。

群雄看得又是好笑，又是惊诧，笑声彩声，混成一片。竺尚父忽地冷冷说道：“雷大掌门，你胜了我的仆人，难得，难得！好啦，你的威风逞够了吧？”

冷冷的几句说话，把雷震子说得满面通红，当下针锋相对地答道：“打狗要看主人面，这我不是不知。但天下尽多狂妄之徒，若不略施薄惩，怎能平息众怒？再说，我若不如此，只怕也请不动阁下的大驾呢！”

竺尚父道：“咱们且别斗嘴，我请问你，你要如何与我比试？”

雷震子道：“你适才说我剑法之中颇有破绽，我仍然用这路剑法向你请教。弟子，把剑拿来！”主仆身份不同，雷震子改用真剑，一来是他自忖空手，没有取胜的把握；二来也是表示尊重对方。

竺尚父微微一笑，忽地折下一枝树枝，以掌代刀，削成一把“小巧玲珑”的木剑形式，不过二尺来长，就似小孩子常用的玩具刀剑一般。

雷震子睁大了眼睛看着他，竺尚父笑道：“雷大掌门别客气，说真的，我倒是要向你请教。请你看看我使的这路‘九宫八卦阵’剑法对是不对？”

此言一出，全场哗然，雷震子这才知道对方竟是要用这把木剑，而且是使他武当派的镇山剑法来对付他。

雷震子不由得勃然大怒，喝道："岂有此理，你竟敢戏弄于我？"话犹未了，竺尚父已是刷的一剑刺来，仍然微笑着说道："我是诚心向你讨教的，怎说戏弄？请问这一招'八方宾服'使得对是不对？"

他这把木剑刺出也是嗤嗤有声，而且也果然是"九宫八卦阵"的起手式，瞬息之间，踏遍了八个方位，连环刺出九剑！

雷震子识得厉害，一看他使出如此劲道凌厉的剑势，倘若给他刺中，只怕纵有护体神功也是抵挡不住。到了此时，不由他不用手中的长剑招架。

"九宫八卦阵"剑法每一招都是一招九式，天下任何一种剑法都没有它这么复杂。双方都用这种剑法，兵器一定是会碰上的。竺尚父使的虽是一把木剑，但他也并不闪避，只见雷震子的剑光匹练般地卷将过去，叮的一声，已是碰着了他的木剑。

雷震子本以内功见长，力透剑尖，使出去隐隐带风雷之声。但说也奇怪，他那锋利的剑刃，明明已削着了对方的木剑，却竟然不能将之削断。竺尚父的木剑就似贴在他的剑上一般，随着一晃，倏然又已变了另一路一招九式，微笑说道："这第二招'七星伴月'，可是这样使的么？"

众人看得目定口呆，除了寥寥几位本领最高的武林名宿之外，谁也看不出其中奥妙，不解木剑何以能够不被削断。

原来竺尚父的内功已练到最上乘的境界，比雷震子还要高出一筹。雷震子的剑招一发，便给对方用了个"卸"字诀化解了他的内力。木剑轻飘飘的似一张纸"贴"在他的剑上，随着剑风左右摇晃，丝毫也不受力，雷震子宝剑虽利，却如何能将它削断？

不但如此，竺尚父的木剑使出的剑招虽然轻如柳絮，但雷震子倘若稍一疏神，它又忽而猛若洪涛，骤然压至。到了此时，雷震子哪里还敢稍有丝毫轻视对方的木剑？

两人使用同一种剑法，就似师兄弟"拆招"一般，看得众人无不啧啧称异，心中俱是想道："这套剑法千变万化，竺尚父只看了两遍，就能牢记心中，照样使出，丝毫无误。只是这份聪明，当今之世，只怕就已无人能及！”

哪知竺尚父的本领还不只此，使到第四招“羿射九日”的时候，竺尚父忽地笑道：“这一招我稍微变动了些，请雷大掌门指教！”霎忽之间，幻出九支剑影，剑剑都是指向雷震子的心窝！

雷震子这一惊非同小可，原来这一招九式，正是他和师弟费尽心力，而尚未琢磨得透的地方。按照原来的“剑阵”，使到了这一招，九柄长剑同时可以杀伤九个敌人，每一剑都是穿心而过。但一人使时，雷震子平日以木人练习，却最多只能够穿过六个红心。

如今竺尚父使到了这一招，以十分奇妙的手法，将木剑运转如飞，改了这一招九式中的三个式子，恰恰弥缝了原来的破绽！

竺尚父使的虽是木剑，但以他的功力，倘若给他刺着，只怕也会穿心而过。雷震子不愧是一派掌门，在这变生俄顷之际，虽惊不乱，百忙中脚踏九宫八卦方位，接连用了三种不同的身法，才堪堪避开。但对方用他本门的剑法攻他，杀得他竟无还招之力，栽得也算是到家了。

雷震子这才知道竺尚父先时说的不是大话，他不但看得出自己剑法中的破绽，而且还能修补得天衣无缝。以雷震子的身份，到了这个时候，本来就该扔剑认输的。但这套剑法是他与松石道人毕生心血之所注，如今居然有人能给他修补破绽，他心中所感到的惊奇盖过了面子，咬了咬牙，想道：“我倒要看看还有什么破绽？”脚步一稳，立即继续发招。

竺尚父笑道：“我这一招变化，雷大掌门认为还可以吗？”雷震子道：“很好，佩服！下面还有五招，你一并指教吧。”武当派的弟子都未看出是掌门已失一招，听得此言，不由得都是面面相觑，大为惊骇，有一些人还以为他们的掌门是故意说的“反话”。

雷震子口中说话，剑法丝毫未缓，一口气使出了“五六七八”四招三十六式。竺尚父以同样招式解拆，笑道：“这四招绵密非常，毫无破绽，我也十分佩服！”

“九宫八卦阵”剑法最主要的招式不过是九招七十二式，转眼间双方都已使到最后一招“九九归元”。

这一招是“九宫八卦阵”剑法精华所在，九个动作，一气呵成，一切复杂的变化部融合在这一招之中，当真是有如百川汇海，五岳朝宗，看似简单，其实复杂无比。

胜败系于这最后一招，雷震子全神贯注，把数十年所学，在这一招中都使将出来。他用的本来是一把寒光闪闪的宝剑，使到疾处，只见漫天剑影倏然间化作一道银虹，旁观的人，连钟展与辛隐农那样的剑学名家，也不禁同声赞叹："好一招九九归元!"

就在众人看得眼花缭乱之际，忽听得"叮当"一声，寒光流散，剑气烟消，雷震子的那柄长剑，已经脱手飞出！众人连看也未看得清楚，也不知他是怎么输的。

雷震子一片茫然，这刹那间竟似呆了。但见他背负双手，低头沉思，似乎正在思索一个难解之谜。

青城派掌门辛隐农是雷震子最好的朋友，深知雷震子平生自负，怕他在受此挫败之后，一时想不开会弄出悲惨的结果，连忙出来安慰他道："雷兄，胜负兵家常事……"

辛隐农这句话还未说得完全，雷震子已忽地哈哈笑道："天外有天，人外有人。我败在比我高明的人手里，算得了什么？嘿，嘿，数十年百思莫解的疑难，忽然一旦而解，这倒是不亦快哉！不过，竺老先生，你也似乎还有一处破绽未曾修补得尽善尽美，是你故意留一手呢？还是——"

竺尚父正色答道："这招九九归元繁复无比，你原来的剑法只有三处破绽，已经是非常难得了。实不相瞒，我只能弥缝两处破绽，还有一处我也未曾琢磨得透，决非故意藏私。"

雷震子道："我这一招假若在使到第六个式子的时候，脚踏坎位，转出震方，剑尖刺你的环跳穴，剑柄撞你的愈气穴，你如何化解？当然你可以用最上乘的闭穴功夫应付，但我谈的只是招数，不谈内力。"

竺尚父哈哈一笑，道："那我只好认输!"

原来雷震子毕竟是在这一路剑法上下过苦功的，对方给他弥缝了两处破绽之后，触发他的灵机，他也终于想出了一个变化，把这路剑法最后的一点瑕疵除去了。而这个变化则是竺尚父未曾想出来的。

他们两人都是武学大师的身份，同样的也都是嗜武如狂。雷震子经此一战，他的镇山剑已修改得尽善尽美，自然是喜出望外，一时的胜负，哪里还放在心上？而竺尚父对他也有惺惺相惜之意，故此战后交谈，倒颇有好友切磋的味道了。

辛隐农见雷震子如此豁达，这才放下了心。

雷震子剑法上的难题解了，但另一个难题却摆在邙山大会的群雄之前，连雷震子都败给竺尚父了，再由何人去接战呢？

辛隐农本来要自告奋勇的，他是武林四大剑学名家之一，另外三人是唐经天夫妇与雷震子，一手“蹑云剑法”神出鬼没，足可以与武当派的“九宫八卦阵”剑法，并驾齐驱，而且由于源远流长，剑法中毫无破绽。论变化复杂虽然稍逊武当，论到纯正无瑕，则尚在武当之上。不过，他见竺尚父胜雷震子胜得相当轻易，他自忖自己与雷震子乃是伯仲之间，虽然自己的“蹑云剑法”对方未曾见过，未必便能破解。但自己是否就能够敌得住对方，心中却是殊无把握。

辛隐农正自踌躇，只见一个骨相清癯，身披袈裟，脚踏六耳麻鞋的老和尚，已是走出场来，口宣佛号，缓缓说道：“竺施主武功绝世，老衲非是想与施主争雄，但求消解这场风波，是以来向施主讨教。”

老和尚说了这一席话，全场都为之耸然动容。原来这老和尚乃是武林中德高望重的峨嵋派长老法华上人。

法华上人乃是峨嵋前辈的武学大宗师金光上人的弟子，金光上人的武林绝学——太清气功，就只是传了这个弟子的。今日会场之中有四个顶儿尖儿的人物：一个是身为主人的谷中莲；一个是天山派的钟展；一个是少林寺的方丈大悲禅师；还有一个就是峨嵋派的长老法华上人了。在这四人之中，法华上人又是年纪最长的一个，在英雄会上是坐首席的。

法华上人这一番话也说得不卑不亢，而且充分表现了出家人慈悲为怀的心肠。要知竺尚父有言在先，若是无人能够胜他，这比武就要继续下去，否则不能算作了结，他也不负责将林道轩交还。本来以法华上人的地位，应该最后出场的，但竺尚父武功如此厉害，法华上人只怕群雄与他交手，难免损伤，因此宁冒挫败的危险，先出来了。

竺尚父知道他的地位，倒也不敢过分骄傲。还了一礼之后，说道："大师是当世高僧，佛学武功，俱足令人欣仰。余生也晚，无缘向令师金光上人领益，如今只好向大师请教内功心法了。"

此言一出，全场又是大吃一惊。竺尚父这几句话坦白地说明了，就是要和法华上人比试内功。

法华上人的太清气功神奇奥妙，深不可测，武林中人无不推崇。如今竺尚父一开口就要和法华上人比试内功，这正等于他刚才要与雷震子比剑一般，都是专挑对方最擅长的功夫比试！群雄焉能不相顾失色，大为惊诧？心中都是想道："此人若非绝顶狂妄，就是当真有绝大神通，比法华上人更为深不可测了。"

法华上人合十说道："竺施主有命，老衲自当奉陪。该当如何比试，还请施主划出道儿来。"

竺尚父以足作轴，画了一个圆圈，说道："比试内功本来有文比武比两个办法，我如今所拟用的办法是介乎这二者之间。咱们就在这圈子里较量掌力，谁要是先出了圈子，谁就作输。但一出了圈子，对方也就不能追击了。"

原来比试内功，乃是最凶险不过的事。比试剑法还可取巧，比试内功，则是全凭实力，力强者胜，力弱者败，决无侥幸之理。所以历来比试内功，大都采用文比的。所谓"文比"即是借物比试，不触及对方身体的，例如各以掌力开碑裂石之类。倘用武比，败的一方就难免有性命之忧了。

如今竺尚父所拟的办法，其实亦即武比，不过他规定出了圈子之后，对方不能追击，倒是可以减少几分凶险，与纯粹的武比有点不同。

几大门派的掌门人听了竺尚父的这番说话，心情稍稍松了一些，想道："看来此人只是意欲扬名立万，尚非穷凶极恶之徒。"原来在场的武林名宿，虽然对法华上人的内功很有信心，但也不能不担心他年纪老迈，万一有甚意外，那就无可挽回了。不过，以法华上人的身份，即使没有性命之忧，也是许胜不许败的。倘若失败，那就不只峨嵋派失了面子，中原的武林豪杰也都要感到面上无光了。所以大家还是提心吊胆的来看这场比试。

法华上人道："敬依施主之命。"与竺尚父同时走进圈子，面对着面，盘膝坐下，各以双掌相抵，便即较量内功。

竺尚父首先发动攻势，试探对方虚实。法华上人垂首闭目，状若坐禅，动也不动。竺尚父的内力攻过去，几乎毫不感觉对方的抵抗。竺尚父把内力逐渐加强，加到了六七分之后，开始感到对方的内力，但却极为柔和。就似平静的湖水一样，石子投掷下去，只是荡起一点涟漪。

竺尚父心道："太清气功，以柔克刚，果然非同小可。看来我不出全副本领是不行的了。"

竺尚父争胜之念一起，玄功一运，掌力尽发，骤然间便似排山倒海而来。法华上人仍然低眉稳坐，满面慈祥之气，似乎并无特殊的感觉。只见他身披的那件袈裟已似涨满的风帆一样，但身形兀是纹丝不动。

竺尚父心中暗惊，掌力越发催紧。当他的内功发挥到淋漓尽致之时，头顶上冒出了热腾腾的白气，宛如薄雾轻绡，转眼间把两人的身形都笼罩了。

场中十多位一流高手见此情形，都道是法华上人占了上风，连邙山派长老白英杰也是如此想法，喜滋滋地对谷中莲道："到底是老禅师功力深厚，看来是不必掌门出手了。"谷中莲却秀眉微蹙，答了一句："但愿如此。"

白英杰好生惊诧，再仔细看时，这才发觉法华上人那两道寿眉，比谷中莲蹙得更紧，眉心还隐隐有一层淡淡的青气。这是"太清气功"发挥到了极度的迹象。不过，这也只是显示出双方都在全力比拼而已，还未能分出孰优孰劣。

此时法华上人亦是暗暗吃惊，原来竺尚父的内功极为怪异，他一次运劲，可以连发九重内力，俨如怒海狂涛，一个浪头过了又是一个浪头，无穷无尽，无休无歇，毫不容许对方有歇息的机会。

法华上人气沉丹田，化解对方冲击的内力。但他毕竟是年纪老迈，不比盛年，内功的拼斗又最为耗损精神，时间一长，便渐渐觉得力不从心，只好尽量发挥太清气功的妙用，以柔克刚，只守不攻。

少林寺的方丈大悲禅师与天山派的名宿钟展都已看出情形有点不对，钟展说道：“这样下去只怕两败俱伤。”大悲禅师知他心意，说道：“再过些时，倘若法华师兄不肯退出圈子。说不得咱们两人只好宁让对方讥嘲，一齐出手将他们分开了。”大悲禅师的内功造诣决不在法华之下，但不论是大悲禅师或是钟展，只凭一人之力，自忖都是难以分开场中的两大高手，是以非得联手不行。

法华上人是个得道高僧，对个人荣辱看得很淡，他之不肯退出圈子认输，倒不是为了面子，而是拼受内伤，也要耗尽对方元气，好让大悲禅师或钟展接下一场，就不难一举而将竺尚父击败。

但竺尚父可不愿意两败俱伤，他这次是抱着万丈雄心而来，意欲将各大门派的掌门、长老，武林中顶儿尖儿的人物全都打败的。如今他只打败了一个武当派的掌门雷震子，即使再把峨嵋派的长老法华上人打败，对他来说，也还是不能满足的。

此时竺尚父虽然大占上风，但法华上人的韧力，却也颇出乎他意料之外。竺尚父暗自思忖：“要胜这老和尚不难，但恐怕也得在一个时辰开外，我还要斗众多高手，可不能为他一人，过分损耗内力了。”

竺尚父头顶的白气越来越浓，大悲禅师与钟展见此情状，知道他正在加紧发挥内功的威力，生怕法华上人抵御不住，两人都在暗暗戒备，只待稍觉不妙，便立即出场将他们分开。

就在全场屏息而观，人人紧张之际，忽听得竺尚父哈哈大笑，只见他与法华上人竟然不约而同的齐站了起来，而且是手牵着手，同时踏出圈子！就似早已有了默契一般，要不然决不能如此步伐齐一，难分先后。

群雄惊诧不已。几位武功最高的掌门人和长老初时也是莫名其妙，随后仔细一看，这才发觉在法华上人盘膝所坐的地方，留下了一圈凹陷的印痕；而竺尚父盘膝所坐之处，则毫无变化。据此情形，严格而论，两人的内功比试，法华上人已是输了一筹。但照竺尚父自己所定的规矩，两人同时走出圈子，却只能算作平手。

原来竺尚父不愿拖长时间，过耗精力，遂以最上乘的玄功，发挥了一个“粘”字诀的妙用，紧紧吸着对方的掌心，把法华上人牵引起来，同时走出圈子的。这也是竺尚父聪明之处，要知法华上人乃是武林中的泰山北斗，竺尚父倘若比试到底，纵然得胜，也难免伤了法华上人，法华上人一伤，岂不是要激起武林公愤？如今他见好便收，既保全了法华上人的面子，也保存了自己的实力，一举两得，比胜了法华上人还好得多。

两人走出圈子，竺尚父放开了手，一揖说道：“老禅师内功精妙，竺某侥幸扳成平手，不必再比试了吧？”

法华上人当然知道对方让他，他是个有道高僧，岂能不说实话？当下还了一礼，合十说道：“施主绝世神功，老衲佩服不已，甘拜下风。”这话说得分明，即是承认对方胜了。

群雄面面相觑，做声不得。但峨嵋弟子却也松了口气，他们的长老虽然认输，但没有受伤，已是不幸中之幸。而且既是同时踏出圈子，输得也就不算难堪。

可是，竺尚父已经连胜了两场，连内功极为深湛的法华上人都已甘心认输了，下一场应该由谁去抵挡他呢？与法华上人同列的高手，只有谷中莲、钟展与大悲禅师三人了。

谷中莲心里想道：“大悲禅师辈分太尊，不宜让他去冒挫败之险；钟大侠的本领，估量足以与这魔头周旋，但他却是客人身份，非不得已，也不宜就惊动他。”

谷中莲本来就要下场，她的师伯白英杰在她身边悄声说道：“你是本派掌门，又是大会的主持人身份，如今对方只胜了两场，你就亲自出马，嗯，这个，这个……岂不是要教对方耻笑咱们这边无人了？我看还是请钟大侠去降伏这魔头吧。”

谷中莲叹了口气道：“可惜海天不在这儿。还是我出去吧。”她自忖亦无取胜的把握，但却不愿把困难推给别人。

群雄尚待磋商，竺尚父已在朗声说道：“素闻峨嵋少林乃是武林的泰山北斗，如今我已领教了法华上人的深湛武学，意欲再向大悲老禅师请教少林寺的绝世神功！”他不待群雄这边推出人来，先自向少林寺的方丈指名挑战了。

大悲禅师合十道："善哉，善哉！竺施主谬赞了。少林寺幸蒙历代祖师遗荫，传下七十二门绝技，但贫僧愚鲁，所得无多，这'绝世神功'四字，贫僧是愧不敢当，若有机缘，贫僧也愿意向当世高人请教。"

大悲禅师已然接受了对方的挑战，谷中莲想要阻拦也来不及了。

这一下比刚才更为震动，要知大悲禅师的年纪虽然比法华上人小几岁，但他以少林寺方丈的身份，这地位却又比法华上人更高一层。少林、峨嵋、武当、邙山，虽然同称中原四大门派，但少林寺有一千多年历史，却又为各大门派之首。少林寺的方丈，历来都是被奉为武林领袖的。

场中起了一阵骚动，随即平静下来，静得连一根针跌在地下都听得见响。人人都在凝神注意，要听竺尚父如何划出道儿。

竺尚父缓缓说道："老禅师客气了。竺某山野鄙夫，不敢在高僧面前无礼，只想请老禅师抖露一手少林寺的上乘武学，让山野鄙夫开开眼界。"

这番话的意思即是要与大悲禅师"文比"，各人表演一手绝技，让天下英雄评判，看是谁强谁弱。

但少林寺的绝技有七十二种之多，哪一项绝技最足以代表少林寺的深湛武学呢？

众人正都在心里猜想，只见大悲禅师已走出场心，说道："好，施主有命，那么贫僧就先献拙了。"取下了一串牟尼珠，这串牟尼珠比普通和尚的念珠长得多，共有三百六十颗，只见他把手一扬，登时便似洒下满天珠雨！

这一边大悲禅师以"天女散花"的手法，洒出了三百六十颗牟尼珠，转瞬之间，在那一边三丈多高的石壁上忽地现出十二个大字，在阳光下闪闪发亮，耀眼生缬。

原来这十二个大字就是大悲禅师那三百六十颗牟尼珠嵌在石壁之上，砌出来的！

牟尼珠虽然不是很易破碎之物，但倘若是用力摔在石上，也会碎裂的。如今这三百六十颗珠子居然都嵌入了石中，无一碎裂，而

大悲禅师飞珠嵌壁，排成四句佛偈。

且还砌出字来！这是何等功力！何等眼界！大悲禅师所抖露的这一手，可说是把少林寺最上乘的内功与最高明的暗器手法熔于一炉，表露无遗了！

群雄倘若不是亲眼看到，恐怕谁也不相信世间竟有如此神奇的武功。在全场的人都目瞪口呆的片刻之后，登时发出了震撼了山谷的喝彩声。

众人惊奇稍定之后，细看那石壁上佛珠砌出的字句，这十二个大字，排成了四行四个短句："斩无明、断执着、起智慧、证真如。"

这十二个字可说是包含了全部上乘佛理。佛家认为人的"无明之火"，是由贪、瞋、痴三念构成，痴即"执着"，又是三念之中最根本的"烦恼之源"，故所以佛家的修为要讲究先"祛心魔"，亦即是要斩了"无明"，断了"执着"之后，一个人才能生出大智大慧，终于达到了彻悟真理的境界。这境界亦即"真如"。

谷中莲曾研读过佛经，懂得这"佛偈"的含义，心中暗暗赞叹："大悲禅师不但是抖露了上乘武功，而且是借机点化这魔头了。"

群雄的注意力却集中在武功的较量上，要看竺尚父还能使出什么功夫可以胜得过大悲禅师这手"佛珠烃嵌"的神功？

只见竺尚父背负双手，如有所思，一步一步地走到那峭壁之下。

在全场注目之下，竺尚父合十躬身，拜了一拜，说道："老禅师禅机妙理，竺某拜领嘉言。"

这几句话说了之后，只听得呼呼风响，珠光闪烁，石壁上的佛珠忽地都飞了出来，宛如繁星点点，从天而降，转眼间都落到竺尚父手中，给竺尚父又串成了一长串的佛珠，恢复了原来形状！

竺尚父捧着这串佛珠，走到大悲禅师面前，恭恭敬敬地说道："老禅师这串牟尼珠弃了可惜，也令竺某不安。拜领嘉言，奉还佛珠。请老禅师恕我狂妄之罪，鉴谅我的心迹。"正是：

各显神功惊俗世，珠还壁合拜嘉言。

欲知后事如何？请听下回分解。

第三十二回　双剑纵横生死斗
一声霹雳破疑团

原来竺尚父是用最上乘的劈空掌功夫，不过，把劈空掌的推扫之力改为吸引之力，把石壁上的三百六十颗牟尼珠全都吸了出来。

难得的是，这三百六十颗牟尼珠被他的掌力吸出，一颗都没破裂！而且这石壁还是离地三丈多高的，会使劈空掌不算稀奇，但像他这样的内功深厚，却是当真足以惊世骇俗了。

一个是飞珠嵌壁，一个是取珠还原，究竟是谁的功夫高一些？群雄实在难以判断。倘若是只论艰难的程度，则似乎竺尚父的“取珠还原”还要难些。

不过竺尚父却是很有礼貌，他并没有要群雄作出比较，只是恭恭敬敬地把那串佛珠奉还大悲禅师。

大悲禅师接过佛珠，合十说道：“善哉，善哉！但求竺施主妙悟禅机，老衲也就甘拜下风了。”其实若这两人，各以上乘武功比拼，鹿死谁手，实难逆料。但大悲禅师乃是得道高僧，早已泯了争竞之心，他之显露神功，并不在于折服对方，而是心存点化。他所说的那几句话，也就是这个意思。

可是以大悲禅师的身份，尽管他不是真的输给对方，但既然说出了“甘拜下风”四字，已是足令群雄相顾失色，心怀不平，同时也感到了这个强敌更难对付了。

竺尚父虽然“拜领嘉言”，但却不肯罢手，仍然站在场中说道：“少林、峨嵋、武当的惊人绝技我都已领教过了。我此来只是意欲切磋武学，不知还有哪位高人愿意赐教？还是等江大侠回来，再约期比试?”言下之意，他闯过了雷震子、法华上人与大悲禅师这三关之后，所有的武林豪杰，除了江海天一人之外，都已不在他的眼中。

谷中莲按捺不住，站了起来，正要出场，哪知钟展已是抢在前头，先向竺尚父挑战了。

钟展的话倒是说得爽快得很：“我算不得高人，阁下也未必算得天下第一。大悲禅师是谦虚礼让，‘甘拜下风’，我可不能‘甘拜下风’！咱们也不必划出什么道儿，最好是尽展平生所学，决一胜负!”

天山派武功融会各家之长，精深博大，只因僻处西陲，名头才不如少林、武当之响亮。其实若论真实本领，天山派的高手绝不在中原各大掌门之下。天山派上一代的掌门唐晓澜就是被公认为天下第一高手，享誉数十年的。钟展是得唐晓澜衣钵真传的大弟子，武功可想而知。

竺尚父哈哈笑道：“钟大侠果是快人快语！竺某素仰贵派威镇武林的三大绝技，如今可以全部领教，这正是最好也不过的了!”

天山派剑法融会各家之长，百余年来，号称天下第一剑法；天山派的内功心法足可以与少林寺达摩祖师所传的易筋洗髓内功并驾齐驱；还有一样“天山神芒”乃是天下威力最强的暗器。剑法、内功、暗器合成天山派威镇武林的三大绝技。昔年唐晓澜就曾仗这三大绝技，折服过大魔头孟神通，恶斗过三百年前一代武学宗师乔北溟的隔世弟子厉胜男。如今竺尚父一开口就点明了要领教天山派的三大绝技，显见他不但熟悉武林故事，而且是胆气豪雄，有备而来!

钟展的地位也许不及少林寺的方丈大悲禅师，但这场比斗，却更加引人注意。因为与会群雄，十九是中原的武林人士，少林寺武功之高强，他们都是熟知的，但天山派的三大绝技，他们却没见过，唐晓澜当年的事迹，他们也只是听得父老所传而已。因此人人都是抱着一份好奇心，要看唐晓澜的衣钵传人，如何施展这三大绝技？同时也要看竺尚父又有什么奇妙的武功，用作抵挡。

只见竺尚父在腰间一拍，倏然间手中已多了一柄精芒耀目的长剑。原来这柄宝剑乃是可以化作“绕指柔”的百炼精钢，竺尚父在不用它时，是系在腰间作为腰带的。竺尚父前时与雷震子比剑，用的不过是一根树枝，如今却不能不动用他的防身宝剑，只从这一点，也可以见得他对钟展是如何重视了。

钟展也早已拔剑出鞘，静待竺尚父的攻击。竺尚父却没有立即发动，只见他目蕴精光，剑尖下垂，几乎是目不转睛地盯着钟展。钟展也是面色凝重，如临大敌。

这两人的比武与前几场大不相同，彼此都没有说一句江湖套语，连请对方进招的应有的礼让也都省去了。两人就似斗鸡一般盯着对方，过了差不多半支香的时刻，还是未曾出手。

原来彼此功力相当的第一流高手比剑，第一招极关紧要，先攻击者未必就占便宜。是以双方都在蓄势待敌，同时也以眼神震慑对方。

这情景端的似是“万木无声待雨来”，就在全场屏息而观，气氛最沉重之间，突然“雷鸣”“电闪”，“暴风雨”来了！也分不清是谁先谁后，但见剑气纵横，剑光霍霍，双方运剑都是隐隐带着风雷之声！

只听得叮叮当当之声，宛如繁弦急奏，瞬息之间，双方的宝剑已经碰击了十七八下。猛听得钟展大喝一声：“去！”竺尚父也在纵声笑道：“你站稳了！”

两人倏地由合而分，身法都是快到极点，千百对旁观者的眼睛，也分不出谁先谁后。但见竺尚父连退三步，钟展则似陀螺般的打了两个圈圈。

原来这次是竺尚父出手先攻，钟展以逸待劳，力贯剑尖，运用了内功心法中的“弹”字诀，将竺尚父迫退三步。可是竺尚父却以“隔物传功”的本领，在那一招剑法上附上了九重内力。钟展要化解对方的内力，就不由自己地打了两圈。

待到竺尚父停止了后退，钟展也稳定了身形。这交手的第一招，只能说是不分胜负。全场彩声如雷。

竺尚父微笑道：“我僭先一招，这第二招该是我向你请教了。”钟展早已胸有成竹，喝声：“还招！”剑光一闪，大开大阖的便向中路攻来！

武学有云："刀走白，剑走黑。"又云："枪似游龙，剑如飞凤。"意思即是用剑宜走偏锋，刀枪可攻正面。如今钟展的长剑从中路攻来，是违反一般剑术的常规的。

竺尚父喝声："好！"横剑一封，钟展变招如电，剑尖上刺咽喉，剑锋斜抹肩胛，剑柄下撞腰肋，这是追风剑法中的杀手绝招！竺尚父又赞一声："好剑法！"往后再退一步。

钟展得理不饶人，这追风剑法迅捷无比，一使开来，便是着着抢攻，难以休止。只见剑光如电，耀眼生花，钟展连攻八剑，竺尚父连退八步！可是他退的这八步，每一步都是踏着五行八卦方位，步法剑法丝毫不乱。而且每退一步，就隐隐的消去了钟展一分攻势，一分劲道。接了八招，退了八步，钟展的"追风八剑"八八六十四式已经使了一个循环。突然间双方又再按剑凝视，从至动归于至静。

这八剑攻得神奇，守得巧妙。场中第一流的剑学名家，无不看得目瞪口呆，叹为平生仅见。

就在众人赞叹声中，钟展剑法又是倏然一变。只见他剑光起处，夭矫如龙，盘空一舞，登时便似化成一道光幢，把敌我双方全都笼罩在剑光之内！

本领稍为平凡的旁观者已是只见剑光，不见人影。只有辛隐农、雷震子、谷中莲几个剑术高手，才看得他们双方所使的招数，但却也只是知道钟展所使的是天山剑法中的"大须弥剑式"而已。

"大须弥剑式"是天山剑法中最精奥的一套剑式，攻守合一，变化繁复，每一招每一式都是无懈可击。

可是这套"大须弥剑式"还有几位剑术名家认识；竺尚父所使的剑法，他们却是连名字也叫不出来。只见他指东打西，指南打北，时而凌空高蹈，时而贴地回旋。看来似是漫无章法，细察却又似有理路可寻。

钟展心里也不由得暗暗佩服，想道："武学之道真是无穷无尽，我只道本派的大须弥剑式已是剑学中至高无上的境界，哪知这人居然在我剑式笼罩之下，尚能攻守自如。不过他的怪招虽多，却欠纯厚，看来还是本派的剑法稍胜一筹。”

钟展渐渐摸到对方剑法的理路之后，蓦地喝声：“撤剑！”剑光一合，便似撒下了一张大网！

这一招是“大须弥剑式”中的精华所在，名为“芥子须弥”，力道用足，可以把对方的剑绞脱出手，对方倘若坚不撤剑，那就非受伤不可。此时钟展亦已有点惺惺相惜之意，故而先喝一声，提醒他撤剑便可避免受伤。

哪知竺尚父却是哈哈一笑，朗声说道：“不见得！”倏地也是剑光暴涨，瞬息间踏遍八个方位，攻出了一招八式，竟然把钟展的“芥子须弥”一式化解了。

原来竺尚父本身的剑法确是难以破解钟展这招，他现在所用的乃是刚才临场所学，从武当派的“九宫八卦阵”剑法中借用一招，稍加变化的。“九宫八卦阵”剑法虽然不及“大须弥剑式”之精确，但这一招“八方风雨”稍加变化，却恰恰可以化解“芥子须弥”这一绝招！

竺尚父虽是借用别派剑法，但钟展也不能不佩服他的聪明。

钟展面上一红，赞道：“解得好！”口中说话，招数续发，仍然是一招“芥子须弥”。场中的剑学名家都不禁有点惊诧，这一招竺尚父已能化解，不懂钟展为何还要用？

原来竺尚父所变出的那招“八方风雨”虽然可以化解，但由于是一招八式，要在瞬息之间从八个方位刺来，内力却就不免分薄，故此虽能分解，终是稍稍吃亏。钟展估计，只要接连三次用这招“芥子须弥”，定能把对方杀败。

哪知竺尚父这次却不再用“八方风雨”，竟然依样画葫芦的也是一招“芥子须弥”。钟展不觉怔了一怔，要知他这大须弥剑式繁复非常，尤以这一招为最。竺尚父看了一次，第二次居然便能使将出来，岂非聪明绝顶！

其实竺尚父所模拟的这招“芥子须弥”，不过得其“形似”，而非得其神髓。但虽然如此，以他的功力使出，已是非同凡响，而两招相同的剑法，又恰恰相抵相消，是以钟展这招正宗的“芥子须弥”，发挥不出应有的威力。

就在钟展一怔之际，双剑已经碰个正着。这一次因为双方都是全神贯注，力透剑尖，不但是剑法的较量，也是内力的较量，这一碰击，非同小可，只听得一片断金戛玉之声，两道银光破空飞去！

两人又再由合而分，待到光散声沉，众人这才看得清楚，钟展和竺尚父的手中，都只剩下了半截断剑，几位剑学名家细心再看，竺尚父身上并无异状，而钟展的衣襟一角，却已给对方的利剑刺穿！

钟展用的是一把普通的青钢剑，竺尚父用的却是百炼精钢的宝剑，因此，虽然是同样的削断对方的剑，竺尚父却占了宝剑之利，换句话说，也就是钟展的内力似乎稍胜一筹。

不过，双方比剑，钟展衣裳给对方刺穿，严格来说，虽没受伤，亦已是输了一招了！

场中两大高手，相顾茫然，旁观的也是静默无声，谁都不敢妄加评论。

过了片刻，钟展蓦地把断剑一抛，说道："咱们还不能算完。但我既输了一招，我今生不复使剑！"

钟展自己明白，竺尚父刚才变招之时，由于是从"九宫八卦阵"剑法突然变为大须弥剑式，再一变而为他本门的怪招，"九宫八卦阵"剑法是从八个方位进招的，内力难免分散，后来招数虽变，但在那电光石火之间，内力也还是未能集中。因此，虽然自己以普通的青钢剑削断对方的宝剑，但却不等于自己的内力就胜过对方一筹。钟展是名家身份，不愿与对方争辩内力的输赢，干脆就承认剑法输了一招。

竺尚父苦笑道："这又何必，你的剑法也并没有输了给我。"苦笑声中，也把断剑扔掉。

竺尚父自己亦是明白，论剑法其实是钟展胜过他，他之侥幸胜了一招，不过是全凭取巧。

两人都是名家风范，决不肯占对方丝毫便宜。与会群雄，虽然把竺尚父当作敌人，也不能不暗暗佩服。

竺尚父扔剑之后，又再朗声说道："贵派三大绝技，我已领教了剑法了，还想再见识你的天山神芒！"

钟展喝道："好，那咱们再较量较量暗器功夫！"把手一扬，一道乌金光芒电射而出，带着强烈的啸声！

天山神芒的外形，不过似一支七八寸长黑黝黝的短箭，谁也想不到"其貌不扬"的这样一支暗器，会有如此惊人的威势，不觉都看得呆了。

眼看那支天山神芒就要射到竺尚父身上，就在这瞬息之间，暗器来得快，竺尚父也闪得快，只听得"咔嚓"一声，天山神芒射进了石壁，竺尚父则已平地拔起，跳到危崖之上，神芒刚刚从他脚底射过。

竺尚父俯头一看，只见那支天山神芒深入石壁中，只露出一截短短的箭杆，兀自颤动不休。竺尚父赞道："好，天山神芒果然名不虚传，足称天下第一暗器！"

说时迟，那时快，只听得声如霹雳，箭似流星，钟展喝道："再接这支！"第二支天山神芒又已射到！

竺尚父哈哈一笑，说道："你出这个难题考我，我倒是不能不接了。"他对第一支神芒因为未知深浅，不敢硬接，如今心里有数，自忖天山神芒虽然威力惊人，勉强还可以接它一下。

危崖上无可躲闪，只见竺尚父双掌一合，光华顿敛，那支天山神芒竟然落到他的掌心。但这一刹那，竺尚父的身形也似风中之烛的晃了几晃，脚下声如爆豆，踏碎了一块石头。

百年来，武林中只有孟神通与厉胜男曾硬接过天山派一流高手的神芒，如今竺尚父是第二个人。场中那些老人曾见过孟神通与厉胜男当年之事的，都觉得竺尚父接了天山神芒，似乎比孟、厉二人还要显得从容一些。虽然钟展也许比不上当年的唐晓澜，但竺尚父的功力则至少不在当年的孟神通与厉胜男之下了。

钟展见竺尚父硬接他的天山神芒，也不禁心头一凛，脸上微红。他这天山神芒是一连三支，连珠发射的，此时箭在弦上，第三支只好再射出去。

钟展心里吃惊，岂知竺尚父也是受惊不小。他虽然接下了一支神芒，但那威力却超出他的估计，接下之后，只觉胸中气血翻涌，不过他内功深厚，旁人不易觉察罢了。

竺尚父自忖不能再接一支，当下运足功力，双指一弹，将接在手中的神芒也射出去，两支神芒在空中碰个正着，一齐落下！

竺尚父喝道："来而不往非礼也——钟大侠，现在该是你接我的暗器了！"

群雄见竺尚父连接三支天山神芒，面不改色，都是惊奇不已。此时听他要"还礼"，更是引得个个好奇，人人争着——要看这个武功深不可测的魔头，又有什么稀奇古怪的暗器，可以胜得过天山神芒？

只见竺尚父随手拾起一块拳头大的石头，喝声："接招！"把手一扬，那块石头已是被他捏碎，变成一颗颗黄豆般大小的碎石，他一把洒将出来，用的是"天女散花"的手法。

捏碎石头，掌力虽是惊人，但场中的一流高手，有这样开碑裂石本领的大不乏人，也算不得什么稀奇，"天女散花"的手法更是擅于暗器的都会使的手法。众人起初对他的估价太高，至此都不觉有点失望，觉得竺尚父的暗器功夫不过尔尔。

但虽然不是什么奇特的暗器，这一把碎石以竺尚父的功力打出，亦是非同小可。只听得满空呼啸之声，石子纷飞，俨如冰雹乱落，有的直线飞来，有的却是走着弧形，还有的更是奇妙，竟在空中打着圈圈。

群雄这才稍感惊异，原来看似"天女散花"的手法，其实却比"天女散花"的手法不知复杂多少。这一把碎石同时掷出，但在他那一扬手之间，已是使用了好几种不同的力道！

群雄虽然稍感惊异，但心中却在想道："这样高明的手法，好看是好看极了。但倘若打不着人，那也不过等于变戏法一般。"要知以钟展功力之深，身法之妙，普通暗器，岂能奈得他何？因此群雄都是如此料想，料想这把石子打不着钟展。

钟展可不敢轻敌，一面施展劈空掌的功夫，一面身形斜掠，避开石子。

满空碎石互相碰击，忽地又出现了出人意外的事情。石子碰击之后，并不落地，有的去势更速，而且便像长着眼睛一般，竟然紧紧追踪钟展，从他意想不到的方位骤然飞来！

原来竺尚父的暗器功夫，手法之妙，当真是到了“出神入化”之境。不但可以同时运用几种不同的力道，而且每颗石子都留有后劲，算准时刻，料到对方必发劈空掌，就借对方的掌力，互相碰击，改变飞行的方向。

钟展猝不及防，饶是他掌风扫荡，且又闪避得宜，身上也着了两颗石子！

钟展有护体神功，这两颗石子从那么远打来，经过两度转折，打到他的身上，不过等于给他抓痒一般，毫无损害。不过，既然讲明了比的是暗器功夫，钟展的天山神芒打不着人家，却给人家的石子打着，那总是输了！

竺尚父站在危岩之上，朗声说道：“天山派三大绝技，我已领教其二。不知钟大侠可还肯赐教内功心法么？”

话犹未了，只听得钟展一声长啸，已是身形拔起，跃上危崖。竺尚父所站的那块石头，挺拔如笋，凸出空中，刚刚可以容得下两个人立足。钟展一跳上去，与竺尚父面对着面，已是显得颇为挤迫，连转身的余地都没有了。

竺尚父倒是怔了一怔，说道：“钟大侠是要在这上面较量么？”

钟展道：“不错。就照你刚才和法华上人所划出的道儿，谁跌下去，谁便算输。咱们爽脆一些，一掌定雌雄，也不必提什么文比武比了。”

此言一出，全场震动，连竺尚父也不由得不暗暗吃惊。

在危崖上较量内功，当然比在平地上划地为圈的较量凶险百倍。而且，钟展说的是“一掌定雌雄”，这一掌当然是全力以赴，谁给震下危崖，只怕都有性命之忧。

竺尚父虽然侥幸胜了两场，但天山派三大绝技以内功居首，刚才比试剑法之时，他已测出钟展功力极是深湛，自己能否取胜，实是毫无把握。剑法虽然附有内功，但还可以取巧，内功施之于掌力的直接较量，那就半点也不能取巧了。竺尚父本来想用刚才与法华上人比试的办法，与钟展在平地上较量的。哪知钟展已先跳了上来，划出道儿。竺尚父心里想道：“这哪里是一掌定雌雄，简直是要与我一掌决死生了！”

原来钟展性情鲁直，嫉恶如仇，他见竺尚父庇护身为朝廷鹰犬的杨钲，早已把他当作无恶不作的大魔头看待。更加以竺尚父出场之后就一直咄咄迫人，似乎除了江海天之外，他已是目无余子。因此，钟展在输了暗器之后，怒火勃发，决意要与对方拼个死生，同归于尽。免得英雄大会受他阻挠，无法进行。

竺尚父本来只是想威压群雄，而不是想来伤人性命的。可是他也是个十分骄傲的人，钟展划出道儿，他岂能避而不接？当下面色铁青，也就冷冷说道："既然如此，我今日是舍命陪君子了，钟大侠请发掌吧！"

谷中莲叫道："不可……"可是已经迟了，只见钟展已是挥掌划了一道圆弧，向竺尚父当头劈下。竺尚父也翻起掌心，使出了"天王托塔"的招式。

眼看双掌一交，这两大高手就必有一死一伤。就在这千钧一发之时，蓦地里一条人影如箭射来！

谷中莲眼尖，首先发觉，眼光一瞥，不由得惊喜交集，失声叫道："海哥，你、你快去制止他们！"

来人身法太快，群雄还未看得出来者是谁。经谷中莲这么一嚷，登时全场鼎沸："是江大侠，是江大侠！"

来的不是别人，正是从华山披星戴月赶回来的江海天！

场中像一锅煮沸了的开水，但在危崖上较量内功的那两大高手，却似视而不见，听而不闻。

他们面临生死关头，双方都在全神贯注，不敢稍有大意。因此，虽然都已出招，但这一掌仍是在空中对峙，如箭在弦，将发未发。

说时迟，那时快，江海天身法如电，已是跳了上来！他来得正是时候，这两大高手的掌心刚要碰上。

但那块石头，只能容两人立足，江海天手按石笋，凌空飞起，脚尖不沾实地，便是半空插人，双掌一分。

只听得砰砰两声，竺尚父与钟展的掌力全都打到了江海天身上。

众人惊呼声中，只见这三人都似断了线的风筝一般，从危崖上

钟展与竺尚父的掌力都打到了江海天身上。

坠下。江海天面色惨白，刚一落地，便“哇”的一口鲜血吐了出来。

竺尚父又是佩服，又是感激，而且，除了佩服与感激之外，又还有几分内疚于心。原来江海天左掌接他的掌力，右掌接钟展的掌力，都只是仅仅接了下来，毫不运劲反击。

竺尚父是个武学大行家，当然知道江海天倘若运劲反击的话，那么受伤的就是他而不是江海天了。而且他一定比江海天现在伤得更重。江海天是拼着自己受伤，保全了这两大高手的性命的。而他接了这两大高手的掌力，仍然能够从危崖跳下来，不过吐了一口鲜血，这份功力，竺尚父与钟展俱是心中明白，江海天至少比他们强了一倍。

竺尚父面有愧色，一揖到地，说道：“江大侠绝世武功，且又大仁大义，果然名不虚传。竺某深深佩服，甘拜下风！”

江海天一手拉了钟展，一手拉了竺尚父，说道：“快跑，快跑，迟就来不及了。”

钟、竺二人都是莫名其妙，江海天一面跑一面大声叫道：“大家赶快撤上山去。走得越远越好！”

谷中莲听他说话中气很足，知道丈夫虽是受了一点内伤，却也算不了什么。当下放下了心，但他催众人撤退，说得如此紧迫，却又似有大祸临头的样子，谷中莲也是莫名其妙。难道还有什么强敌，可以令得她的丈大担忧？

竺尚父听觉极其灵敏，隐约听得地下似有“滋滋”之声，怪而问道：“江大侠，你可听见么？这是什么声音？”江海天道：“竺老前辈，我和你比试轻功！”答非所问，竺尚父好生诧异。

但竺尚父也是个极其聪明的人，情知内中必有古怪情事，江海天想是恐怕一时说不清楚，故此借口比试轻功，引他速速离开。

江海天迈开大步，疾如奔马，竺尚父提一口气，紧紧跟在他的背后，虽然不即不离，但总也不能超过他。竺尚父不由得不暗暗佩服，心道：“倘若他不是吐血受伤，只怕我更是望尘莫及了。”

转瞬间两人已上了山头，与谷中莲等大会首脑人物会合，谷中莲道：“海天，究竟是出了什么事情？难道有飞来横祸不成？”话犹未了，江海天一把拉着她伏下，只听得“轰隆”一声，黑烟冲霄，地动山摇，就在竺尚父刚才与钟展比试的那座山峰，发生了猛烈的爆炸，那支凸出空中的大石笋，竺尚父刚才立足的地方，整支石笋被炸得无影无踪，化成了无数碎石，纷落如雨。

幸喜众人都已撤退上山，虽有几个落后的受碎石打伤，但并无一人丧命，也算得是不幸中之大幸了。

饶是竺尚父绝世武功，目睹如此激烈的爆炸，也不禁吓得魂飞魄散。倘若不是江海天及时赶到，将他与钟展分开，此时他已是粉身碎骨了。这时他也才恍然大悟，原来刚才所听到的“滋”声响，乃是埋在地下的炸药引线燃烧时所发出的声音。

竺尚父翻身拜倒，说道：“江大侠，你今日两次救了我的性命！这是何人下的毒手？你知道么？我与他拼命去！”

江海天道：“你当真愿意与这人拼命？”

竺尚父咬牙切齿地说道：“他下得如此毒手，就是我的老子，我也不能饶他！”

江海天道：“好，那我就告诉你吧。主持这个爆炸的人，就是你的亲家杨钲！”

竺尚父跳起来道：“什么？是他？”

江海天道：“他们这一伙人意图将咱们一网打尽，不只是在这里埋有炸药呢！”

谷中莲大惊道：“还有什么地方？”

话犹未了，只听得又是“轰隆”一声，白英杰叫道：“不好，是玄女观被炸毁了！”众人抬眼望去，果然是玄女观所在之处，黑烟弥漫。

江海天道：“还好，你们别慌。观中的人也都已撤出来了。”

人声鼎沸之中，只见一群人正在匆匆跑来，跑在前头的就是奉命留守玄女观的路英豪。

路英豪跑了到来，见谷中莲没有受伤，稍稍安心，说道：“掌门受惊吓了。弟子奉命守观，防范未周，致遭奸人炸毁，特来请罪。”路英豪辈分高于谷中莲，但因一派之中，掌门地位最高，故此他在掌门面前，自称“弟子”，这只是习惯上的谦称，向掌门表示敬意的，与通称的“弟子”含义不同。

谷中莲连忙还礼，说道：“路师伯也受惊了。只要人没死伤就好。”

路英豪道：“幸喜江大侠及时报讯，留守观中的弟子都已安全撤出，并无受伤。只是炸毁了大殿和两排的七八间房子。”

谷中莲道：“好，这真算得是不幸中之大幸了。海天，现在该你说了，你是怎么得知这个秘密的？”

人人都在望着江海天，静听他的说话。江海天却把眼睛望着路英豪，神情有点诧异，问道：“路师伯，你没有将那奸细带来么？”

此言一出，众人都是又惊又喜。谷中莲道：“怎么，你还拿了一个奸细么？”白英杰等人也在纷纷发问：“奸细是谁？”“审了口供没有？”

江海天道：“不错，我是拿了一个奸细，已经交给路师伯了。还未来得及问他口供。”

路英豪黑脸泛红，说道：“奸细已经死了。我没有看管好，实在惭愧。”

江海天怔了一怔，道：“怎么死的？”

路英豪道：“我忙着叫人撤退。爆炸之声一起，混乱中也不知是谁，把那奸细暗杀了。事后察视，行凶者是用三枚梅花针插入奸细的后脑致他于死的。梅花针是最普通的暗器，查不出是谁人所为。”

江海天叹了口气，说道：“这么看来，只怕暗中匿藏的奸细还不少呢！”

谷中莲道：“暗藏的奸细咱们以后再查。你先说说这个奸细是怎么拿来的？”谷中莲心中亦是惊骇之极，但她以掌门的身份，却不能不力持镇定。

江海天道：“我今早在山下碰见三骑快马，两骑是杨钲父子乘坐，还有一骑就是这个奸细。我早已知道杨钲不是好人。因为他曾在天笔峰上暗害过上官泰，当时……”

竺尚父道：“天笔峰那桩事情，我已经听仲帮主说过了。江大侠，你不必再解释了。事到如今，我还能相信杨钲是好人么？”

仲长统笑道："好，这一炸咱们虽有损失，但也有好处，把杨钲的真面目爆破了！"

江海天接着说道："我早知道杨钲不是好人，此时见他形迹可疑，遂上前喝问，他不肯勒马，我一记劈空掌打去，不料他的骑术甚精，一个倒挂雕鞍，藏身马腹之下。我也是一时失策，那记劈空掌打的是上三路，意在集中力量伤人，不在伤马的。一掌打空，他的那骑骏马已跑出我的掌力所及的范围，难以追上了。幸亏失之东隅，收之桑榆，还来得及截住后面一骑，揪住了那个奸细。"

谷中莲道："你不是说他们父子在一起的吗？杨芃这小贼呢？"

江海天道："杨芃不过是个无知少年，咱们恩怨分明，他父亲犯的罪，不能归咎于他。何况我与轩儿又曾受过他一点恩惠，怎好与他为难？是以把他放过了。"

谷中莲道："你可注意他的马上有什么特别的东西么？"

江海天想了一想，说道："没什么呀。只是有个布袋搁在马上，有点奇怪。但也许是他的行李吧。"

谷中莲道："可惜，可惜！你可平白错过了救你徒弟的机会了。"

江海天怔了一怔，道："哪个徒弟！"

谷中莲道："你可知道那布袋里装的什么？就是你辛辛苦苦从藏龙堡带出来的轩儿呀！"

江海天大吃一惊，道："什么，轩儿给他们抢去了？"

谷中莲简单地说了说杨钲父子昨晚在邙山闹事，偷袭林道轩之事，听得江海天目瞪口呆。

竺尚父十分惭愧，说道："祸因都是由我而起，包在我的身上，讨还令徒。"

江海天沉思半晌，说道："如此说来，只怕杨钲的内应还真不少呢！种种迹象，都很可疑，不只是他们偷袭轩儿这桩。"

竺尚父道："对啦，这炸药之事，江大侠还没有说呢。是怎么揭发的？"

江海天道："是那奸细供出来的。我本来要拿他到会场来交给你们审问的，那奸细一听，立即吓得面无人色，供出这里埋有炸药，但准确的地点他却不知。随后他又供出玄女观也埋有炸药，叫我也不好将他带到观里去。

“我听得这个惊人的消息，只怕迟了半步，就要酿成滔天大祸。因此无暇审问详情，在半路上便把这奸细交给了巡山的路师伯，两路报讯，路师伯回玄女观主持撤退，我则匆匆赶到这里来。不料这奸细也给他的同党害死了。”

白英杰道：“杨钲这厮虽然偷上邙山，但却未曾进入玄女观。再说凭他一人也决计干不了这许多事情。”

邙山派长老之一林笙说道：“咱们这次防范森严，半个月前已派出巡山弟子，这个会场也是日夕有人巡逻的。倘若是外面的陌生人，潜入一两个或许可能，但决不可能让他们从容埋下炸药也没人发觉的道理！所以一定是咱们‘自己人’当中，早就混进了敌人的奸细。而且恐怕还不只三几个人呢！”

明枪易躲，暗箭难防。众人都是不寒而栗。白英杰咬牙切齿地说道：“说不定奸细就在咱们周围，此时正在匿笑。哼，可是他也别太得意了，若要人不知，除非己莫为，总有一天，会给发觉。那时我就要把他揪出来，抽他的筋，剥他的皮！”

叶凌风此时正在谷中莲的身边，埋炸药的虽然不是他，他的同党甚至连消息也未曾向他透露，这件事情可说是与他半点无关。可是白英杰咬牙切齿的痛骂奸细，听在叶凌风耳中，就好似指着他骂的一般，不由得他不心惊肉跳。

此时江海天的说话已经告一段落，目光缓缓地落在叶凌风身上。叶凌风站了起来，叫了一声：“师父。”谷中莲道：“我已依你信中所嘱，刚才在大会之中，宣布凌风是你的掌门弟子了。”江海天点了点头，说道：“好。现在我没工夫，等下我再与你说话。”

叶凌风看见师父点头说了个“好”字，就好似吃了颗定心丸一般。“可是师父还要和我说些什么话呢？”他作了亏心之事，患得患失，又不禁有点惴惴不安了。

英雄大会已因爆炸事件而中断，但众人还是乱纷纷的，有的忙于救治伤者，有的打扫会场，还有一部分邙山弟子早已奉了白英杰之命，回玄女观处理善后事宜。

白英杰道："谷掌门，大会应该如何进行，似乎应该另作安排了。"

谷中莲道："不错。机密之事是不能在大会中公开讨论了。请各派掌门和几位武林前辈今晚在药王庙会商。现在大会暂时停止，各派弟子可以散去。还有，请白师伯、路师伯督促本门弟子，从速修复玄女观。在未修复之前，可以搭一些草棚，暂作安身之处。玄女观未炸毁的部分让出来招待客人。"

此时谷中莲已知道竺尚父不是敌人，但未知他的来历，也不能就把他当作自己人看待。竺尚父所带来的那一批人应该如何安置呢？谷中莲煞费踌躇，未能决断。故此在她所吩咐的几件事中，并无一言提及竺尚父这些人，也没邀请竺尚父参与今晚的会商。正是：

外客岂能关大计，从来暗箭最难防。

欲知后事如何？请听下回分解。

第三十三回　详查往事多疑窦
欲试奸徒辨假真

江海天恐怕竺尚父多心，说道："竺老前辈也请到药王庙安歇吧。我本来要拜访你的，只恨不知仙居何处，未曾如愿。难得今日在此相逢，务请竺老前辈多留两天，让我得有机会请教。"

竺尚父道："不，我现在就要回去了。多谢江大侠的好意。"

谷中莲道："竺老前辈可是嫌我们招待不周么？我们的地方虽然不够，也不在乎多老前辈一人。不如叫你的部属先回去，你留下来做我们夫妇的客人吧。"谷中莲说话极有分寸，她是邀请竺尚父做他们夫妇的客人而不是大会的客人，这就既顾全了竺尚父的面子又不致令大会为难，而且有江海天陪伴着他，也不用担忧出什么岔子。其实，谷中莲对竺尚父还是不能完全放心的。

竺尚父道："谷女侠不必客气了。我还是回去的好。一来你们刚刚遇上灾祸，我不想给你们多添麻烦；二来我也确实有些紧要的事情急需回去。但我在临走之前，却想和江大侠说几句话。"

谷中莲听他说得坦白，也就不再挽留，当下说道："好，既然如此，海哥你就送竺老前辈一程。"

江海天与竺尚父一同离开，走到无人之处，竺尚父道："江大侠，我先要向你谢罪，你的记名徒弟李光夏在我那儿，我本应该早就把他放回来的。"

江海天道："这孩子得有亲近老前辈的机会，也是他的福气。上官泰已经对我说了，说你很看得起这孩子，对他视同子侄，我也是很感激的。不过，我受了他父亲的嘱托，对他的抚养之责，我是责无旁贷，所以不能不请老前辈让我领回。老前辈要是不嫌我高攀，我想让这孩子拜你作义父，这样，可以两全其美。”

竺尚父道：“好，这就再好也不过了。我这次回去，迟则百天，少则两月，便可把这孩子带来。”

江海天道：“竺老前辈要是见了令亲上官前辈，也请代我问候。”

竺尚父叹口气道：“上官泰已被我所囚，实不相瞒，我这次要赶回去，也正是为了要释放他，并向他谢罪呢。”原来上官泰那晚被杨钲暗算，养好了伤之后，便到竺尚父那儿报信。竺尚父有了杨钲先入为主之言，不肯信他的话，反而将他扣留起来。此时尚囚禁在他的家中。

江海天有点担忧，问道：“竺老前辈，你家中还有什么人，我只怕杨钲会赶在你前头，跑去加害他们。”

竺尚父笑道：“杨钲这厮虽是丧心病狂，但谅他还没有这么大的胆子，敢到我的家中胡闹。”竺尚父这个襟弟，在他积威之下，一向都是唯恭唯谨的，是以他说得如此自信。江海天觉得他未免太过轻敌，但两人毕竟乃是初交，竺尚父既然如此自信，江海天也不好再说什么了。

竺尚父笑过之后，却又叹口气道：“我也真想不到杨钲背着我会这么胡作非为！我把好人当作坏人，把坏人当作好人，黑白不分，当真是有眼无珠了。江大侠，你放心，你被他捉去的那个徒弟，我一定替你找回来。这次祸事因我而起，我非常惭愧，我也要请你在天下英雄之前为我谢罪。”

江海天道：“人谁无过，一时的误会也算不了什么，只要咱们走的是同一条路，那就是好朋友了。竺老前辈，请恕我冒昧，我要请教老前辈一桩事情。”

竺尚父道：“请说。”

江海天道：“我曾听上官泰言及前辈也有抗清之意，不知前辈此来，只是为了要找我呢？还是要想结识天下英雄，共商抗清大计？”由于竺尚父一直未曾表明态度，故此江海天非得在他临走之前，弄个明白不可。

竺尚父道：“我也知道群雄因我来历不明，难免有见疑之意。我约江大侠出来说话，就正是要向江大侠布露腹心。”

江海天道：“多谢前辈见信。晚辈并非要打探前辈的来历，若有为难之处，不说也罢。”

竺尚父纵声笑道：“浩浩江湖求侠骨，竺某平白活了几十年，今日方始遇上一位我所心服口服的大侠，还有什么不可说的。古人云：白头如新，倾盖如故。江大侠若认为竺某可以结交，竺某痴长几岁，你就叫我一声大哥如何？前辈二字则是不敢当了。”

江海天见竺尚父如此豪爽，便道：“好，那么大哥请说。”

竺尚父笑道：“那么我就实话实说了。我和你们走的可以说是同一条路，也可以说不是同一条路。”

这个答复倒是颇出江海天意料之外，怔了一怔，诧而问道：“此话怎讲？”

竺尚父道：“我本来是西域一个小国的王子，国名库车，被清兵所灭，亡国已有百余年了。上官泰先祖是我国大臣，国亡之后，两家一同逃出来的。至于杨钲则是汉人。满清是我世仇，我当然是要抗清的，但我志在复国，与你们汉人的举义，目标不尽相同。所以说是同一条路又不是同一条路。”

江海天本来就有点怀疑他不是汉人，因为汉人中姓“竺”的很少，这个姓本来是胡人姓氏，但因中国历史上经过几次民族的迁徙、大混合，胡人内迁，与汉人同化之后，也还有仍保留原来的姓氏的。“竺”姓就是其中之一。不过江海天虽有怀疑，却还想不到他竟是一个小国的王子。

江海天道：“咱们虽然目的不尽相同，但都是志在驱除鞑虏。咱们可以各自行事，但希望彼此相助。”

竺尚父道：“这个当然。将来你们的义军起事，若有要我稍尽绵力之处，江兄只须遣人送一个信，我定必效劳。”当下，将几个可以与他取得联络的地点，告诉了江海天。

江海天蓦地想起一事，说道：“阿尔泰山脚下，有一个小国叫做马萨儿国，与贵国原来的疆土隔着一个一千多里的大草原，因为它处在极边之地，且有大山屏障，得以幸免满清的吞并。不知竺兄可知道这个国家么?”

竺尚父笑道:“我正想与老弟说呢。我不但到过马萨儿国，而且我还是在马萨儿国第一次听到老弟的大名的。”

江海天喜道:“哦，这么说你是见过马萨儿国的国君的了?”江海天与唐努珠穆已有十多年未曾见面，他之所以向竺尚父探询，就是想知道一点唐努珠穆的消息。

竺尚父道:“令亲在西域威名远播，他把马萨儿国治理得很好，国家虽小，却无殊世外桃源。我就是因为听得唐努珠穆是个贤王，且又身怀绝世武功，这才去拜访他的。”

江海天道:“哦，是他和你谈起我的?”

竺尚父道:“不错。我去拜访他，他极是和蔼，一点也没有国王的架子，倒像个武林中人。我和他谈论武功，谈得兴起，我就邀他比试一场，他也答应了。结果比了内功，又比了剑法，都是不分胜负。这还是我第一次碰到旗鼓相当的对手，我对他甚为佩服，一时酒酣耳热，就套了一句你们汉人的成语说道:‘天下英雄，唯使君与操耳!’以咱们两人的武功，只怕中原各大门派，也是无人能敌的了。不料唐努珠穆却道:‘不然，不然。天下之大，高人异士不知多少。别人我不知道，我的妹夫他是汉人，他就远胜于我!’我就是因为听得他盛赞江兄，这才引起我要找个机会与江兄比试的念头。”

江海天得知唐努珠穆的消息，很是高兴，谦虚了几句，又再问道:“我这位内兄还有什么说话。”

竺尚父似是忽地想起一事，说道:“你那掌门弟子，我刚才听你叫他名字，是不是叫叶凌风?”

江海天说道:“不错。凌风入门未久，武功还差得远。日后行走江湖，尚盼竺兄多多照顾。”

竺尚父笑道:“这个当然。但你这位掌门弟子……”说了半句，忽然停了下来。

江海天道:“怎么样?可是他有什么不对?”

竺尚父道:“不是，不过，我想起刚才之事，有点好笑，又有点奇怪。”

江海天诧道："凌风做了什么事情？"

竺尚父道："他是今日第一个向我挑战的人。"

江海天道："这孩子真是不知天高地厚。不过，当时也许是他要维护师门，出于误会，故才如此大胆的。竺兄可莫见怪。"

竺尚父道："我当然不会怪他。我也并非因他不自量力而感到好笑的。"

江海天莫名其妙，道："那又是为了什么？"

竺尚父笑道："不是你刚才叫出他的名字，我还认不出他呢。他的相貌和小时候几乎完全两样了。不过，我是大人，十年的相貌变化，相信不会很大，但他也认不得我，还向我挑战，所以我才觉得有点奇怪又有点好笑。"

江海天奇道："竺兄从前是见过小徒的么？"

竺尚父道："不错。他是你的内侄吧？"

江海天更觉得奇怪，因为竺尚父虽然见过唐努珠穆，但唐努珠穆却是从未见过叶凌风的，甚至根本不可能知道他有个侄儿叫做叶凌风。因为叶凌风是唐努珠穆的哥哥叶冲霄让位离国之后才出生的，而叶冲霄父子也从来未回过本国。这些事实都是江海天早已知道的了。那么他与叶凌风的亲戚关系，显然不是唐努珠穆告诉竺尚父的了。

江海天怔了一怔，问道："竺兄，你是怎么知道的？"

竺尚父道："是这样的，当年我拜访唐努珠穆的时候，我求他一件事情，他也求我一事情。我求他的事情，他没有答应；他求我的事情，我却在无意中做到了。可惜我却一直没有机会再到马萨儿国去告诉他。"

江海天道："他求你的，可是要你打听他哥哥的下落？"江海天深知唐努珠穆手足情深，一直想把哥哥找回来重新让位，故此一猜便着。

竺尚父道："不错。我求他的则是希望他助我复国。他不愿意与清廷的边军发生冲突，推说国小力微，拒绝了我。我当然也不好强他所难。他求我打听他哥哥的下落，我本来也是未曾用心尽力为他寻找的，但不料无意之中却遇见了。"

江海天惊喜交集，问道："怎么遇上的？"竺尚父道："说来也是凑巧，你们找了他二十年，踏破铁鞋无觅处，我却是得来全不费功夫。就在我从马萨儿国回来的路上，路经西昆仑山脚，便碰上了他们父子、夫妇三人。我一看这个风尘满面的汉子酷肖唐努珠穆，我便上前拦路，邀他比试武功。"

江海天笑道："你怎的不说明原委，便先要比试武功？"

竺尚父道："唐努珠穆说过他们兄弟二人相貌相似，但他的哥哥一直在躲避他，一定不肯承认自己的身份，所以我要试他武功。"

江海天道："哦，这就对了。叶冲霄的看家本领是大乘般若掌，唐努珠穆是将他这个特点也告诉你了。"

竺尚父道："正是。我一试之下，故意用狠辣武功迫使他使出了看家本领。大乘般若掌专伤奇经八脉，果然厉害得很，可惜他功力未纯，却是伤我不得。我解了他八招八掌，这才哈哈一笑，道破他的来历，说出他的名字。他无可奈何，只好承认自己是叶冲霄了。

"我们彼此佩服对方的武功，谈得倒很投机。只是他听我道达了他兄弟盼他归国的心意之后，却只叹了口气，不置可否。

"我陪他们在西昆仑游了三天，采了一些珍贵的药物。临行分手之时，他才告诉我说，他下山之后，就要到海外去，也许从此不再重履中土，至于回国，那更是不必提了。"

叶凌风来江家认亲的时候，曾携来他母亲欧阳婉亲笔所写的一封信，这封信是用叶冲霄的口气和署名写的，主要的内容就是告诉江海天他到海外之事。但当时叶凌风说这封信是五年前写的，这却与竺尚父现在所说的不符。

江海天心里想道："叶冲霄想是知道他弟弟还在寻找他，所以决意到海外躲避。"当下问道："你记得和叶冲霄相遇那年，是否确实是十年之前？"

竺尚父屈指一算，笑道："我刚才说的是个大概数目，其实，不止十年，是十一年。"

江海天不觉有点怀疑，心道："难道他向竺尚父说了之后，又再耽搁了五年，这才出海的？"叶凌风是去年携信到他家的。

心念未已，竺尚父又已接着说道："你这位掌门弟子今年是否二十三岁？我记得我那年八月遇见他们，我因为很喜欢他这孩子，曾问过他的岁数。叶冲霄告诉我他这孩子是刚满十二岁。我的记忆大约不至于有错。"

江海天心里想道："那封信不知是什么时候写的？但冲霄是个言出即行的人，依他的性情推断，想来不至于在和竺尚父说了那番话之后，又再拖延五年，方始出海？然则风侄却又为何把他爹爹写这封信的时间说迟了五年？"

江海天哪里知道，这个"投亲"的侄儿是假的，当时他以为真叶凌风已死，死无对证，因此有些小节他不知道的，江海天问起，他就只好信口开河。不过江海天的推断也没全对，写这封信的时间其实既不是十年之前，也不是五年之前，而是七年之前。中间这三年，叶冲霄到哪里去了，后文自有交代。

竺尚父也有点诧异，心道："我在那年与叶冲霄相遇，这事有何重要？江海天何以问得如此仔细，定要知道确实的年数？"

江海天又再问道："你们在西昆仑同游了三天，这孩子和你混得熟么？"

竺尚父笑道："令徒当时虽然只有十二岁，却是聪明得很，他不但和我玩得很高兴，还缠我教他武功呢。"

江海天道："竺兄教了他什么武功？"

竺尚父道："三天的时间当然教不了许多。我只教了他一套近身缠斗的小擒拿手法，不过也很复杂，共有二十七招八十一变，难为这孩子真是聪明，三天之内居然都学会了。"

竺尚父歇了一歇，接着笑道："当时我见他这样聪明，还曾和他开个玩笑道：'你学功夫学得这样快，长大了那还了得，再过十年，恐怕你都可以向我挑战了。'想不到十一年后的今天，令徒果然就向我挑战了。可惜我刚才没有认出是他，而他也没有认出我。这不可笑么？哈哈！"

江海天可没有笑，他开始感到事情有点不对，心中一片疑云。不过却也还未敢想到这个掌门弟子竟是冒牌侄儿。

竺尚父以为江海天是想怪责徒弟，连忙说道："或许他真的认不得我；或许他因为我来时是声言向你挑战的，他为了维护师门，遂把我当作敌人，不愿再提旧事。总之这不过是小事一桩，你可不能回去怪责令徒。”

江海天道：“我不会怪责他，但我会向他问个明白的。”

竺尚父道：“我可是要赶着回去，不能与令徒叙旧了。”

江海天一看天色，日已西斜，瞿然一惊，说道：“不错，竺兄还是趁早回家一看的好。免得又有什么意外。”

两人握手道别，竺尚父率领部属，下山回家。江海天却独自一人，还在林中静静思想。

江海天心里想道：“风侄为什么从没和我说过这件事情？”倘若这是一件普通的事情，叶凌风忘记了还有可说，但竺尚父可并不是一个普通的人，他与叶凌风父母的那次会面也不是一件普通的事，叶凌风竟然一直没有提过，这就不能不令江海天感到奇怪了。

江海天曾有半年多的时间，只是和叶凌风在一起的。那段时间，他们白天赶路，一有空闲以及晚上的时间，就由江海天传授他的武功。“难道他是专注武功，心无旁骛，故而忘了提了？”但这个想法也有犯驳之处，因为叶凌风所遇的竺尚父是个身怀绝世武功的人，叶凌风而且还跟人家学过小擒拿手法，照理他在师父传他武功之时，是应该提起的！否则师父怎能量才而教？

江海天越想越觉得可疑，心道：“华山之事，也是一个谜。难道凌风的来历当真可疑？”

江海天正自沉思默想，忽听得有脚步声走来，江海天抬头一看，只见谷中莲已到了他的身边，笑道：“竺老前辈走了么？你好像在想着什么心事？”原来谷中莲见他许久未回，而竺尚父那班人又已走了，故来寻找。

江海天道：“没什么。各派掌门已去了药王庙吗？”

谷中莲道：“都已安置好了。这次幸亏你来得及时，挽救了一场浩劫。玄女观虽被炸毁几间房子，人多手众，现在也已在修复之中了。你现在没事了吧？要不要找凌风来谈谈？”

江海天道：“待会儿再找他，咱们先叙叙家常。日子过得真快，咱们已有一年没见面了呵。你可有工夫陪我多说些话么？”

谷中莲夫妇重逢，心里又是欢喜，又是难过，说道：“我和各派掌门人约好晚上开会，现在还有一段时间才吃晚饭。我正想问你华山之事，你的义父是因何事找你去的?”

江海天神色黯然，似乎是有什么难过之事不愿立即便说，却道：“你先说说家里的事吧。风侄来了，芙儿也来了，却何以独不见雄儿？是他的病还未好呢还是你要他留在家中陪伴爷爷的?”江海天对几个徒弟都是一般爱护，并不偏心，尽管他心事重重，却还没忘记要问一问宇文雄的病。

谷中莲叹口气道：“你离家一年，家中也出了不幸之事……”江海天吃了一惊，连连问道：“什么不幸之事？可是雄儿，他、他……”谷中莲道：“不是，雄儿的病早已好了，但却也给我赶走了!”

江海天大吃一惊道：“雄儿犯了什么过错，你要把他逐出门墙?”

谷中莲将宇文雄犯嫌谋害祈圣因之事说了一遍，江海天更是吃惊，说道：“什么？尉迟炯竟给鹰爪孙捉往京师，祈圣因也落得个不明不白的惨死了么？此事我非查究不可!”

谷中莲道：“听说尉迟炯是被囚在天牢，主审此案的官员秉承了大内总管的主意，要在他身上追出历年所劫的‘贼赃’，其中还有盗自大内的珍宝。据此情形，短期内大约不会处决。祈圣因是受了重伤，但也还未能证实她已经死了。当时是岳霆的妻子带了她逃走，岳霆则到咱们家来向我报讯的。据岳霆说祈圣因只剩下一口气，十九难活，但毕竟也还未曾断气。所以祈圣因是死是生，恐怕还要找着岳霆夫妇，才能够知道确实的消息。”

江海天沉吟半晌，说道：“据你所说的种种情形看来，祈圣因受到暗算，这是事实，但我不相信这是雄儿干的!”

谷中莲道：“我也不敢相信是他干的，可是祈圣因在重伤之后，对岳霆所说的话，却一口咬定是他。他又有许多涉嫌之处，例如他与尉迟炯本来有仇，而那匹马当晚又是他喂的草料，这些事实都是对他不利的。我为了提防万一，也怕人说我包庇徒弟，赏罚不明，所以不能不将他逐出门墙。”

江海天道："我明白你是一定要这样做的，我不怪你。但你可曾怀疑过这个暗算祈圣因的另有其人？"

谷中莲怔了一怔，睁大眼睛说道："还有什么人？家中除了我母女之外，就是宇文雄与叶凌风两个徒弟了。芙儿一直未离开过我，她也决计不会暗害祈圣因。难道你还疑心风侄不成？"

江海天道："为什么就不能疑心他？"

谷中莲道："他对祈圣因很好，我替祈圣因开的药方也是他去抓药的。他与祈圣因又无半点冤仇，为何平白害她？而且那匹中毒的坐骑，是宇文雄经手借的，又是他所喂的草料，宇文雄都已承认的，与风侄并无关系。你为什么想到要疑心凌风？"

江海天暂不说明理由，只是说道："好吧，既然还有可以追查的线索，待我查个水落石出之后再说吧。尉迟炯是个够朋友的好汉子，我也应当救他。待英雄大会散后，我就亲往京师，一路之上，也好顺便打听岳霆夫妇的下落。杨钲拿了轩儿，大约也会送上京师，我亲往京师，可以同时营救两人。只是咱们夫妻却只能小聚数日，又要分离了。"

谷中莲道："这是你应该去做的事，为妻的岂能埋怨？海哥，家中之事，我已经告诉你了，现在该轮到你说了。你义父究竟有什么紧要之事，催你前去见他？"

江海天黯然说道："义父是叫我去与他诀别的。"谷中莲大吃一惊道："什么，你义父，他、他老人家已经——"江海天道："已经过身了。他是找我去交代后事的。他老人家年过八旬，寿终正寝，死而无憾。只是他的死却给我留下一个疑团。"

谷中莲道："既不是死于非命，又有什么疑团？"江海天道："我不是对他的死因怀疑，而是感到他临去之前，所说的几句话有点蹊跷，你且仔细听我言说，与我参详参详。"

原来江海天的义父华天风医道通神，月前他感到身体不适，自行诊断之后，已知死期将至。生、老、病、死这是人生必经的过程，生机已尽的自然死亡，非药力所可挽回。华天风生性豁达，心情倒很平静。只是他既然算出了自己的死期，当然也有些后事需要及时交代。

华天风只有一个亲人，那就是做马萨儿国王后的华云碧。华天风因是世外高人，不喜繁华，所以没有与女婿女儿同住，而是独居华山。马萨儿国路途遥远，华天风从前养的那只兀鹰前两年也已死了，没法给他女儿送信。而且即使有人送信，他女儿也决计不能赶得来和他诀别。

除了女儿，与华天风最亲的就是他的义子江海天了。因此华天风遂托丐帮中人，代为送信，催江海天速来见他。丐帮耳目灵通，又有飞鸽传书，找人最是方便不过。

江海天说道："我接到了丐帮送来的义父书信，匆匆赶去，可惜还是迟了一些，我上了华山，见着义父之时，他已是在弥留状态之中，不能和我多说了。

"义父早已有所准备，我一到来，他就把他的历年医案放在一个小箱子里交付与我，要我有便之时，转交他的女儿。他平生最大的心事就是希望他的医学能有传人，故此再三叮嘱，要我告诉碧妹，务必要继承家学，不可因为做了王后，遂只贪逸乐。"

谷中莲道："义父临终之际，挂念女儿，这是情理中事，有什么蹊跷?"

江海天道："除了女儿之外，最后他还提起一个人的名字，这可是我料想不到的。"

谷中莲道："是谁?"

江海天道："就是你的侄儿叶凌风。"

谷中莲怔了一怔，道："你义父怎会无端提起他的名字?"

江海天道："就是呀，所以我觉得奇怪。"

谷中莲道："他是怎样提起的?"

江海天想了一想，说道："义父当时已在弥留状态，似有一桩心事未了，忽地张开眼睛说道：'你告诉我女婿，他有个侄儿名叫叶凌风。这孩子人品好，本领也不差，更难得的是又很有志气，他现在与朝廷鹰犬作上了对，海儿，我希望你把他找着……'义父说话很是吃力，我忙告诉他，我已经找着了凌风，而且收他为徒了。他老人家面露笑容，只说了一句：'好，这我就放心去了!'就此断了气。"

谷中莲道:“果然是有点蹊跷,他说的关于风侄的这些事情倒是不错,可是他怎么会知道这些?”

江海天道:“是呀。凌风第一天到咱们家里的时候,你不是曾经问过他的吗?他说得很清楚,他从来没有到过华山,见过我的义父!”

谷中莲道:“风侄在投亲之前,在江湖上也已有了点小小的名头。你义父并无言明是见过他,或者他是听人说起,随后打听到他的来历?”

江海天摇了摇头,说道:“不对。倘若义父没有见过,他不会知道得这样清楚。我知道义父是不轻易称赞人的,他连风侄的人品如何,志气怎样,都知道了。想来不但见过,还很可能相处过一些日子。”

谷中莲沉吟不语,江海天歇了一歇,又道:“何况风侄的身世之谜,在江湖上也不会胡乱向人泄露?”

谷中莲心思灵敏,江海天想得到的她当然也早已想到了,可是由于叶凌风很能讨她喜欢,尽管她现在已起了疑心,但仍不愿便即相信凌风乃是假冒。

谷中莲想了一会,说道:“事是可疑,但他那封信可是假冒不来的。倘若另有一个叶凌风,何以他现在还没露面?风侄也决没这么大胆,敢来参加英雄大会?”

江海天道:“我也不敢断定他就是假冒的,所以我才想试他一试。”

谷中莲道:“你要如何试他?”

江海天道:“我从竺尚父那儿又知道了他的一些事情,只要如此如此,便可试出他的真假。”把试探的方法,悄悄地在谷中莲耳边说了。

谷中莲道:“好,这样最好。你可不要先用怀疑的口气去盘问他,免得他心里难过。”

夫妻商量定妥,便回药王庙找叶凌风,可是却没见着。

各派首脑人都在关心江竺会谈之事,江海天一回到药王庙,大悲禅师、法华上人和钟展夫妇等人便来探听消息,这些人都是江海天的长辈，江海天只好先向他们报告竺尚父谈话中有关联合反清的这一部分内容。众人听说竺尚父愿与中原的豪杰联盟，彼此策应，都是皆大欢喜。

说了不多一会，已是晚饭时刻，武林中素重长幼尊卑之礼，江海天自然不便即把叶凌风找来让他与各派掌门同席，心中虽急于要破开这个疑团，也只好暂时忍耐了。

席间谈谈说说，好不容易待到吃完了这顿晚饭，江海天才能够叫人去找叶凌风。白英杰道："江大侠，有什么紧要的事吗？"江海天道："没什么，只是想和他说几句话。几时开会？"白英杰道："大约还有一个时辰。"江海天心想，有一个时辰，足够查个水落石出了。

不料去寻找叶凌风的人迟迟不见回来，江海天心中有事，谈话时也显得精神不属。钟展笑道："江大侠疼他这掌门弟子似乎更甚于疼他女儿，一回来不找女儿却先要找徒弟。"江海天苦笑道："这孩子不知跑到哪里去了？"

大约过了半个时辰，叶凌风才匆匆跑来。找他的那个人笑道："叶少侠和蒙师兄兴致很好，在山上练武，我好不容易才把他找到的。"

叶凌风向师父请过了安，说道："我不知师父要找我，和蒙师兄练武忘了时刻，回来迟了。"他们口中所说的这个"蒙师兄"，即是青城派的弟子蒙永平，亦即是受命与叶凌风直接联络的那个奸细。

江海天无暇查问蒙永平是什么人，便道："凌风，你和我出去说几句话，免得在这里扰乱前辈们的谈话。"叶凌风忐忑不安，神色却是镇定如常，恭恭敬敬地答了一个"是"字。

江海天在前头觅路，把叶凌风带到僻静之处，说道："你倒是很专心学武啊！"叶凌风道："在路上我承蒙师父教了许多武功，未曾练习，故而回来之后，一有空暇，便要琢磨。刚才恰好与青城派一位新相识的朋友谈论武功，故而彼此观摩。这位朋友是青城辛掌门的师侄，对朋友很是热心的。"

江海天不耐烦听他解释，说道："好，那我就试试你的武功进展如何？”使出小擒拿手法，蓦地向叶凌风肩上的琵琶骨一抓，叶凌风大吃一惊，说时迟，那时快，已是给江海天一把抓着，琵琶骨倘被捏碎，多好的武功也要作废！

江海天未曾问清楚，当然不会马上就捏碎他的琵琶骨，当下一把抓住，喝道：“你为什么不用小擒拿手法招架？”

叶凌风一副茫然的神气，讷讷说道：“小擒拿手法？师父，这你可未曾教过我啊！”

江海天五指一松，使了一个巧劲，将叶凌风推开一步，沉声说道：“我未曾教过，你不会用你原来学过的么？小心看着，再接一招！这是非用小擒拿拆解不可的招数！”

叶凌风大惊道：“师父，我，我……”江海天不待他答话，手掌已是划了一道圆弧，又向他抓了下来，厉声喝道：“这次不是和你玩的了，快快接招，否则捏碎了你的琵琶骨，你可别埋怨师父！”

江海天的确是打定了主意，倘若叶凌风根本不会使用小擒拿手法，那就证明他是假的，江海天这一抓就要捏碎他的琵琶骨，废掉他的武功！

江海天五指如钩，堪堪就要抓着他的肩头，叶凌风忽地一个沉肩缩肘，左掌横托师父肘尖，右掌一拨，跟着一个肘锤反击江海天腰胁。江海天当然不会给他击着，但叶凌风这一气呵成的一招四式，确实是小擒拿手法。

江海天稍稍用了一两分力道，将叶凌风推开，心中狐疑不定。原来叶凌风这招小擒拿手法，与青城派的手法相似，撇开功力不谈，只以招数而论，在江海天眼中，却是稀松平常。因此江海天颇感意外，心中想道：“竺尚父身具绝世武功，足称当代的武学大师，我以为他必有独门自创的小擒拿手法，哪知也不过如此！”

叶凌风被师父一推，不由自主地打了几个圈圈，才稳得住身形。心中惶恐之极，不知是否可以蒙混得过？

江海天待他站定，问道：“这小擒拿手法是谁教与你的？”

叶凌风道：“就是今日来此闹事的这位竺老前辈竺尚父教给我的。”

江海天道：“什么时候教你的？”

江海天喝道：“快用擒拿手法拆解，否则就抓你的琵琶骨！”

叶凌风道:“是我小时候与爹娘在西昆仑山上与他同游，他一时高兴教给我的。”一面说话，一面屈伸指头，似是在默计年数，接着说道:“这已是十一年前的事了。”

叶凌风说的话与竺尚父相符，江海天暗暗诧异，心道:“莫非是我自己多疑？他并非假冒？”

江海天哪里知道，他的这番试探早已在叶凌风意料之中。但叶凌风怎么知道这些秘密的呢？这里头有个缘故。正是:

虽有老成防内贼，无如内贼已知机。

欲知后事如何？请听下回分解。

第三十四回　凭借师门担大任
预留对策嘱英雌

原来江海天与竺尚父的谈话，早已被人偷听了去。这人不是别人，正是叶凌风的同谋者——蒙永平。

蒙永平是个精明老练的奸细，他的身份够不上与各派首脑同坐一起，便在较远的地方密切注意，当他看见江竺二人走出来的时候，已估计到他们很可能是有些秘密要到僻静之处商谈，便预先埋伏在树林中了。无巧不巧，江竺二人谈话的地方，恰恰就在他藏身不远之处。

江海天也是一时大意，当时他四顾无人，没有进一步细加搜索，便放心与竺尚父交谈。蒙永平躲在茅草丛中，丝毫不露声息，将他们的谈话，都听进耳中。

江竺二人一走，蒙永平也立即从另一条路回来，赶忙通知叶凌风。两人趁着江海天在药王庙耽搁的这段时间悄悄地溜到山上，商量应付的办法。

叶凌风本来不会小擒拿手法，但蒙永平却是会的，且还不止一套而是两套。一套是风从龙所授，一套是他混入青城派之后，由他的师父韩隐樵教授他的。叶凌风十分聪明，立即抓紧时间，跟蒙永平学了这两套小擒拿手法，学得半生不熟，他又索性凭着他的一些鬼聪明，将这两套手法混合起来，加上自己的变化，就用来当作是竺尚父教他的蒙混江海天。

江海天虽然有点奇怪，觉得以竺尚父的武功造诣，他的小擒拿手法不该如此平庸，但叶凌风既然说得出这个事实，他又不能把竺尚父追回来与叶凌风对质，只好暂且相信其真。

江海天便向叶凌风问道：“你跟竺尚父学过一套武功，为何从来没有和我说过?”

叶凌风道：“要不是师父迫我显出这手功夫，我到现在也不敢和师父说的。”

江海天道：“什么缘故?”

叶凌风道：“当年我们与竺尚父同游西昆仑之后，我爹爹一再向我告诫叫我今后对任何人都不要提及竺尚父的名字。我当时也很奇怪，问我爹爹什么缘故。我爹爹只说：‘各人有各人所不愿意泄漏的秘密，比如是我，我就不愿意外人知道我的身世之秘。这位竺老先生也像我一样，有他难言之隐。你一个小孩子也不必问这么多了。总之，你若泄漏了有关他的消息，对他是只有害处的。’我并不知道竺尚父的身世，但我猜想他是曾经告诉我的父亲的。当时爹爹也没想到要我拜姑父为师，所以并没特别声明准我告诉姑丈。”

叶凌风这一说，江海天倒是不能不有几分相信。要知竺尚父的身份是库车国的王子，他正在图谋复国，当然不愿意让人知道。江海天以前碰到他的管家以及他的襟弟上官泰，也都不敢说出他的姓名来历，就可以作为佐证。这次是因为江海天先救了他的性命，他又深感于江海天的肝胆照人，这才肯推心置腹的。

叶凌风又道：“师徒犹如父子，对师父当然用不着隐瞒。但我爹爹告诫在前，我以为此事无关要紧，师父既然没有问起，我也就没想到应当禀告了。请师父原谅，我并非有意欺瞒。”

江海天倒有点不好意思，说：“我是因为竺尚父说起这件事情，我想看一看他的独门小擒拿手法，这才考考你的。”

江海天口气一软，叶凌风心里好不得意，但却装作惶恐的样子说道：“可惜徒儿自从学了这套手法之后，十年来疏于练习，差不多都已忘了。”

江海天道：“这又为何?”

叶凌风道：“我爹爹不喜欢我多学别派的武功。当时是竺老前辈自己要教我的，我爹爹只好装作高兴的样子，其实他是不太看得起竺老前辈的武功，认为他是邪派的。”

叶冲霄素来骄傲，叶凌风这么一说，又恰恰符合了他的为人。江海天心里道：“原来如此，怪不得风侄使的这套手法甚是平庸，这都是他学未到家的缘故。”

叶凌风又道：“我爹爹说他是邪派，我也一直当他是邪派。这次竺老前辈前来挑战，与会群雄初时人人都是不满于他，是以徒儿初时也只能把他当作敌人，不敢与他论旧了。”

这个理由，连竺尚父也曾经如此想过，而且替叶凌风向江海天辩解过的，江海天当然更没怀疑了。

江海天想了一想，忽地问道：“凌风，你今年几岁？”

蒙永平已经把江竺二人谈话的内容，一句不漏地告诉了叶凌风。叶凌风对每一个细微的破绽，都已作好弥缝的准备，当下立即说道：“徒儿今年二十四岁。但我是八月生的，所以按照实龄计算，则是二十三岁。”叶凌风的岁数，是在投亲之时就告诉了江海天的，故已不能更改，只好在虚龄实龄的计法上弥缝破绽。

竺尚父所说的真叶凌风的年龄是二十三岁，其实与这个假叶凌风相差一岁的。但西域小国计算年龄的习惯，虚龄实龄都有人采用。江海天见叶凌风答得头头是道，重要事实他既然说得出来，对这点小节，江海天也就不怎么注重了。

江海天抬头一望，只见月亮已挂枝头，是应该回去的时候了。但江海天疑团未释，想了一想，又再问道：“竺尚父的事不必说了，我问你另外一个人，华山医隐华天风老前辈你可认识？”

叶凌风装出几分惊诧的神气，说道：“我记得去年我来拜师之时，师父似曾问过我的。”

江海天道：“是么？我记性太坏，所以再问你一次。”

叶凌风道：“华老前辈的女儿，是我未曾见过面的婶婶。我本来应当以小辈之礼去拜见他的。但我恐怕消息传回本国，我叔叔会把我找回去立我为王，这就违背爹爹当年让位之衷了。所以我虽然三过华山，却始终没有去拜候过他老人家。”

叶凌风为了拖延时间，故意说了一些闲话。但因前言后语总要相符，所以他也不得不再次承认是未曾见过华天风。

江海天道：“那么，你在拜师之前，可曾把你的身世来历透露给任何人知道?”

叶凌风正是要师父有此一问，否则他就无法给自己“解释”了。当下，他装作想了一想的神气，说道:“只告诉过一个人。”

江海天诧道:“是谁?”

叶凌风道:“是我的结拜大哥萧志远。我本身的秘密，本来不想告诉外人的。但萧大哥可不是外人。我与他既然撮土为香，结成手足，就似乎不应再瞒他了。我想萧大哥是个至诚君子，想必也会为我守口如瓶的。不知师父认为我做得对否?”

江海天是个最重视义气的人，说道:“是萧志远么? 那你告诉他倒也无妨。”

叶凌风说道:“师父，听说你这次上了华山，不知可曾从华老前辈那儿，听到我萧大哥的消息?”

江海天道:“什么? 萧志远不是已回小金川了吗?”

叶凌风道:“萧大哥前次与我分手之时，曾与我提过，他想到华山一行，向华老前辈讨一点药，然后再回小金川的。就不知他去了没有?”

萧志远的祖父萧青峰和华山医隐是同一辈的好友，萧志远去向他讨药以备日后军中应用，这也在情理之中。江海天不由得又相信了几分，心中想道:“怪道我义父对凌风的底细知得清楚，原来是萧志远和他说的。”

但虽然如此，江海天也还未能全然无疑。江海天正在用心思索，准备再找些问题问他的时候，忽地有人匆匆跑来，远远的就高声叫道:“江大侠，江大侠!”

原来是邙山派的长老路英豪，来找江海天回去开会。

江海天很是不安，说道:“其实你们不必等我的，如今却是教我耽搁了大家的时间了。”

路英豪笑道:“今晚这个机密会商，大家都是唯江大侠马首是瞻。别人可以少得，就是不可以少了你，所以我也顾不得失礼，来催你了。”

江海天不愿以私害公，只好将盘问叶凌风之事搁在一边，连忙与路英豪回去。

叶凌风得钟展打通了三阳经脉之后，功力大增，与路英豪已是不相上下。江海天虽然轻功超卓，但为了礼貌，不能把路英豪太过抛在后头，只好稍稍放慢脚步，与路英豪并肩而行。叶凌风亦步亦趋地跟在后面。

三人展开轻功，不消多久，就到了药王庙。江海天忽道："凌风，你不必进去了。你原来是住在什么地方的，早点回去安歇呢。"

路英豪笑道："叶少侠是你的掌门弟子，我正想请他参加此会呢。"

江海天道："不必了，咱们这个会说好了是各派首脑之会，不可乱了规矩。"

路英豪道："江大侠，你也太古板了，多一个人又有何妨？你新建门派，你的掌门弟子，也算得是一派首脑了。"

江海天道："有我在此，就不必再要他参加。怎可因为我的关系，让小辈乱了规矩！"

叶凌风满面通红，原来他是想混进会场的，给师父斩钉截铁的拒绝，只好应了个"是"字，灰溜溜地走开。

江海天进入秘密会场，各派掌门人与有资格参加此会的武林名宿，都已到齐，就只等待他来，就可以开始了。

谷中莲惴惴不安，上来接他，用眼色探问。江海天面露笑容，微一摇头，表示还找不出可疑之点。这是他们夫妻之间做惯的一种表情，谷中莲一看就明白了他的意思，心中大为快慰。她怎知道丈夫虽然找不到可疑之点，其实却也对叶凌风多少有些怀疑的了。不过在大庭广众之中，不便公开和她谈论而已。

会议按照计划进行，在谈了各方今后应该如何紧密联络合作抗清的一些具体方案之后，第二部分，就谈到如何支援各路义军。

当前已有小金川，闽南和鲁西三处的义军起事，其中形势最危险的则是小金川一路。青城派掌门辛隐农受了小金川义军首领冷天禄之托，呼吁立即征召可靠的好手，火速入川。辛隐农第一个就提出叶凌风的名字。

辛隐农道："江大侠，令徒想必已经禀告你了？"江海天道："禀告什么？"辛隐农道："凌少侠已经答应了入川赴援。"江海天一皱眉头，说道："是么？我还未知道呢！"

辛隐农以为他们师徒俩谈了这许多时候，这件事情必定早已商量过了，哪知江海天竟然还未知道，而且又似乎有不乐意的样子，辛隐农不觉大感诧异。

仲长统道："事情是这样的，小金川的冷家叔侄和萧志远都希望令徒能够入川相助，他们托辛掌门捎来了口信。当时你还没有回来，令徒不敢自己作主。是我拍了胸膛担保你一定同意，他才敢答应的。要怪你只能怪我，可不能怪他。"

辛隐农笑道："后来你的夫人也以师母的身份同意了的。想来你不会不准许吧？"

谷中莲隐隐感到蹊跷，她是熟知丈夫的性格的，若在平时，江海天是个"赴义恐后"的人，不必别人提出，恐怕他也要命令徒弟参加。但现在他却是这副神气。

谷中莲心里想道："难道海哥对风侄还有怀疑？但他刚才不是已经盘问过的？既然没问出可疑之处，就该相信他才是。"

辛隐农既然提起了谷中莲刚才的说话，谷中莲理该替他证实，当下说道："风侄虽然入门未久，武艺未成，但难得有这个机会，让他跟着大伙儿历练历练也好。"

谷中莲说话甚为得体，替丈夫找了个借口，免得众人发生误会。江海天暗自思忖："凌风虽然有点可疑，但想来不至于便是奸细。"他碍着仲长统的面子，只好哈哈笑道："仲帮主言重了，我只是怕小徒本领不济，难堪重任。既然仲帮主要保他去，我岂有不许之理！"

辛隐农笑道："江大侠客气了，你的掌门弟子，本领再差也差不到哪里去。我正要和你商量呢，谷掌门刚才说是让你的弟子跟着大伙儿，我的意思恰恰相反，是想他走在大伙儿的前面，作个头儿！"

江海天吃一惊道："这怎么可以？"

辛隐农道："你且别忙着推让，先听我说说。这次咱们选派入川赴援的义士，必须是绝对可以信任的人才行，对不对？"

江海天道："不错啊！如今差不多可以断定是有奸细混进来的

了，当然应该格外谨慎才是。”

辛隐农道：“着呀！这么说，叶少侠就是再也适当不过的了。第一，他是大家都相信得过的；第二，他和萧志远是结义兄弟，与冷天禄的侄儿冷铁樵又是老朋友，将来和小金川的义军配合，由他领头，办起事来就方便得多。”

江海天拗不过众人，只好答允。

辛隐农道：“救兵如救火，这一支援军，明天就要出发。我的意思是贵精不贵多，请各位掌门人现在就挑选各人门下绝对可以信任的弟子，立即编成这支援军。”

武林以师父为尊，可以替弟子决定一切，无须征求本人的同意。当然这些正派的掌门人也不是胡乱决定，而是经过了慎重的考虑，除了忠实可靠这一条件之外，还考虑到其他方面是否适宜，这才替他们的弟子报上名的。

拟好名单，已是三更时分。参加英雄大会的共有一千多人，挑选出来的这支援军只有一百人。钟展也替他的儿女钟灵、钟秀报上了名。

辛隐农很是高兴，说道：“有一百人也很够了。小金川方面缺乏的不是兵源，而是有本领的人才。老百姓都是要抗清的，小金川附近的十数州县，据我所知，暗中都已有了义军组织，咱们这些人一去，就等于散播了一百个火头，可以带领老百姓揭竿而起，从外面解小金川之围。”

江海天听得这支援军的任务如此重大，心中更是七上八落，暗自想道：“凌风大概不至于是奸细的，但现在已有了一点蛛丝马迹，教我对他的来历不能全然无疑。而且他也是个初出茅庐的人，万一有什么差错，教我如何对得住大家？”

但叶凌风的职务已经决定，江海天也不能变更，只好提出以钟灵为副。这提议获得了通过。

决定了赴川的援军人选之后，又讨论了其他一些事情，散会之时，已是将近天亮的时分了。

谷中莲本来是和女儿同住一间房的，江海天跟她回到房中，却不见江晓芙在内。

江海天道：“这孩子不知到哪里去了，要不要去找？”

谷中莲道：“在这里不会失落的，她这两天和钟秀十分相得，形影不离。或者她是有意让你我相聚，自己跑到钟秀房中去了。对啦，你盘问风侄的详情如何，现在可以说了。”

谷中莲听了他盘问叶凌风的经过之后，说道：“他解释得很合情合理，我看你是不必多疑心了。”

江海天道：“但他为什么一直等我问起他才解释？竺尚父之事他是因为有他爹爹的告诫，这还说得过去。但萧志远说是要上华山，他为何从不提及？”

谷中莲笑道：“你对弟子一向威严，极少与他们谈心。或者他觉得这是无关重要之事，你没问起，他也就无谓多说了。”

江海天叹了口气道：“凌风年少老成，一向我都是相信他的。但现在同时揭露的几桩事情，都是与他有关的。我也就不能不有点疑心了。”

谷中莲道：“以你的身份，是该多加小心。但竺尚父这桩事情，与及你义父遗言中的可疑之处，凌风都已经解释过了。你觉得还有什么需要盘问的么？我是觉得小心固然应该，但也不宜太多疑心，免得造成你们师徒的隔阂。”

江海天道：“你说得是，这两件事我也不打算再问他了。但还有一件事情，我仍然要查个水落石出。”

谷中莲道：“你是说的尉迟炯夫妻被害之事？”

江海天道：“不错。我觉得最可疑的还是曲沃之事，尉迟炯是在那儿落入鹰爪之手的，而凌风也恰好是在那天离开。据凌风说是他根本未见过尉迟炯之面，但究竟有没有见过，我不能便听信他一面之词。

“如今尉迟炯还在狱中，无可对证，再盘问凌风也没有用。我反正已决定了要到京师营救尉迟炯，但愿能够成功。”

谷中莲道：“不错，只要救得出尉迟炯，你一问他，立即便可以真相大白，那么，一切都等待你到了京师再说吧。”

江海天道：“我目前最挂心的是凌风入川之事，他当了援军的首领，万一出了什么岔子……”

谷中莲笑道："他总不至于是奸细吧？"

江海天道："我也相信他不是，但来历未明，也难保不出岔子？"

两夫妻正在说话之间，江晓芙已经回来。一进房门，就带着非常兴奋的神气嚷道："爹爹，妈妈，你们都在这儿，这好极了。我正要向你们请示，许不许我去？"

江海天道："去哪里呀？这么着急？"

江晓芙喘过口气，说道："除了小金川，我还会去哪儿？爹，我告诉你，我已经和钟秀姑姑谈过了，钟姑姑很想我和她同去，咱们两个女的，一路上也好作伴呢。爹爹，你可不能令我辜负钟姑姑的好意，准我去吧！"

江海天笑道："你先别着急好不好？我想问你几句话。"

江晓芙道："好，只要你准我去，你要问什么，尽管问吧。"

江海天道："你喜欢不喜欢你的大师哥？"

江晓芙红了脸，带着几分着恼说道："爹爹，你为什么要问这个？这和我赴川之行，有何关系？"

江海天纹丝不笑，一脸正经地说道："当然是有点关系，我才问你。在父母面前，你用不着害羞，你究竟是否喜欢大师哥，你实话实说。"

江晓芙一向敬佩信服她的父亲，知道父亲不会拿她来开玩笑，虽然她不明白父亲用意，但也隐隐感到事情的严重，于是收起了娇嗔之态，认真答道："不喜欢！"

江海天道："为什么？"

江晓芙道："不为什么。我就是觉得他和我合不来。有时他对我过分殷勤，我甚至还有点讨厌他！"

江海天吁了口气。谷中莲则微一蹙眉。江晓芙看了母亲一眼，道："当然，他是我的大师兄，我也是尊敬他的。妈，我知道你有点偏心，你就是喜欢大师哥，不喜欢二师哥。"

谷中莲颇为难过，说道："芙儿，你还在为着我赶走你二师哥的事生我的气么？"

江晓芙嘟着小嘴儿道："那件事情明明是二师哥受了冤枉的。"

江海天道："芙儿，不许这样说你母亲。大师哥是你母亲的亲侄儿，她对侄儿多关心一些，那是有的。但我知道你母亲处事公平，要说她对徒弟偏心，那是绝不会有的。你二师哥受嫌被逐之事，我已知道。假设当时是我在家，我也会这样做的。不过，你可以放心，真的不能作假，假的不能当真。你二师哥倘若是当真受了冤枉，我自会给他查个明白。我可以告诉你，这次大会散了之后，我就会到京师营救尉迟炯，同时，调查你二师哥的事情。他若受了冤枉，我负责替你把他找回来！"

江晓芙见父亲说得如此肯定，不觉破涕为笑，说道："爹爹，这才是好爹爹。"

谷中莲佯怒道："妈就不好了么？"江晓芙是一向和母亲撒娇惯了的，便即扑到母亲身上，说道："妈，我说得过分，我向你赔罪。我知道你是疼我的，你也是好妈妈。但我已经不是小孩子了，你不能像我小时候一样，我不喜欢吃的东西，你说对我有益，就非要我吃了不可。"

江晓芙这几句话虽然仍是充满了孩子气，但听在谷中莲的耳中，却是深受感触，觉得很有理由。

谷中莲不觉揽住了女儿，苦笑说道："芙儿，你说得不错，我是忽略了你已经长大了。你喜欢什么人，你是有你自己的主意了。妈以后就任从你的主意，你喜欢谁就喜欢谁，这，你满意了吧？"

谷中莲的话语像一阵清风，吹去了江晓芙心头的阴翳。江晓芙心中甜丝丝的，脸上却不由得泛起红霞，娇嗔说道："妈，你又来啦，女儿可没有说要喜欢谁。"

江海天一声咳嗽，清清喉咙，说道："芙儿，现在可以说到你的正事啦。"江晓芙连忙问道："怎么样，可以让我去吧？"

江海天点了点头，说道："起初我是有点顾虑，现在听你一说，我知道你并无私心杂念，我就放心啦。好，你明天可以跟你钟姑姑一同走了。"原来江海天起初害怕女儿是怀着男女私情，为了喜欢叶凌风才要求入川的。所以他要先问个清楚。

江晓芙明白了父亲的用意，心中有点好气又有点好笑，想道："爹怎么会以为我喜欢大师哥的？"她怎知道父母爱子女之心，无微不至，江海天既然觉得叶凌风尚有可疑，他当然要为女儿顾虑周详，防她上当。另一方面江海天又是个大公无私的人，他也不愿意女儿是怀着私心杂念才去参加义军。

江晓芙虽然有点“受委屈”的情绪，但这点轻微的不快比起巨大的高兴来，那就不算得什么了。她所求的目的既达，欢喜得跳起来道：“妈，快帮我收拾行装。爹，你说错啦，不是明天，是今天。”原来东方已露出一片鱼肚白，按照计划，天亮之后，这支援军就要出发了。

江海天笑道：“瞧你喜欢成这个样儿。你让妈给你收拾吧，你不用动手了。你过来，我还有点要紧的事情和你说。别着急，到天光大白，最少还有半个时辰呢。”

江晓芙喜滋滋地走到父亲身边，说道：“爹爹有何吩咐？”

江海天说道：“芙儿，你今年已经十八岁，爹爹是把你当作懂事的大人看待了。你仔细听我说，要好好领会我的意思。”

江晓芙最喜欢的就是别人把她当作大人，于是不知不觉的也学了父亲正襟危坐的样子，一脸正经地说道：“孩儿懂得，孩儿听着！”

江海天缓缓说道：“这次你大师哥率队入川，我有点放心不下。一来是怕他初出茅庐，难当重任。二来他也年纪还轻，你们这支援军，将来的艰难困苦是意料中事，万一你大师哥受不起磨练，有甚行差踏错，丢了我的脸还不要紧，败了义军之事，事情可就大了。这不是我不信任他，而是凡事总要有个预防的好。你懂得我的意思么？”

江晓芙道：“女儿明白。你要我帮他么？但我也不懂得怎样才能防止他行差踏错呀？”江晓芙要求入川只是凭着一股热情，她可完全没有考虑过这些问题。听了父亲的话，才开始感到责任重大，心中不禁有点惴惴不安。

江海天说道：“好在钟灵当上了这支援军的副统领，他年纪大些，武功固然不错，见识也不弱。等下我会交代你的大师哥，凡事都应该先与钟灵商量。”

江晓芙如释重负，说道：“对啦，有钟叔叔辅助大师哥，同时负起监督的责任，那就没有女儿的事啦！”江晓芙因为有点讨厌叶凌风，所以，总希望尽可能不必与他接近。

江海天笑道：“不，还有你的事情。有些话我是不便当着众人交代钟灵的，而且等下送行，也不容我和他细说，所以要详细地吩咐你，让你代我告诉他们兄妹。”

江晓芙道：“哦，原来如此，这个容易。”

江海天道：“虽然不过是带几句话，但也要经过脑筋仔细想想。你现在用心听我说吧。

“我刚才说过，要你的大师哥凡事与钟灵商量，假如他阳奉阴违，有哪桩事情是瞒着钟灵的话，你们就要特别当心，多与一些人商量，看这桩事情对大家是有害还是有利的了。如果是有害的，就应该马上制止。”

江晓芙迟疑了一下，问道：“大师哥是首领，每天必然要应付许多事情，假如钟叔叔恰好不在场呢？又比如他有意瞒着一些事情，我们又怎能知道呢？”

江海天笑了一笑，很是满意，说道：“芙儿，你也会用一点思想了，很好，很好。但你要知道我的意思，主要就是唤醒你们的注意，不能因为大师哥是自己人，就丝毫也不提防。只要记着这一点就行了。

“有些日常的事务，钟灵自然不必样样干预。我相信你把我的话告诉钟灵，他心里也会有数的。

“至于说到怎能知道他瞒着什么事情，这就要你们多加留意了。而且，俗语有说：‘若要人不知，除非己莫为。’尤其是关系众人利害的事情，那更是不能瞒得过去的。

“最后，也是最重要的一点，假如你的大师哥做了什么错事，错得很严重的话，我准许钟灵动武，将他拿下或废掉他的武功！不必顾虑到我的面子！”

江晓芙骇然道：“有这么严重？”

江海天说道：“我是预防为主，并非就认定了你大师哥将来会做坏事。我和你说的这些话，你只能告诉钟灵兄妹，却绝不可以和外人乱说，免得以讹传讹，影响军心。还有，你对大师哥也仍是要尊敬的，除非他当真做了坏事。我的全部意思，你都懂得了么?”

江晓芙抹了一额冷汗，说道:“女儿懂得。”其实她还是半懂不懂的。

朝阳从窗口射进来，不知不觉已是到了出发的时候。江海天道:“好，你可以走啦。我和你妈随后就来。”

谷中莲早已替女儿拾好行装，爱怜问道:“芙儿，你一晚没睡，可感困倦，我给你拾了一包常用的药品，还有一支千年老参，最能提神补气。”江晓芙笑道:“我只觉得有一股劲没处使用似的，精神比平日还要好呢。”

谷中莲道:“好，这次说不定你要离开爹娘几年，也可能过着很苦的日子，你可要懂得自己当心身体。”江晓芙道:“我不是小孩子了，会懂得照料自己的。何况还有钟姑姑和我一起呢。”她深深感到父母的疼爱，但也害怕母亲唠叨耽误时候，于是接过背包，跳跳蹦蹦的便出去找钟秀了。

谷中莲摇了摇头，说道:“这孩子真像你我年轻时候一样。”听似不满，实是赞许。

江海天道:“我这样处置，你不会怪我对你的侄儿太苛吧。”谷中莲道:“这是防患未然，我怎会怪责你呢?但愿你早点查明真相，凌风能脱嫌疑。更愿他这次能好自为之，给师门增加光彩。”谷中莲一向对叶凌风很有好感，直到现在，她还不相信叶凌风会是坏人。

江海天明白妻了的感情，不愿和她再谈论叶凌风之事，于是夫妻同去送行。

这支援军已经集中待发，各派掌门人和他们的父、师、好友都来送行。江海天找着了叶凌风和钟灵，将他们拉在一起，郑重地嘱咐了叶凌风，要他遇事必须与钟灵多多商量。钟灵年纪与叶凌风相若，在武林中的辈分则高一辈，如今当了叶凌风的副手，在钟灵心里，以为江海天说的是客套话。叶凌风七窍玲珑，却隐隐感到师父对他已有猜疑之意，心想:“好，你叫钟灵来监视我，我倒要好好地对付他了。”

叶凌风唯唯诺诺，师父说一声他就应一声，钟灵倒觉不好意思，也说了一些客气说话。江海天和他们说了一会，钟灵父母也来寻找他们，李沁梅一手携着女儿钟秀，一手携着江晓芙，笑嘻嘻地说道："这次你们四个人一同出发，必须要像兄弟姐妹一般相亲相爱，你们岁数都差不多，以后不必再拘论什么武林辈分。"钟展也吩咐儿子，要他严守纪律，与叶凌风亲密合作。钟灵父母的吩咐，恰恰抵消了江海天那番说话。江海天正想再说，辛隐农和大悲禅师等人也都来到了，辛隐农要把川中情况给叶凌风作个扼要的交代，江海天就没有说话的机会了。

江海天不便再说，心里想道："只要芙儿把我和她说过的那些话，一一告诉钟灵兄妹，钟灵自必明白我的意思。"

队伍出发以后，江海天在归途上与谷中莲说道："钟大侠夫妻对咱们的芙儿和风侄倒似乎是很投缘。"谷中莲道："风侄的三阳经脉就是钟大侠给他打通的。"江海天道："怪不得我昨天试他武功的时候，觉得他的功力大为增进，原来是钟大侠送他的这份厚礼。"江海天只道钟展是爱屋及乌，并没想到其他用意。

哪知道钟展夫妇是另有一番心意。原来他们这次南来，是有心为子女物色佳偶的。叶凌风是江海天的掌门弟子，且又风度翩翩，"知书识礼"，他们早就看中了他，希望叶凌风将来变成他们的女婿。另外，他们也希望江晓芙成为他们的媳妇。不过，江晓芙年纪还小，叶凌风和钟秀则已到了可以成家的年纪，所以他们对促成女儿的"好事"，就显得较为心急一些。

但他们也是通达人情的父母，懂得男婚女嫁应该让双方欢喜才行，女儿与叶凌风刚刚相识，还未到论婚时机，是以未曾与江海天提及。这次他们让女儿参加义军，固然主要乃是为公，但同时也是想令女儿与叶凌风多些接近的机会。钟展夫妇的这番心意，江海天不知，他们的女儿则是知道的。钟秀为叶凌风的外表所迷惑，私心对他亦已是有了几分恋慕。

江海天布置好的局面是要女儿，与钟灵兄妹联合来防范叶凌风的，但他却丝毫没有觉察到这些儿女隐私，以致后来又生出许多波折，这是后话。

且说这支援军出发之后，邙山的英雄大会，继续开了两天，就结束了。江海天急着要往京师营救尉迟炯，便和妻子说道："我不打算回家了，请你代我向爹爹告罪。"谷中莲笑道："爹爹难道还不知道你这副急性子吗？他只要知道你平安无事，他就会放心的。爹爹现在有了棋友，也不怕寂寞了。我回家见他一见，也准备作个远行呢。"

江海天怔了一怔，道："你又要往哪儿？"谷中莲笑道："为你分劳呀。你义父不是要你到马萨儿国报信的吗？还有那箱医案，也应该早日交给碧姐。"

江海天恍然大悟，说道："不错，你已有将近二十年没回娘家了。趁这个机会与家人相聚，也好还了你一桩心愿。还有风侄的事，你也可以和二哥说说。"说罢把那只装着华天风一生医案的小箱子交给了谷中莲，夫妻俩就分手了。正是：

为探真情图劫狱，风尘仆仆不辞劳。

欲知后事如何？请听下回分解。

第三十五回　谎话捏来瞒侠女
灾星得脱遇师兄

江海天与妻子在山下分手，分手之处，正是他那日遇见杨芃的地方。江海天想起那日之事，不禁又后悔一番，心道："真想不到杨芃那布袋里装的是轩儿，眼睁睁的让他走了！"

江海天对徒弟并无偏心，但在三个徒弟之中，李光夏未曾正式拜师，暂且不算。林道轩一来是年纪最小，二来是和他相处的日子较长；三来又由于他的父亲是天理教教主林清的关系，林清生死未卜，江海天自觉对林道轩多了一重责任。江海天没有儿子，他对于林道轩是有着如同父子的感情的。

江海天心里想道："连记名弟子李光夏在内，这两年来我接连收了四个徒弟，想不到如今却只剩下了叶凌风一人。而叶凌风又不可靠。"武林中人最重视衣钵传人，江海天想起这几个弟了各有各的不幸遭遇，心中好生感慨。

江海天又再想道："竺尚父虽然答应给我索回轩儿，但杨钲的真面目已经显露，他还怎敢再见襟兄？而且杨钲诡计多端，竺尚父还未必能应付他呢。我可不能完全依靠于他，自己也得留心寻找。"

江海天是三天之前在这里遇见杨芃的，这三天天气晴朗，江海天小心寻找，找到了几个还未曾湮没的蹄痕，辨明了方向，正是指向北方，江海天心道："我此次北上京华，正好沿途打听。想来杨钲父子拿了轩儿，十九也是要解上京师报功的。"

江海天念念不忘要寻回徒弟，他怎知道，林道轩此际也正在急欲寻他。

花开两朵，各表一枝。江海天北上京华，暂且按下不表。且说林道轩那日被杨芃用独门点穴手法，点了穴道之后，便即不省人事。也不知过了多少时候，忽地似在睡梦之中，蒙蒙眬眬的听得师父的声音，林道轩慢慢睁开眼睛，只觉黑漆一团，不知身在何处，而师父的声音也听不见了。

黑漆之中但听得呼呼风响，便似腾云驾雾一般。林道轩张口想喊，喊不出声，想转动一根指头，都不能够。林道轩心道："我这是在做梦么？"好不容易才渐渐恢复了记忆，想起了昨晚的遭遇，知道是着了杨芃的道儿。

杨芃的独门点穴手法十分厉害，林道轩被点的是"昏睡穴"，已经过了四个时辰，本来还要再过十二个时辰才能醒来的。只因林道轩练的是最上乘的内功，虽然火候还差得远，但气息已能自行运转，所以只不过四个时辰便醒过来了。但也只是有了知觉而已，穴道依然未解，还是不能动弹。林道轩学过运气冲关的解穴方法，可是他功夫还浅，所受的又是重手法点穴，要把真气一点一滴的凝聚起来，谈何容易。

且说杨芃见江海天将他的同伴擒了，吓得心惊胆颤，生怕江海天会来追他。于是急急忙忙地催马飞奔，他那匹坐骑乃是青海进贡的御马，有日行千里之能。林道轩在布袋中有腾云驾雾的感觉，就是因为快马疾驰之故。

杨芃一口气跑出了数十里，回头一看，并无追兵，方始放下心上的石头。可是同伴已经被擒，怎么办呢？

他这个同伴本来是御林军的一个军官，奉命接应他的。他的父亲杨钲因为要给他抵挡追兵，而且事成之后，又还要去另一个地方，不能与他同路，所以早就吩咐过他，叫他跟着那个人走，一同把林道轩押上京师。

杨芃是有几分小聪明而又喜欢逞能的小伙子，危险一过，逞能之念油然而兴，心里想道："江湖上的第一流高手差不多都已集中邙山了，一些寻常的小角色我还怕对付不了吗？好，我正好一个人把林道轩押上京师，扬名露面！到了京师之后，御林军的统领我总是找得着的。"

但尽管他有几分胆量，也还是害怕邙山有人追来，总是要离开邙山越远越好，一路上他马不停蹄，饿了就啃干粮，经过市镇也不敢停下进食。

他是清晨时分碰着江海天的，人不离鞍地跑到将近黄昏时分，估计已跑了四五百里，危险的可能性是越来越小了。此时他早已疲累不堪，饿还好受，渴更难堪，于是就在路边的一个茶店歇脚。这茶店是兼卖酒食的。

他把装着林道轩的那个布袋搁在座头，心里想道："还有四个时辰，这小子才能醒来，料想不至于有甚意外。但我得替他准备一些食物，待他一醒，就喂他吃，免得饿坏了他。"

店小二见杨芃一个公子哥儿模样的人，随身却带着一个"大米袋"，不免多看了两眼。杨芃喝道："你老瞧着我干嘛？怕少爷没银子给你吗？这锭银子拿去，给我先泡一壶好茶，然后配几样小菜。"店小二心道："这小子脾气倒大。"应了一个"是"字，便去冲茶。

店小二端来了一壶热茶，给杨芃倒茶，眼睛却不禁盯着他那个"大米袋"，杨芃怒道："少爷不用你伺候，给我走得远些！"作势便要一掌将他推开。那店小二吓了一跳，一杯热茶都倾泻在那布袋之上。

林道轩经过了大半天的努力，渐渐凝聚真气，穴道虽然还未能够解开，身体已是稍稍可以动弹。给这杯热茶一淋，本能地生出反应，在布袋里动了一动。

店小二倒泻了茶，慌忙用袖子揩抹，忽见布袋会动，手触处已感到一团软绵绵的肉体，只不知是人或是别的生物，这一惊当真是非同小可。

杨芃大怒，喝道："你敢乱摸我的东西，我杀了你！"正要一掌击下，忽听得有个清脆的少女声音叫道："咦！芃哥，你怎么会在这儿？什么事情生这样大的火气？"杨芃慌忙缩手，那店小二也慌忙躲过一旁。

只见进来的是一男一女，都不过十五六岁年纪。杨芃见了这两个人，不由得暗暗叫声："苦也！"

原来这少女不是别人，正是竺尚父的女儿竺清华。跟在她后头的那个少年，则是李文成的儿子李光夏。

杨钲父子本来商量好了一个阴险的计划，由杨钲到竺家去把竺清华与李光夏骗出来，只要一出了竺家，就可以任由杨钲摆布了。杨钲准备迫竺清华与杨芃提早成亲，同时把李光夏押往京师领功。

这是一石两鸟的计划，在杨钲的想法是，竺尚父本来要招他的儿子为婿的，成亲之后，竺尚父爱屋及乌，料想不致和他翻脸。另一方面，他把天理教两个最重要的人物的儿子都捉到京师，这功劳当然不小。他是希望当上大内总管或御林军统领的，有了这个功劳，说不定就可如愿。

杨芃与上官泰的女儿上官纨年纪相当，他一向也比较喜欢上官纨，两人虽没海誓山盟，亦早已心心相印了。竺清华比杨芃小差不多三岁，今年还是个十六岁未足龄的姑娘，杨芃过去与她相处，不过是小孩子玩耍的同伴而已。竺清华固然未解风情，杨芃对她也谈不上有什么爱意。

但杨芃一向听父亲的话，他自己也想得到大姨父的武功，所以还是同意了父亲的计划。杨钲也正是因为要往竺家行骗之故，故此不能和儿子一道同往京师。

他们父子的算盘打得如意，不料竺清华并不是在家中等待杨钲行骗，她私自出来了，而且还带走了李光夏。又无巧不巧的，恰恰在这里遇上了杨芃。

这一来不仅是他们的计划落空，杨芃还得担心给他们发现布袋的秘密。

杨芃忙把布袋挪动到身边，用自己的身子挡住他们的视线，说道:“没什么，这店小二毛手毛脚，倒泻我一杯茶，我骂了他两句。竺表妹，你怎么又私自离家了?”

竺清华道:“爹爹本来是不许我下山的。他大约怕我捣蛋，连他出门的原因也没告诉我，可是他不告诉我，我也有办法打听，他一出门，第二天我就知道了。原来他是赶邛山参加英雄大会，还要与江大侠相会呢。你想有这样难逢的盛会，我怎能还待在家中，不赶来瞧瞧热闹?”

杨芃笑道:"我知道一定是大姨告诉你的。"

竺清华道:"不错,我妈缠不过我,只好让我出门。怎么,你不是也要跟你爹爹参加邙山之会的吗?却怎的独自一人在这小店里乱发脾气?"

杨芃道:"我的事慢慢再谈,华妹,你的胆子可真不小,但你一人出来也还罢了,怎的把你的书童也带出来。你不知道你的爹爹曾有严令,不许童仆私自下山的吗?不如让你的书童跟了我吧,我替你设法遮瞒。"杨芃深知竺清华任性的脾气,此时若要拦阻她前往邙山,她定然不肯答应。只好不得已而思其次,希望把李光夏骗到手中。

竺清华听了这话,很不高兴的样子说道:"你知道光夏是谁?他是江大侠的记名弟子,我爹爹对什么人都看不起,就只是对江海天有几分佩服。所以当他知道了光夏的身份之后,早已对他另眼相看啦!他现在虽然和我读书、练武,但却并非我的书童。我们现在是以姐弟相称,他是我的小弟弟,你可不能欺负他!"

原来竺清华因为那次在山神庙遇险之事,她和那姓安的老仆,受到祁连三兽的围攻,李光夏不顾危险,曾仗义执言,帮助了她。所以,她从第一次见面起,就对李光夏极有好感。到了两人作伴之后,她和李光夏的情感,就更是日益增进了。

十六岁年纪的小姑娘,正是情窦初开的时候,因此,虽然相处不过一年,李光夏在她心中所占的位置已渐渐超过了杨芃。女孩子成熟得较早,天性中又有"保护弱小"的感情,喜欢将年纪相若的男孩子当作"弟弟"保护,因之竺清华也总是以李光夏的"大阿姐"自居,亲昵地称他为"小弟弟"。其实,李光夏虽然比她小一岁,但骨骼粗大,却比她高半个头。

杨芃听了他们姐弟相称,心里更不舒服,冷冷说道:"你欢喜和底下人称姐道弟,那也由你。但我可要劝你不必再往邙山了,纵然要去,也不能让李光夏去。"竺清华道:"为什么?"杨芃道:"你爹爹昨天在邙山与江海天比武,两人都受了伤。约期在三天之后再比,如今你爹爹正在生江海天的气,你还怎能带江海天的弟子去见他?"

竺清华吃了一惊，道："有这样的事？我爹爹说过是只想与江大侠切磋武功的。"

杨芃一脸正经地说道："这是我亲眼见的，哪能有假？不错，你爹爹只是想切磋武功，可是江海天却未必是这样想法。而且高手比斗，难免都有争胜之心，又焉能恰到好处？这次比武，是江海天先用狠毒的手法伤了你的爹爹，你的爹爹才发起怒来，也伤了他的。"

杨芃又道："你爹爹的脾气你是知道的。他生平从未吃过别人的亏，这次给江海天打伤，虽然后来报回一掌，但也总是恨在心头的了。你爹爹正在火气头上，你还带光夏前去见他，这可不正是自触霉气？"

竺清华道："夏弟不过是个孩子，我爹爹总不至于就杀了他。"

杨芃道："你爹爹或者不会杀他，但总不会把他交回江海天的了。你爹爹喜怒难测，说不定也可能废掉他的武功。"

竺清华半信半疑，给他说得也有了几分害怕，于是便向杨芃讨教："芃哥，那你说该怎么办？"

杨芃道："你爹爹叫我回去给你妈报讯，你们不如就随我回家吧。"

竺清华道："不，我爹爹受了伤，我一定要去照料他。"

杨芃道："好，那么光夏跟我回去吧。如今正在有人设法给他们调解，但愿这场风波能够平息，那时双方怒气过了，你再求我姨父让你去找师父，也还不迟。"

李光夏也摇头道："不，我不跟你走。好坏我也要到邙山见见我的师父。"杨芃发现他说话之时，眼睛直瞅着那个布袋。

原来李光夏年纪虽小，江湖经验却远胜竺清华，人又极是聪明，所以一见这个大布袋，便起了疑心，暗自想道："走江湖的人随身携带的最多不过是几件替换衣裳，哪有带上这种笨重的大布袋的？尤其是杨芃，他既然有紧要的事，急着赶路，就更不应该给自己多添累赘了。"另外他也讨厌杨芃以"主子"自居，瞧他不起。故而说什么也不愿意跟随杨芃。

杨芃半是作贼心虚，半是老羞成怒，登时翻了脸道："我抬举

李光夏冷冷说道:“你这布袋里装的是什么?”

你才要你跟我走，哼，你倒拿起架子来了！你别以为你是江海天的弟子，你现在可还是竺家的童仆身份！”

李光夏变了面色，冷冷说道：“杨大少爷，我就是不喜欢跟你走，你待怎样？”

竺清华连忙劝解道：“你们两人一人少说一句，行不行？”

竺清华有了几分怒气，说道：“芃哥，我早已说过光夏不是我家仆人，他是我的弟弟，你怎么可以这样侮辱他？”

杨芃尴尬笑道：“其实我也是为了他的好处，一时失言，你别见怪。”杨芃也有点害怕惹恼了竺清华，毁了自己的计划。

竺清华道：“芃哥，不是我说你，你的少爷脾气也是委实大了一些。好啦，大家都不要吵了，咱们还是从长计议吧。”

杨竺二人坐了下来，李光夏却不肯就座，说道：“你们商量你们的，我有我的主意。总之，我要前往邙山。”

竺清华道：“夏弟，你的脾气也是执拗了些。咦，夏弟，你去哪里？”

李光夏走了开去，说道：“我叫伙计给我们冲茶。”

原来那店小二惊魂未定，远远的站在一旁，还是出神地盯着杨芃的那个大布袋，连茶杯都忘记给他们拿来了。

李光夏走到他的面前，悄悄说道：“喂，你瞧什么瞧得这样出神啊？”

那店小二吓了一跳，蓦地指着杨芃问道：“客官，你这布袋里装的什么东西？”

原来那店小二在发觉布袋的“古怪”之后，又听得他们老是谈论些什么比武、伤人之类的事情，不由得怀疑他们是一伙“童匪”，说不定这布袋里装的就是哪一家被掳的孩童“肉票”。这店小二心想：“厨房里还有两个伙计，这三个童匪，我何必怕他？”就大了胆子发问。

杨芃大怒道：“多事！你管我的布袋装的什么？”

竺清华这才注意到这个布袋，笑道：“芃哥，你怎么带了这么一个大布袋呀？店小二问一问有何关系，我也觉得奇怪呢。装的到底是什么东西？总可以告诉我吧。”

杨芃慌忙遮掩，说道："没、没有什么，到了路上我再告诉你。"

李光夏道："我是童仆，你要赶路，我替你拿东西。"

杨芃大喝道："不许动。"

就在此时，那布袋忽地"咕咚"一声，跌了下来，布袋里，透出一个郁闷的叫声："夏哥，救我！"

原来布袋里的林道轩听得李光夏的声音，一急之下，猛地一股真气冲开穴道，身子已是能够动弹，立即大声呼救。

李光夏这一惊非同小可，连忙去抢布袋。杨芃跳过桌子，一掌向李光夏劈下，这一掌是杨家的杀手绝招，竺清华惊惶之中，无暇思索，骈指就向杨芃腰胁点去，竺清华年纪虽小，点穴手法却极精妙，点的是杨芃麻穴。

杨芃识得厉害，只得先避开竺清华点穴这招。李光夏又去抢那布袋。

杨芃焉能容忍他抢得到手？当下一招"锁龙手"迫退了竺清华，纵身一跃，后发先至，拦住了李光夏，便使出了大擒拿手法，要抓碎他的琵琶骨。

竺清华怒道："杨芃，你岂有此理，还要欺负他？"如影随形，声到人到，也是一招擒拿手法，以其人之道还治其人之身。不过她却并非想废掉杨芃武功，只是想解李光夏之困。

杨芃在背腹受攻之下，蓦地一个斜身，化抓为推，双掌分敌两人。竺清华的招数极为精妙，但气力却是远远不及杨芃，给他一推，不由得踉踉跄跄地退了六七步，几乎跌倒。

李光夏以全身之力，接了他的一掌，虽然也晃了一晃，却随即就稳住了身形。他的功夫是自小跟随父亲熬炼出来的，临敌的经验还在杨芃之上。杨芃的本领是胜过他，可是要想三招两式将他打倒，却是不能。

竺清华一向受杨芃奉承惯了，做梦也想不到杨芃会出手打她，这一气非同小可，"嗖"的就拔出剑来，指着杨芃喝道："好哇，你连我也欺负起来了。你停不停手？"

杨芃也横了心，抄起他那根青竹杖说道："华表妹，不是我欺负你，只是要你别管我的闲事。咱们是表兄妹，倘若你认为表哥还不及这小子和你的亲，那我也没有办法，只好任由你啦！”

杨芃口中说话，手底毫不放松，青竹杖如毒蛇吐信，招招都是指向李光夏的要害穴道。李光夏亦已拔出腰刀，使出了家传的八卦刀法。他这八卦刀法，封闭谨严，毫无破绽。但他的武功毕竟与杨芃相差还远，招架了十数招，已是险象环生。

竺清华气得柳眉倒竖，斥道：“好呀，你如此欺负我们，我倒要领教领教你杨家的天魔杖法了。”

杨芃以一敌二，脱不了身。但李光夏在他的杖势笼罩之下，也没法去抢布袋。竺清华本来可以抽出身子的，但她怕李光夏受害，不敢片刻离开。于是成了个相持的局面，只能似走马灯般的厮杀，竺李二人联手，恰恰与杨芃旗鼓相当。

那布袋是用一种特别的布料缝制的，十分粗厚坚韧，林道轩撕它不破，在布袋里大力挣扎，布袋滚到那店小二的身边，那店小二不敢参战，心想救人要紧，便去解那布袋，不料他心念方动，布袋尚未碰着，杨芃随手拿起桌上的一根筷子，当作短箭，就射入他的太阳穴，把他射毙了。

竺清华更是恼怒，骂道：“杨芃，想不到你竟是这样的人！你怎么可以滥杀无辜？”

杨芃冷笑道：“什么叫做滥杀无辜？这店小二不来抢我的东西，我会乱杀他吗？这布袋里的东西我是决不能让别人拿去的，表妹，我劝你也不好多管闲事了。否则，嘿、嘿……”

竺清华大怒道：“否则怎样？要连我也杀了是不是？”

李光夏也骂道：“这布袋里是我最要好的朋友，是人，不是‘东西’！你竟敢把他捉去，我是非救他不可！”

双方手上动武，口头也在骂战。在这时间，店中的几个伙计拿了火叉、菜刀都跑出来，杨芃一不做、二不休，把他们也尽都杀了。

竺清华动了真怒，说道：“好吧，你有本领就连我也杀了吧！你杀不了我，我可就要废掉你的武功了！”剑法骤然一紧，展开绕身游斗的步法，剑刺指戳，招招都是指向杨芃的要害穴道。

竺清华年纪虽小，家传的武学却是非同小可，招数要比杨芃精妙得多，所输的不过是气力不如而已。初时她因是姨表之亲，尚留三分情面，此刻她见杨芃如此狠毒残忍，连她都想杀害，手下还怎能留情？双方认真较量，杨芃若只单打独斗是可以胜得了竺清华的，但加上一个实力也颇不弱的李光夏，杨芃可就免不了渐渐处于下风了。

但在这样炽烈的火并中，竺清华当然更不能抽身去抢布袋。

布袋里的林道轩用力挣扎，这个布袋便似圆球的在地上滚动，滚到了门外，滚到了路上了。

杨芃眼看不敌，忽见一骑快马，跑到这路旁茶店的门前，马上的汉子“咦”了一声，立即下马，跑进店来。说道：“杨公子不要慌，我来助你。现在咱们是自己人啦。”

这汉子头上长着一个肉瘤，不是别人，正是祁连三兽中的“独角鹿”鹿克犀。

“祁连三兽”原来是给杨钲收服当作奴仆的，后来逃了出来，投奔大内总管朴鼎查，当了个挂名的卫士，实际的任务则是在江湖上充当清廷的密探，后来杨钲之所以归顺清廷，就是由他们拉拢的。

杨芃本来不知道这些事情，所以才有去年在藏龙堡附近的那一场误会，当时江海天在山洞中疗伤，给祁连三兽中的羊吞虎与另外几个军官围攻，杨芃与上官纨路过，杨芃为了惩戒“家奴”，这才出手助了江海天的一臂之力的。

杨芃当时不知道的事情，现在当然是知道了。一见鹿克犀突如其来，不由得喜出望外。

鹿克犀碰见杨芃，更是喜出望外，原来他这次正是奉命来接应杨芃的。

鹿克犀并不知道杨芃与竺清华之间的亲戚关系，但他却认得竺清华就是两年前和一帮人从他们“祁连三兽”手中劫走李光夏的那个小姑娘，如今又恰恰碰上他们在这里和杨芃厮杀，不由得更是喜上加喜，心中想道：“这真是一个难得的好机会，待我上去把这两个娃娃拿下，一来可以讨好杨芃；二来可以报这小妖女当年率众夺人之仇；三来抢回了李文成的儿子，解到京师，也是大功一件。”

鹿克犀打的如意算盘，可是杨芃却并不要他马上助战。鹿克犀冲入了茶店，当啷啷的抖起了鹿角叉，正要去拿李光夏，杨芃喝道：“这小子慢点收拾无妨，你给我把那布袋抢回要紧。”

原来杨芃素来骄傲，对自己的力量估计过高，他虽然处在下风，但却认为自己可以平反败局，最不济也还可以支持半个时辰，而那布袋则滚出了门外，他生怕给林道轩跑掉，故而必须先把布袋抢回，才能安心。

鹿克犀在茶店门前下马的时候，是仿佛曾经见过路上有个布袋的，但当时并没有怎么留意，听了杨芃的说话，这才怔了一怔，但他又以为是杨芃怕他争功，一怔之后，仍然不肯马上出去，又再问了一句道：“那布袋有什么要紧？这小子是天理教中一个首脑人物名叫李文成的儿子，可要比什么金银珠宝还要值价得多呢！”他还以为那布袋中大约装的是什么金银珠宝。

杨芃大怒道：“蠢材，我叫你去，你就快去！布袋里装的是天理教教主林清的儿子，比这姓李的小子更值价，你明白了么？”

鹿克犀这才如梦初醒，“啊呀”一声，抖起鹿角叉，立刻跑了出去。

林道轩在布袋中大骂道：“独角鹿，你是领教过我师父的厉害的，你敢再来害我，我师父岂肯与你干休？”

鹿克犀大笑道：“江海天在藏龙堡伤我之仇，我正要在你身上报复呢！嘿，嘿，待到江海天知道，你早已到了京师啦！”

鹿克犀正要跑过去抓那布袋，忽见路上有个行人，突然加快了脚步，恰恰比他早到一步，把那布袋先抢到手。

这个行人是个二十岁左右的少年，不是别人，正是江海天的第二个徒弟宇文雄。

宇文雄被师母逐出门墙，伤心之极，本来是想远走他方的。但他走了几天，在路上碰到知道他身份的熟人，告诉他邙山的英雄大会即将在清明召开的消息，问他为什么不去邙山，却单独一人在外面跑？那人还以为他是奉了师母之命，去请什么客人的。

宇文雄含糊应付过去，那人走后，宇文雄一想：“不错，我为何不去邙山？说不定师父会赶回来参加英雄大会，我就可以请求师父查明我的冤情了。”于是宇文雄改变主意，折回邙山，无巧不巧，恰恰遇上了这桩事情。

林道轩是在宇文雄被逐之后才到江家的，宇文雄本来不认识他。但他听得林道轩在布袋中与鹿克犀对骂，听出了林道轩的身份竟然是他的师弟，又是天理教教主林清的儿子，宇文雄一惊之下，当然要连忙抢救他了。

宇文雄认得鹿克犀，鹿克犀却不认识他。他见宇文雄不过是个二十来岁的少年，哪里将他放在眼内，当下一抖鹿角叉，便即上前抢夺布袋。

宇文雄知道鹿克犀的厉害，拼着豁了性命，也要保护林道轩，于是使出全副本领，一出手便是大须弥剑式。

大须弥剑式是天山剑法的精华所在，宇文雄虽然火候未够，使出来亦是非同小可。只听得当的一声，宇文雄的青钢剑碰开了鹿角叉，剑峰仍然直指过来，招里套招，式中套式，剑势奇幻之极，令人捉摸不透，鹿克犀大吃一惊，连忙一个鹞子翻身，倒纵出三丈开外。

鹿克犀不识大须弥剑式，只觉这剑法的凌厉，为他平生所仅见，不由得暗暗嘀咕:“这小子不知是什么人，剑法竟如此高明!”惊魂未定，一退不敢复上。

宇文雄是在江家练这大须弥剑式治好内伤的，这还是他病后第一次与人正式交手，连他自己也不知道功力增进了多少？剑法能不能用？他的青钢剑给鹿角叉碰上，虎口隐隐发麻。因此鹿克犀固然吃惊，他也不敢乘胜追击。

宇文雄一来没有把握胜得过鹿克犀，二来他又怕鹿克犀在店中的党羽追出来，他既然抢到了布袋，当然就得赶快离开险地。杨芃那匹御马系在路旁一棵树上，恰好就在他的身边，宇文雄无暇解开布袋，立即纵身上马，一剑削断系马的绳索，催马疾驰。

林道轩在布袋之中，根本不知道将他抢去的是什么人。不知底细，当然也就不敢说出情由。宇文雄更不知道在这店中，还有另一个他未曾见过面的师弟李光夏。这么一来，宇文雄就错过了与李光夏见面的机会了。

鹿克犀见宇文雄上马逃跑，这才急急忙忙发出三支短箭，第一支给宇文雄打落，第二、第三支已是落在马后，转眼间那匹马已是跑出了鹿克犀视线之外！

鹿克犀识得这匹坐骑是有大内烙印的御马，要追也是追不上的了。正在自叹晦气，忽听得杨苋“哎哟”的一声尖叫，似乎是在店里受了伤。

原来正当鹿克犀与宇文雄争夺布袋之时，店内也展开了一场激烈的“夺门”之战。李光夏急着要冲出去抢救林道轩，非得和杨苋拼命不可。

杨苋拦住大门，不许他们出去。李光夏便似一头小老虎般的向他猛冲。杨苋喝道:“你找死么?”青竹杖兜头击下，杖尖径刺李光夏的“太阳穴”。

本来杨苋是想活捉李光夏的，但此时白刃相接，双方肉搏，他没有把握活捉李光夏，索性横起心肠，再也不顾李光夏的死活。只希望能够击倒较弱的李光夏，这才可以从容应付较强的竺清华，以免自己受伤。

竺清华见他招数越来越是狠毒，竟然要把李光夏置之死地，不禁又惊又怒，急怒之下，不假思索的登时也使出了家传的杀手绝招。

杨苋那一杖刚刚击下，只听得背后金刃劈风之声，竺清华的剑尖亦已闪电般的刺到了他的后心。

杨苋委实不弱，在这性命呼吸之际，腰躯一扭，手执竹杖中央，竟然硬生生的把竹杖反撩过来，杖尾格剑，杖头仍然当作判官笔使，刺李光夏的穴道。

杨苋的内力本来胜于竺李二人，但这么一来，他一根竹杖分敌两人，却就不够用了。竺清华力弱，当的一声，长剑给他格开，但她用了个“卸”字诀，剑锋一颤，顺势下削，仍然在杨苋的脚踝划开了一道伤口。

李光夏是用全身的力气猛冲过去的：杨苋要点他的穴道，却给他一刀磕开。说时迟，那时快，李光夏的第二刀迅猛劈下，杨苋恰在此时脚踝受伤，给李光夏猛力一刀，登时劈倒！

李光夏是连环三刀的招式，第二刀虽然已劈翻了杨芃，但收不住势，第三刀仍然闪电般的斫下去。竺清华究竟要顾一点表兄妹之谊，急忙出剑架住李光夏的腰刀，说道：“他已受了伤了，饶了他吧！”李光夏看在竺清华的面分，也不为已甚，“哼”了一声道：“大少爷，少陪了！”迈开大步，立即跑出茶店。

鹿克犀从路上跑回，和李光夏刚好在茶店门前碰上。鹿克犀又惊又喜，心里想道：“捉不到林清的儿子，捉到李文成的儿子也不错。杨芃这小子是死是活，只好暂不去管他了。”

李光夏曾受过他的欺骗，此时当真是仇人见面，分外眼红，哪管什么强弱悬殊，大小不敌，鹿克犀拦住他的去路，他挥刀便斫。

鹿克犀哈哈笑道：“好侄儿，还是乖乖地跟叔叔走吧。何必动刀动枪，伤了咱们叔侄的和气？”

李光夏大怒道：“无耻奸贼，谁是你的侄儿？”鹿克犀用大擒拿手法抓他，李光夏一招“白鹤亮翅”，快刀劈他臂肘，鹿克犀喝道：“吓，好快！”变招拿他手腕，李光夏一刀削下，招数亦已变为“倒插花、斜切藕”的式子，刀光闪闪，反削鹿克犀的手腕。

鹿克犀心头一凛：“一年的工夫，这小子已是远胜从前了。”急忙缩手，再变抓为戳，骈指点李光夏膝盖的“环跳穴”，李光夏滴溜溜一转，顺势便是一招“顺水推舟”，鹿克犀只得斜身闪开，否则指头便要给他刀锋削去。

鹿克犀起初想把他生擒，此时三招一过，知道李光夏今非昔比，只用“空手入白刃”的功夫已不能制伏他了。于是收起奸猾的笑容，摆出凶神恶煞的面孔喝道：“好小子，竟敢对叔叔动刀动枪，不给你一点苦头尝尝，你也不知我的厉害！”举起鹿角叉恶狠狠地戳过去，李光夏毕竟年轻力弱，刀叉一碰，震得虎口发麻。可是他咬牙奋战，鹿克犀竟也打不落他的短刀。

茶店内的杨芃给李光夏斫了一刀，倒在地上呻吟，血流如注，听得外面厮杀声起，爬起来叫道：“好，鹿老大，你快快把这小子杀了，不必有所顾忌！”

竺清华留在后头本来想察看他的伤势，给他敷上一点金创药的，见他如此凶狠，不禁怒道："杨芃，你真是至死不悟，居然还想杀害我们！看在二姨的份上，我不杀你，但你也休想我救你了！从今之后，你我表兄妹之谊一刀两断，是死是活，贵客自理！"

竺清华跑出来援助李光夏，来得正是合时。鹿克犀的鹿角叉刚刚叉着李光夏的短刀，叉尖便要刺到他的虎口，竺清华一招"玉女投梭"攻敌之所必救，剑光如练，直指他的咽喉。

鹿克犀只得放开李光夏的刀，回头招架竺清华的剑。竺清华剑术精妙，只吃亏在内力弱些，与李光夏联手，恰恰和鹿克犀打成平手。

李光夏形势稳定之后，急忙用目光搜索，既不见那个布袋，也不见林道轩的影子。倘若林道轩已经走了出来，那布袋总还应该留在地上的。李光夏又惊又怒，喝道："独角鹿，你把我的林兄弟怎么样了？"

鹿克犀狞笑道："姓林这小贼么？当然是早已落在我们的手上了！你想要他死呢还是要他活呢？你现在马上放下刀子，叫我一声叔叔，我可以带你去见他。否则，哼哼，我就先杀了你，再去杀他！"鹿克犀把李光夏当作孩子，吓骗兼施，意欲动摇他的战意。

李光夏当然不会受他欺骗，但他却只道林道轩当真是落在敌人手上，急怒交加，喝道："老贼，我与你拼了！"他的武功本来与鹿克犀相差尚远，一怒之下，章法更乱，给鹿克犀抓着一个可乘之机，一叉把他的短刀打落，叉尖只要再往前一送，就可以刺入他的心窝。

幸得竺清华身手敏捷，在这千钧一发之际，慌忙一掌把李光夏推开，右手剑同时出招如电，疾刺鹿克犀胁下的愈气穴。这一招又是攻敌之所必救，鹿克犀没法去追击李光夏，只好把鹿角叉收回招架。

竺清华道："夏弟，沉住了气，别相信这厮的鬼话！"李光夏拾起地上的短刀，暗暗叫声："惭愧！"又扑上去。

再度交锋，李光夏仍然十分勇猛，但已改了急躁的毛病，心中想道："不错，即使轩弟确已落在敌人手上，我也必须沉住了气，才能杀敌报仇！"

鹿克犀想要动摇李光夏的战意，不料李光夏战意更强。鹿克犀在他们联手夹攻之下，竟然占不到半点便宜。

竺清华欠缺的是气力和经验，但有李光夏的勇猛奋战，鹿克犀不能全力对付她，气力方面，已是占不到多大优势。斗到了数十招之后，竺清华越发镇定，招数也越来越是精妙。鹿克犀本来以鹿角叉点穴见长的，却反而给竺清华的刺穴剑法克制了。鹿克犀身法不如她的轻灵，好几次险些给她刺着。

不知不觉双方已斗了将近百招，正自激战之中，忽听得杨芃厉声叫道："鹿老大，还不快来给我敷药！"声音凄厉而又嘶哑，显然他已是不能抵受，心中也感到了死亡的恐怖了。

原来，杨芃起初以为鹿克犀可以很快收拾竺李二人，所以要他先杀了李光夏。哪知等了许久，鹿克犀仍然未见进来，只听得外间金铁交鸣之声，越来越是震耳。杨芃流血不止，身上虽然带有金创药，却不能自敷。到了他感到死亡的恐怖之时，当然是要把鹿克犀叫来先救他的性命了。他心里还在害怕竺李二人不肯放过鹿克犀。

鹿克犀无法取胜，乐得借此收蓬，应了一声："来啦！"便跳出了圈子，奔入茶店。正是：

两小同心挫强敌，只知帮理不帮亲。

欲知后事如何？请听下回分解。

第三十六回　巧言佞色施奸计 蜜意深情错付人

李光夏急于找寻林道轩，而且他与竺清华二人也无必胜的把握，鹿克犀既然跑开，他们也就不再纠缠下去了。李光夏恨恨说道："今日杀不了你，终须有日找你算账。"杨芃在店内面听得他们的脚步声远去了，这才放下了心。

李光夏有点江湖经验，一看马蹄的痕迹向着北去，不觉又担起心来，说道："劫走林兄弟的倘若是自己人，应该向回头路走才对。如今他们是向北走，只怕当真是独角鹿他们的人了。"要知向回头路走可以回到邙山，向北方走则很可能是将人押去京师。

竺清华安慰他道："我刚才在店内隐隐听得外面有厮杀之声，似是那头独角鹿和人动手，倘若他们是自己人，绝无动武之理。"李光夏听她说得有理，稍稍安心。但一路跟着马踪追去，到了一处三岔路口，那马蹄的痕迹却忽然消失。令得他们茫然不知所向。

原来这是宇文雄所弄的玄虚。

宇文雄为人诚朴，但他是镖头之子，江湖上一些常用的应付敌人的伎俩他是懂得的。他侥幸逃脱之后，本来是要赶往邙山的，但为了迷惑敌人，提防后有追兵起见，遂故意走了一条相反方向的路，一口气跑了二三十里，到了一处三岔路口，这才停下马来。此时已是黄昏时分，宇文雄撕了一件衣裳，包裹了四条马腿，再骑马跑进附近的树林。他是准备在林中歇息一会，并把林道轩放出来。待到天黑，然后向回头路跑，这样部署，即使后有追兵，也将是向北方追寻，而不知道他们又赶回邙山了。

到了林中，宇文雄打开布袋，林道轩滚了出来，打了一个筋斗，竟然不能站立，宇文雄吃了一惊，连忙将他扶稳，只见他面色苍白，气息恹恹的样子，不觉更是吃惊，正要问他，林道轩已是叫道："闷死我也！你是何人？"宇文雄听他说话的声音虽然不很响亮，却也不似受伤的模样，这才放下了心。原来林道轩被困在布袋之中，一日一夜，滴水不进，早已饿得四肢无力了。

宇文雄道："我是你的师兄，你叫什么名字？"林道轩道："你连我的名字都不知道，又怎知我是你的师弟？"宇文雄道："你是江大侠江海天的弟子不是？我是江大侠的第二个徒弟，你年纪比我小，想来也是入门在后，应该是我的师弟了。"林道轩防他假冒，仍不放心，说道："你先告诉我，你叫什么名字。"

宇文雄报了姓名，跟着拔剑出鞘，使一招大须弥剑式，剑锋过处，一枝树枝断为三截，这才收剑笑道："你可以相信我是你的师兄了吧？"

林道轩拜师之时，江海天是对他说过大师兄叶凌风，二师兄宇文雄的名字的，此时见宇文雄使的又果然是师门剑法，心中再也没有怀疑，这才见过同门之礼。

宇文雄说道："林师弟，你饿坏了，吃点东西再说。"背他到山涧边，让他先喝了几口水，然后把随身所带的干粮，给他吃了个饱。

林道轩精神稍稍恢复之后，忙即说道："三师兄怎么样了？宇文师哥，你为什么只是救我，却不救他？"

宇文雄怔了一怔道："哪一个三师兄？"

林道轩道："就是李光夏呀！师父说过，已答应了收他做记名弟子的。我拜师之时，他虽然尚未进门，但师父许诺在先，所以按照排行，他应该是我的三师兄。"

宇文雄吃了一惊，道："你说的是李文成的儿子李光夏？不错，我知道师父上次出门就是为了寻找他的。可是他在哪里？"

林道轩道："怎么，你还没见着他吗？在茶店里和杨芃动手的就是他呀！"

宇文雄道："我尚未踏进那个茶店。我从前也未见过李师弟，即使进了那个茶店，也不认识他的。”

林道轩道：“糟了，糟了！杨芃武功很高，再加上那头独角鹿，李师哥只怕已经落在他们的手上了。”

宇文雄道：“李师弟有没有人和他作伴？”

林道轩道：“我在布袋里看不见，却听得出是一个女子和他在一起的。杨芃叫那女子做表妹。不过，奇怪得很，后来杨芃那表妹却似反而帮了三师兄。”

宇文雄对杨芃、竺清华等人的来历毫无所知，但李光夏是他师父“踏破铁鞋无觅处”的人，他是知道的。刚才本来可以“得来全不费工夫”的，不料却又失之交臂，宇文雄又是后悔，又是着急。

宇文雄叹了口气，说道：“现在已过了这许多时候，李师弟若有不测，咱们也没办法可想了。这个时候，想来他们也已离开那个茶店了。”

林道轩道：“李师兄是死是生，最少咱们得知道一个确实的消息。回去那间茶店打听打听如何？”他还未知道茶店里的伙计，早已被杨芃杀个精光。

宇文雄也想到要打听一个确实的消息，不过他却有所顾虑。这顾虑不是为了自己，而是为了林道轩。

宇文雄不知林道轩本领如何，见他精神刚刚恢复，怎敢带他再去冒险？宇文雄自忖斗不过鹿克犀，又不知杨芃业已受伤，只怕在路上碰上他们，弄得不好，非但救不回李光夏，反而连林道轩也落入敌人之手。

林道轩何等聪明，见宇文雄沉吟不语，早已知他顾虑什么，忽地说道：“二师哥，请你指教小弟几招！”

宇文雄在江家养伤一年有多，所学的只是内功心法与一套大须弥剑式；而林道轩与师父一路同行，相处数月，所得的传授却实在比宇文雄多了许多。不过林道轩是多而未精，宇文雄则是已得了大须弥剑式的神髓。

大须弥剑式深奥无比，倘若两人真个较量，林道轩当然不是宇文雄的对手，但此刻乃是师兄弟拆招。而且是林道轩突然出手的，宇文雄的大须弥剑式可就不能用上了。

林道轩使的是近身扭打的小擒拿手法，这是江海天融会各派擒拿手法精华自创的新招，当然非同小可。宇文雄冷不及防。给林道轩闪电般的就扭着了臂肘。

宇文雄内功已有几分火候，本能地生出反应，手臂一振，登时把林道轩的手指弹开。可是林道轩也只不过晃了一晃，并未跌倒。宇文雄吃了一惊，忙去扶他，他手腕一翻，又抓着了宇文雄的手掌。此时宇文雄心里已有准备，知他乃是试招，不再运用内力弹他，两师兄弟拉着手哈哈大笑。

宇文雄道："林师弟，你的功夫很不错啊，这两招擒拿手法我就远不如你。不过——"林道轩抢着说道："我知道我还斗不过那头独角鹿，不过他想在十招八招之内擒我，谅也不能。咱们这匹马跑得很快，倘若遇上敌人，打不过咱们不会跑吗？"

林道轩说的是实在话，他的武功当然远远未到一流境界，但以他年纪而论，也算得是出类拔萃的了。比宇文雄原先的估计要强得多，可以做得宇文雄一个很好的帮手，而无须宇文雄怎样照顾他了。

宇文雄给他激起了豪情，说道："好，你小小的年纪也知道同门义重，我岂可抛开李师弟不管，最少咱们也得知道他的下落。好，这就去吧。"

此时已是午夜时分，两人骑马出林，马蹄是用布包裹了的，地上没有留下蹄痕。轻骑疾驰，发出的声响也只是近处方能听见。李光夏与竺清华刚好走过三岔路口三五里路，继续向北追踪。双方又错过了一次可以相见的机会。

师兄弟在路上交谈，林道轩这才把自己的姓名来历，拜师经过，简略地告诉了宇文雄。

宇文雄道："原来你已到了师父家中了。家中各人都好么？"宇文雄当然也怀念师母师兄，但他最记挂的人则是江晓芙。

林道轩道："各人都好。二师哥，你为什么单独一人出外？"

宇文雄道："怎么，他们没有告诉你么？"

林道轩道："告诉什么？"

宇文雄道："你有没有向他们问过我的事情？"

林道轩道："我问过二师兄去哪里的。师姐说你要过几年才能回来，叫我不要在师母师兄面前提起你。我见她很难过的样子，我也不知什么缘故。后来师母、师兄都没有和我说过你，我记着师姐的话，也不敢去问他们。二师兄，这究竟是怎么回事。"

宇文雄苦笑道："这事说来话长，以后再告诉你吧。"

宇文雄从师弟的话中得到了安慰，心想："毕竟还是芙妹最关心我。但听师弟之言，似乎她对师母、师兄都有点抱怨，这倒是我的不好，累得他们之间有了芥蒂了。"

马驰迅疾，不消多久，又回到了那间茶店门前。

宇文雄与林道轩悄悄下马，只见店门虚掩，透出灯光。他们正想进去察看，忽听得里面似有人声。宇文雄把林道轩拉住，耳贴门上，听得真切，竟然是一个少女的声音。

那少女道："岂有此理，李光夏竟这么胆大，砍伤了你。我明天一早就去追赶他们。"

接着杨芃的声音道："你不怕竺清华了吗？"

那少女叹了口气，说道："芃哥，你说的话都是真的吗？"

杨芃道："我怎会骗你？你要知道，我心上只是有你，我是迫于无奈，才假意答允大姨父与清华订亲的。他们欺负你的爹爹，我是满肚子气说不出来！"

宇文雄林道轩二人以为杨芃早已离开的，不料他还在店中，大感意外。但另一个意外之喜则是：从杨芃的谈话中，他们知道了李光夏早已经逃脱了，并没有落在敌人手上，要不然杨芃就不会唆使那女子去追赶李光夏了。

原来杨芃因为流血过多，鹿克犀给他止血之后，他还是未能走路，只好暂时留在那茶店之中养伤。

竺李二人走后约莫一个时辰，正是黄昏时分，暮霭苍茫中又有个女子骑马而来，这女子经过茶店门前，听得杨芃在里面的呻吟声，大吃一惊，连忙下马，叫道："是芃哥吗？"这少女是上官泰的女儿上官纨。

上官纨听见杨芃呻吟的声音，又惊又喜，连忙跑进茶店，一看果然是杨芃坐在血泊中，鹿克犀一旁正自替他裹伤，地上还有三具尸体，那是给杨芃打死的茶店伙计，一个个头颅碎裂，死得很惨。

上官纨大惊道："芃哥，你怎的伤成这个样子？"她一心只在杨芃身上，当然无暇查究那三个伙计的死因，也无暇盘问杨芃又何以与鹿克犀同在一起了。

杨芃故意多呻吟两声，这才说道："说给你听也没有用，你又不能给我报仇的！"上官纨着急道："敌人是谁？武功很厉害的么？我打不过他，还有我爹爹呢！再不然还有大姨父呢！为什么你不肯说出来？"

杨芃冷笑道："你还指望依靠大姨父吗？哼，哼，你不提大姨父也还罢了，你一提他，哎呀，我、我……"

上官纨连忙接替鹿克犀的工作，给杨芃裹伤，说道："芃哥，你怎么样？伤得很紧要吗？"

杨芃道："身上的伤并不重，我的心却痛得很。"上官纨轻轻摸了一下，知他骨头没有断折，身子的虚弱，只是失血过多所致，这才稍稍放心。

上官纨给他裹好了伤，说道："究竟是怎么回事？何以我提起了大姨父，你反而伤心？你、你和清华表妹的事怎么样了？"她还以为是因竺尚父要迫杨芃为婿，故而他对大姨父不满。

杨芃叹口气道："且别提他们父女，我先问你，你要往哪儿？"

上官纨道："我正是要到大姨父家里的。不提可不行呵。"

杨芃道："你为什么要到他家？"

上官纨诧道："你不知道么？上个月我爹爹去探大姨父，说最多半个月就回来，现在尚未回来。我妈、她、她怕出了什么事，叫我去找爹爹回来。上个月你不是在大姨父家中么？可见过我的爹爹没有？"

杨芃装作很为难的神气，终于一咬牙根道："纨姐，事已如斯，我只好对你说实话了。我劝你可千万不要再到大姨父家去。"

上官纨吃一惊道："为什么？"

杨芃道："你爹爹已给大姨父扣押起来了。其中缘故，一半是因为大姨父已知道你我之事，他要你爹爹约束你，不许你与我来往，你爹爹不答应；另一半原因则是因为你爹爹指责大姨父残暴，不是把他当作亲戚，而是把他当作下属看待，两人吵翻了面，大姨父立即把你爹爹关入囚房。”

上官纨大惊道：“有这样的事？”

杨芃道：“难道你还不知道大姨父的脾气？他只是把你爹爹打入囚房，已算是好的了。当时他那咆哮如雷的凶恶模样，我在一旁也自心惊，怕他会下毒手呢。”

上官纨听杨芃说得如此逼真，哪能不信？吓得花容失色，说道：“这怎么好？可得想个法子把我爹爹救出才行。嗯，大姨父最疼爱的是清华表妹，咱们去找清华代为求情，你说行吗？”

杨芃又冷笑道：“你还想去找竺清华？”

上官纨瞿然一惊，心想：“不错，清华表妹和我虽然要好，但如今她已是芃哥的未婚妻子，难保她不把我当作情敌。”上官纨想至此处，心中酸楚，难以形容，低声道：“芃哥，我见她既不方便，那你就独自去求她吧。”

杨芃摇了摇头，说道：“要是她会听我的话，我早已求了她了。你道竺清华只是恨你么？她连我也恨上了呢！有件事情，恐怕你还未知道。”

上官纨六神无主，茫然问道：“什么事情？”

杨芃道：“你想得到是谁将我斫伤的么？”

上官纨惊道：“难道是竺清华？”

杨芃道：“虽不是她亲手所斫，也等于是她一样了。我着的这一刀是她的书童斫的！”

上官纨大惊道：“她的书童，就是那个名叫李光夏的小子么？他怎敢斫你？”

杨芃道：“你还未知道呢。竺清华和那小子结为姐弟，早已不把他当作书童了。她妒忌我一心向你，和我吵了一架。那件事情发生之后，我既恨她父亲的专横，也受不了她的气焰，我就声言绝不娶她，跑出她家。”

上官纨又惊又喜，道：“你当真这样说了？但你又怎能逃出来呢？”

杨芃索性说谎到底，面不改容继续说道："我怎能骗你？你知道我是一心向着你的，就是没有那日之事，我也会与她闹翻的。大姨父把你爹爹关入囚房之后，交由他的管家看管，发下命令，任何人都不许私自进去。你知道那管家是他最忠心的仆人，他把'犯人'交给管家，他就率领另外一些仆人，上邛山去了，听说是要去参加什么英雄大会。我和竺清华吵翻是第二日的事，她父亲不在家，大姨不敢拦我。因此我才能逃出她家。"

上官纨相信不疑，说道："原来如此。芃哥，你虽然救不了我的爹爹，我也非常感激你了。"

杨芃道："可是事情还未了呢，竺清华一气之下，和那小子也出来追我！"

上官纨疑惑不定，心中想道："大姨父虽然为人严厉，清华表妹却是素性温柔的，何以一旦改了常态？难道是当真妒忌我和芃哥相好么？"

杨芃继续说道："昨日我到了这儿，不幸给他们追上。竺清华竟然帮她那书童，两个打我一个。我给竺清华的剑势罩住，那小贼就乘机斫我一刀。茶店中的三个伙计也是那小贼杀的，幸亏鹿老大恰巧路过，这才赶跑他们，救了我一条性命。要不然，你现在已是见不到我了。你说可气不可气，可恨不可恨！"

上官纨没法不信杨芃的说话，说道："若然如此，那就当真是可气可恨了。但大姨父已与我爹翻了脸，我爹爹囚在他家，都还未能脱身，李光夏这一刀之仇也只有以后再报了。"

杨芃道："我倒有一个办法，既可以救你的爹爹，又可以报今日之仇。"

上官纨喜道："这就最好不过了。什么办法？"

杨芃道："他们没有坐骑，我看见他们是向北走的。你骑马去追，迟早会给你追上。我叫鹿老大作你的帮手，你可以将他们手到擒来。"上官纨年纪比杨芃大一岁，武功也比杨芃高。但两人在私下却喜欢以"哥""姐"互称，以示爱慕。鹿克犀一人未必敌得过竺李，但若有上官纨联手，那就稳操胜算了。是以杨芃想到要利用上官纨的主意。

上官纨吃了一惊道："把清华表妹捉来，这，这怎么可以？"

杨芃道："大姨父可以捉你爹爹，你为什么不可捉他女儿？捉了他的女儿，就不愁他不放你爹爹了。"

上官纨道："哦，原来你要用清华表妹换我爹爹。"

杨芃道："不错，你想，除了这个办法，咱们还怎能迫得大姨父就范？人争一口气，佛争一炷香。你要救你爹爹，可就不能顾虑那么多了。"

上官纨道："那么，李光夏这小子你又待如何处置他？"

杨芃道："这就是我的事了。但我可以答应你我不杀他，免得你心中不忍。"

上官纨听得父亲被囚的消息之后，早已六神无主。此时又被杨芃煽起火气，便即说道："好，既是一举两得，我就依言行事吧。不过，也得等到天亮了，你的伤也好些了，我才能放心去追他们。"

杨芃怕她改变主意，又煽动她马上去追。但上官纨却一定要等到天亮才动身。正当两人商议未定之际，宇文雄与林道轩已经来到，听到了他们后半段的说话。

宇文雄轻轻一捏林道轩手心，在他手心上写了一个"走"字。要知他们是来探听李光夏的消息的，如今已经知道李光夏脱险了，宇文雄当然认为是可以走了。

不料林道轩却没有随他转身，宇文雄发觉他没有跟来，回头一看，月色朦胧之下，只见林道轩仍然站在门边，一脸迷茫的神气，好像想什么事情想出了神。

宇文雄有点奇怪，心道："难道师弟还没有明白我的意思？对方在店内有三个人，姓杨那小子虽然受伤，但只是那头独角犀咱们就没有取胜的把握，何况还有一个女子呢？消息已经知道，趁他们未曾发觉，此时不走，更待何时？"

宇文雄哪里知道，林道轩之所以不肯即走，为的就是这个女子。此刻他心中正在七上八落，十分为难。

林道轩虽然只是和上官纨见过两面，在她家住过一晚，但却很谈得来，他们两人也是以姐弟相称的。那次上官纨因为恐防杨芃日后变心，要跟江海天学一套可以制伏杨芃的武功，她不好意思开口，就是林道轩代她向师父请求的。

林道轩一向讨厌杨芃，远在这次被擒之前，他已感到杨芃不是好人了。所以他也一向为上官纨感到“不值”，觉得“纨姐”这样一个又和气又漂亮的“好姐姐”，嫁给杨芃这样的“臭小子”，总是令人一想起来就觉得不舒服的事情。

此际他听得杨芃又在花言巧语，欺骗他的“好姐姐”上官纨，他忍不住又是生气又是可怜，对杨芃生气，为上官纨感到可怜，可是应该怎么办呢？马上跑进去拆穿杨芃的诡计，揭露他的真正面目么？上官纨倘若不信，又怎么办？林道轩虽然异常聪明，但毕竟还是个未成熟的少年，碰到这样的事情，他就感到十分为难了。

宇文雄根本不知道他在想些什么？等待什么？见他尚还未走，不禁也着了急，敌人近在咫尺，他是不能出声叫他走的，只好又走回来准备拉他了。

幸亏宇文雄又走回来，就在此时，只听得“嗤”的一声，一支暗箭，突然从门缝射出来，接着是“轰”的一声，鹿克犀破门而出，大喝道：“什么人，胆敢在此偷听！”

林道轩好像在恶梦之中给人惊醒，幸亏宇文雄拔剑给他一挡，打落了那支暗箭。此时鹿克犀已经看清楚了他们二人，忍不住哈哈大笑道：“原来是你们这两个小贼又回来送死，倒省得老子多花功夫去抓你们了！哈哈，哈哈！”

宇文雄一招“横云断峰”，架住鹿克犀的鹿角叉，叫道：“林师弟，快逃！”可是林道轩仍然不肯逃走。

就在此时，杨芃与上官纨亦已出来。上官纨大为惊诧，叫道：“咦、怎、怎么是你？”杨芃则是喜出望外，也在同时叫道：“纨姐，这小贼和李光夏是一伙的，快快把他拿下，绝不能让他跑了！”

上官纨有如坠入五里雾中，不知所以，茫然问道：“怎么回事？”杨芃催她道：“不必问了，先把他拿下吧。”

林道轩冷笑道：“你怕我说话么？嗯，纨姐，你不问我也要说的。”杨芃催促上官纨道：“这小贼狗嘴里不长象牙，别听他说，快快动手。”

上官纨道：“他并没有逃走，就让他先说两句，又有何妨？”杨芃大为生气，但这时他要倚靠上官纨，却是无可奈何。

宇文雄独战鹿克犀，有点感到吃力。林道轩骂了一声杨芃："你才是狗嘴不长象牙。"拔刀助宇文雄稳定了局势，这才说道："纨姐，杨芃不是好人。他要把我捉去向朝廷领功。这头独角犀是清廷的鹰犬。"

杨芃道："纨姐，你能相信这小子的鬼话么？你问问他我是在哪儿捉他的？"

林道轩叫道："你想赖也不成了，你埋伏在邙山上突然袭击我的，许多英雄都可以作我证人。"

杨芃哈哈笑道："你听见没有，他说我是在邙山上捉他的，这真是笑话，笑话！邙山上正在开着英雄大会，防范森严，我能够在邙山上公然把一个人捉去吗？"

上官纨半信半疑，杨芃说的固然听来颇有"理由"，但林道轩那一句"许多英雄都可以作我证人"，却是更为有力的言语。上官纨一时间难分曲直，心里想道："不错，轩弟说的若然是真，不会没有人知道的，我以后可以慢慢访查。"

杨芃本来是想骗得一时便是一时，只要捉住了林道轩和李光夏，那时他就是抛弃上官纨也无所谓了。而且他知道上官纨，并不认识参与邙山之会的正派群雄，即使她要访查，也不是那么容易。在这期间，他尽可以串通一些人来捏造事实，欺骗上官纨。

哪知上官纨却不肯动手去捉林道轩，林道轩则在一面打一面揭发杨芃的罪恶，指出他们父子都是清廷鹰犬，指出他是造谣生事，要骗上官纨助他为恶。一顿大骂，把杨芃骂得七窍生烟。

杨芃大怒道："小贼含血喷人，辱我太甚，我与你拼了。"提起竹杖，一跷一拐的冲上前去，对着林道轩劈头便打。

杨芃流血过多，软弱无力。但他并不是没有自知之明，而是打了一个如意算盘的。他这么作出拼命的样子，一来可以阻止林道轩再骂下去，揭发他更多的事实；二来可以迫使上官纨出来，助他擒人。心里想道："我且博他一博，看这丫头是要我，还是要他？"

林道轩是仇人见面，分外眼红，见杨芃冲到他的面前打他，心头火起，喝道："好，我就与你拼命！"

林道轩虽然只是个十四岁大的孩子，但因自幼习武，又得了江海天的内功心法，气力亦颇不弱，横刀一劈过去，只听得“当”的一声，杨芃竹杖脱手，林道轩的刀锋直指到了他的胸前，只要往前再插几寸，就可以取他性命！

在这危机瞬息之间，上官纨无暇思索，斜刺里一剑格来，荡开了林道轩的腰刀，喝道：“我不伤你，我也不许你伤了他！”

杨芃一个斜身滑步，忽地一掌拍出，“蓬”的一声，打中了林道轩。原来杨芃懂得“九宫步法”，即使上官纨不能及时格开林道轩的刀锋，他也能够在最危急的时候躲开的。如今上官纨是果然不出他之所料，出手助他，他就要趁此机会，反伤林道轩之命了。

杨芃这一掌击中了林道轩的“愈气穴”，这本是人身死穴之一，幸而林道轩前几天刚学会了闭穴的功夫，而杨芃在受伤之后，这一掌的力道又不够，林道轩踉踉跟跟地退了几步，只觉胁下火辣辣作痛，但却没有受伤，当然更不会毙命。

林道轩虽然没有毙命，但上官纨当然看得出杨芃使的是意欲伤人性命的杀手，大吃一惊，忙把杨芃拉着，说道：“我不让他伤你，你、你怎么可以杀他？”

林道轩气愤之下，说道：“纨姐，我的话已经说清楚了，你上他的当也好，不上他的当也好，这都是你的事了。二师哥，咱们走！”

上官纨一片茫然，顿时间只觉最亲近人都是不可靠的了，怅怅惘惘，不知如何是好？

宇文雄跳出圈子，正要跑去抢马。那匹马是系在路边的一棵树上的，他与林道轩还差几步，没有跑到，鹿克犀忽地扬手一柄飞刀，割断了系马的绳索。他知道宇文雄本领颇高，飞刀伤不了他，便去打那匹马的主意。

这匹马本来是杨芃的坐骑，杨芃撮唇一啸，它听得主人的呼唤，立即避开宇文雄，绕一个圈，跑回杨芃身边。

此时已是将近天亮的时分，宇文雄既怕上官纨改变主意与他为敌，更怕鹿克犀的党羽在天亮之后会陆续而来，因此只好拉了林道轩，施展轻功逃跑。

林道轩已经逃得无踪无影了，上官纨还是呆呆地站在茶店门前，一片茫然。

这太可怕了，假如林道轩说的都是真的话。晓风吹来，上官纨清醒了些，越想越觉得可怖，她本来是已把一片芳心交付与杨芃的了，“我的芃哥难道当真会是清廷的鹰犬吗？”她知道林道轩是个纯真的孩子，料想不会说谎。但在她内心深处，却又存着一线“希望”，希望这是“谎言”，希望她的“芃哥”不至于像林道轩说的那么坏。总之，她是明知是实，也不愿意相信其真，不愿意打破她少女的美丽的幻梦。

杨芃叹了口气，说道：“纨姐，你不相信我的话吗？咱们现在马上就去追竺清华，你问问她，你的爹爹是不是囚在她家？你问问她，是不是李光夏这小子斫伤我的？假如这两件事情是真的话，那就可以证明我说的不是假话，也可以证明刚才姓林的这个小子是和他们串通了来陷害我的了！”

其实这两者之间，并不能画个等号。但上官纨此时正在混乱之中，哪能有清明的思路？她听杨芃说得这样“愤慨”，倒似一副“理直气壮”的样子，情绪登时又激动起来，说道：“不错，这两件事是非得向竺清华问个明白不可。我的爹爹不能任由他们竺家欺负，芃哥也不能让那小子白白斫了一刀！”于是立即跳上坐骑，由鹿克犀指路，三骑快马，向北追踪。

且说竺清华与李光夏二人，找不着林道轩，在那三岔路口，迟疑了一会，竺清华道：“不如先到邙山去找我的爹爹吧？现在我已经不相信杨芃的鬼话了，他说的什么我的爹爹与江大侠两败俱伤，这一定是骗我的。”

李光夏也是要去找他的师父的，可是他又怕林道轩途中遇害，是以踌躇未决。竺清华道：“杨芃捉你这位兄弟，料想是要解往京师的，要不然他怎会不怕麻烦，背着他跑？据此断测，即使这位兄弟再次落在敌人手中，也不会立即丧命的。但以咱们二人之力，绝不能在京师救人，因此我以为还是去求我的爹爹与你的师父的好，胜于咱们胡闯。”李光夏听她说得有理，这才向回头路走。

他们两人一夜没睡。都是有点感到疲倦，走不到三十里路，已是天光大白。

竺清华道:“咱们找个茶店歇歇吧，也好吃点东西。你饿不饿?我可是有点饿了。”李光夏道:“再走十里八里就可以回到昨天那家茶店了，只不知杨芃这小子走了没有?”

竺清华道:“你还想到那家茶店吃东西么?呀，那几个伙计死得真惨!我一想起就不由得痛恨杨芃。不过，咱们现在打不过他们，小心起见，还是绕个道儿走吧。”

正说话间，忽听马铃声响，一骑快马到了他们身前。竺清华又惊又喜，失声叫道:“上官表姐，你怎么也到这儿来了?”话犹未了，李光夏也叫起来道:“杨芃这小贼和那头独角鹿也都来了。”原来上官纨心急，一马当先，杨芃则因失血过多，身体虚弱，不敢快跑，落在数里之遥，不过在平原上看去，也已经可以看得相当清楚了。

竺清华吃了一惊，正要向上官纨发问，只见上官纨翻身下马，杏眼圆睁，已是先自向她喝问道:“竺清华，我的爹爹是不是在你家中?你们把他怎么样了?”

竺清华满脸歉意，说道:“这，这是一个误会……”上官纨喝道:“什么误会?快说事实!”竺清华道:“我爹爹误听人言，他把三姨父……”上官纨问道:“怎么样?”竺清华只得一口气说出来道:“扣起来了。可是也并没有伤及你的爹爹。”

上官纨一听果然是实，倏地变了面色。竺清华道:“表姐，我还有话说!”话犹未了，鹿克犀与杨芃已经相继来到，杨芃叫道:“纨姐，你要救你爹爹，还不快快动手!”

上官纨蓦地喝道:“竺清华，你可休怪我不顾姐妹之情，我非得把你拿下不可!”声出招发，一记大擒拿手便要去扣竺清华的腕脉。竺清华想不到上官纨会突然变面，出此毒手，猝不及防，眼看就要给她擒获。李光夏连忙拔刀出鞘，一刀就向上官纨的手指削去。他也是一时情急，无暇考虑，迫于出此。不过，他却不是意欲伤人，而是要迫上官纨缩手。

上官纨大怒，一缩手改抓为弹，“铮”的一声，把李光夏腰刀弹开，喝道:“好呀，都是你这小子作的乱，捣的鬼!”

竺清华忙道："表姐，休信杨芃的花言巧语！"上官纨道："杨芃受的那一刀，是你这小贼斫的不是？"她不理会竺清华，径自便向李光夏喝问。

李光夏大声说道："不错，是我斫的！我还抱憾未曾把他的狗爪子斩断呢，你就心疼了么？"李光夏少年气傲，听得上官纨骂他"小贼"，也不禁发起火来，说话毫不客气。

竺清华忙道："夏弟不可无礼。纨姐，但你也不能错怪了他，他斫这刀，我认为是应该的。"

竺清华正要加以解释，为什么她认为是应该的。但上官纨已经是气上加气，不容她加以解释了。

话犹未了，只见上官纨一个"金鲤穿波"，窜上前去，"啪"的一掌，便要打李光夏的耳光。李光夏岂甘让她侮辱，身躯一蹲，一刀反拨上去，截斩她的手腕。上官纨骂道："好呀，你这小子还居然敢要伤我？"一个变招，左掌如刀横削过去，右掌划了半道圆弧，以空手入白刃的功夫，硬抢李光夏的宝刀。

上官纨也是在火气头上，只知骂人，却不去想一想是她要先伤人家，怎能怪李光夏反击？她这一招两式，凌厉之极，李光夏若是给她掌锋削着，定将受伤。

竺清华怒道："上官纨，你讲不讲理？你会动刀，我就不会动剑么？"

上官纨听得背后金刃劈风之声，急忙一个斜身滑步，拔出刀来，反手便是一刀。心道："芃哥说得不错，竺清华果然是宠爱这个小子，不惜和我翻脸成仇。罢罢，她既无情，我也无义！"

但竺清华这一剑其实并不是想伤她的，上官纨斫出反手刀之际，李光夏为救险招，也使出了家传的杀手刀法，他的武功虽然远不及上官纨，但对敌的经验却比上官纨更多，这一刀拿捏时候，使得恰到好处，也是委实不可小觑。

上官纨只道可以手到擒来，想不到一个"小书童"本事竟然也是这么了得，百忙中只得侧转身躯，挥袖拍出，引开李光夏的刀锋。但这么一来，她的身体失了平衡，反手那一刀就挡不住竺清华的剑招，只听得"刷"的一声，竺清华的剑锋几乎是贴着她的肋骨刺了过去。

上官纨吃了一惊，连忙避开，回过头来，稳定了身体的重心。可是她虽然避开，却禁不住心中一动，暗自想道：“竺清华这一剑本来可以伤我的，何以她不伤我？莫非她倒也还有姐妹之情？”心念未已，只听得鹿克犀说道：“上官姑娘，不用心慌。这丫头交给我，你专门对付那小贼吧，也好报你芃哥的一刀之仇。”鹿克犀看出她们尚有姐妹之情，故而立即出手，意欲缠着竺清华，不让她再多说话的。正是：

只为孽情迷慧眼，错将狡贼当知心。

欲知后事如何？请听下回分解。

第三十七回　蛾眉此去悲前路
小侠归来痛故园

竺清华大怒道："岂有此理，上官纨，你，你……"她要想骂的是："上官纨，你竟然要与鹰爪联手来杀害我么？"但只说得半句，鹿克犀那柄锋利的叉子已刺到了她的胸前，竺清华给他几招狠辣的毒招，杀得手忙脚乱，只好全神应付。

杨芃故意大呼小叫道："小贼，你斫我一刀之仇，我是非报不可！"舞起竹杖，抢上来便打李光夏。

李光夏喝道："好呀，我正要斩断你的狗爪！"刀光霍霍，狠扫过去。杨芃用了个"醉八仙"身法，身躯东倒西歪，李光夏闪电般的疾劈三刀，都未劈中。但在旁人看来，杨芃已是岌岌可危，似乎便有性命之忧。

上官纨无暇思索，便即说道："芃哥退下，让我给你报仇！"柳叶刀横削出去，只听得"当"的一声，李光夏打了一个圈圈，险险跌倒。而上官纨的柳叶刀则损了一个缺口。原来李光夏用的是家传宝刀，刀质胜于上官纨的那把柳叶刀，但武学造诣，却是远远不及上官纨，上官纨那一招藏有借力打力的柔劲，故而把李光夏迫得团团乱转。

杨芃趁势收科，说道："对啦，纨姐，你别忘了你的爹爹还在他们手中，对敌人是不能再讲客气的了。"

上官纨脑中混乱之极，一咬牙根，说道："不错，你们欺侮我的爹爹，斫伤我的芃哥，这两件事情既然都是真的，你们还有何辞可辩？竺清华，这是你们理亏，你还敢骂我岂有此理，这才真正是岂有此理了!”

竺清华对她父亲囚禁上官泰之事，本是内疚于心，要想解释，决非三言两语所能说得清楚。而且，她在鹿克犀猛攻之下，也不能分神说话。只好索性闭口不言，全力应付鹿克犀的攻势。

上官纨虽然话是如此，但她毕竟还顾念一些表姐妹的情分，竺清华刚才那一剑可以伤她而没有伤她，她也是心中明白的。因此她毕竟还是不忍亲自下手伤害表妹，而是把竺清华让给鹿克犀，自己则独自对付李光夏。

竺清华剑术精妙，身法轻灵，按说本不输于鹿克犀。但一来是功力不足；二来是一晚未睡，精神不济；三来是临敌的经验也是远远不及对方，交起手来，就只有招架的份儿了。但鹿克犀要想把她活捉，却也不是三五十招所能办到。

李光夏的本领与上官纨差得更远，不过，上官纨此时的精神状态，也正是在混乱之中，尽管她一时间受了杨芃的指使，但这样做是对是错，她也还在感到惶惑不安。李光夏则是沉着镇定地应付她，上官纨下不了决心施展杀手，李光夏倒也还可以应付。

杨芃在旁观战，眼看有好几招上官纨即将得手，却给李光夏避开，不禁连声叫道:“可惜，可惜!”心中好生奇怪:“怎的纨姐的本领竟似大大不及平时，莫非是对我已有怀疑，故此不肯全力助我?”

杨芃眉头一皱，计上心来，说道:“这小贼凶恶得很，纨姐，我来助你!”上官纨连忙说道:“不必，不必。你受了伤，怎可动手?”杨芃道:“我怕你打不过他，我拼着再受点伤，也是要报这一刀之仇的。”上官纨道:“你不用着急，我是一定可以赢得他的。”杨芃道:“好，那么，你赶快把他拿下，否则我就下场了。”杨芃这番言语，是故意说来试探上官纨的，试出上官纨对他仍然十分关心，这才消了心头的疑虑。于是用激将之计，催速上官纨快下杀手。

竺清华冒险用了一招精妙的剑法，迫得鹿克犀暂时要转攻为守，趁此时机，抽空说道:“夏弟，把原因告诉纨姐!”

原来竺清华本身虽在危急之中，但对于李光夏这边的交战情形，仍是十分注意。她是深知上官纨的武功的，一看就看出了是上官纨未下决心伤害李光夏，因此找紧时机，匆匆忙忙提醒李光夏一句。她力战强敌，不能分出心神多说话，必须要靠李光夏来揭破杨芃的诡计。

上官纨怔了一怔，喝道："对啦，你为什么要斫我的芃哥？"杨芃叫道："我不是早就对你说过了吗？是竺清华妒恨咱们，故意纵容这小贼斫我的！"杨芃话犹未了，李光夏已在怒骂道："放你的屁，倘不是你捉了我的轩弟，我怎会无缘无故与你动手？"

上官纨耳朵同时听进了两人的说话，却向李光夏问道："哪个轩弟？"李光夏道："他名叫林道轩，是一位抗清的大英雄的儿子。"上官纨道："在哪儿捉来的？"李光夏未曾见着林道轩，林道轩被擒的经过他其实并不知道，但推想杨芃是从邙山来，想必也是在邙山捉的了。此时他无暇把自己的推测详加解释，干脆就只答了两个字："邙山！"

上官纨心头一震，想道："他说的话和林道轩的话相符，倘若是真，我的芃哥岂不是，岂不是……"

杨芃大笑道："竺清华和这小贼从家里出来，根本未曾到过邙山，他怎知邙山之事？"

上官纨一片茫然，不知相信谁的说话才好。杨芃说话之后，连忙用暗器来打李光夏。他气力不济，但暗器仍是打得很准的。

李光夏舞起一团刀光，东躲西闪，左拦右磕，身法刀法，全部用上，仍是不免着了两颗铁莲子。幸而杨芃气力不济，铁莲子打在他的身上，也不过稍稍感到一点疼痛而已，并无妨碍。不过，杨芃也不是意欲伤他，而是要把他打得手忙脚乱，无法分神说话。

上官纨此时若要把他活捉，易如反掌，但上官纨在听了双方言语之后，心中越发混乱，虽然没有退下，却也无意伤害李光夏了。

竺清华却不知道李光夏有否受伤，见他着了两颗铁莲子，急得大骂道："杨芃你好卑鄙，你想杀人灭口么？"她想要冲过去保护李光夏，但马上就给鹿克犀拦住了去路，她心神一乱，更处下风。

上官纨瞿然一惊，猛地想道："不错，芃哥为什么竟似要把这小书童置之死地？是为了报一刀之仇还是另有其他缘故？他答应过我不杀他的，何以现在又似乎改了主意了？嗯，这小书童的说话虽然未可尽信，但他所说的与轩弟说的相符，至少他是在那茶店之中见着轩弟被芃哥所俘的了。但芃哥却只说是给李光夏斫了一刀，并没提及他们两人已经相见之事，这又是什么缘故？”上官纨越想越是起疑，虽然她还不敢相信杨芃就是朝廷鹰犬，但林道轩为他所俘之事，她已经相信了几分。

杨芃继续发出暗器，一面说道：“纨姐，你不把他拿下，怎能审问他的口供？”上官纨一听，又觉“有理”，说道：“好吧，我就拿他，但你却不必再发暗器了。”

杨芃住手，心中暗笑：“你一拿了他到了我的手中，那就任凭我的处置了。我拼着与你推翻脸，那也算不了什么。天下美人儿多着呢，到了京师，怕找不到一个比你更漂亮的？”

上官纨不想误伤李光夏，当下插刀归鞘，改用空手入白刃的功夫捉拿李光夏。李光夏东躲西闪，到了紧急之际，才劈出几刀，又应付了二三十招。但上官纨此时已是认真使出本领，李光夏虽然有刀在手，也是打不过她。三十招过后，李光夏气喘吁吁，眼看不消片刻，就要给上官纨活捉过去。

竺清华冲不破鹿克犀的封锁，心慌意乱，形势更为危险。只听得“当”的一声，鹿克犀的鹿角叉一翻一绞，竺清华的长剑脱手飞出，与此同时，上官纨喝声：“撒刀！”李光夏的手腕给她五指一拂，宝刀也给上官纨夺了过去。

鹿克犀与上官纨正要追赶上去，各自擒人，就在此时，忽见一骑快马飞来，有人大声喝道：“住手！”上官纨听得这个声音，不觉猛可里一怔。

这声音好生熟悉，上官纨几乎不敢相信自己的耳朵，心道：“怎么会是老刘？”说时迟，那时快，那一人一骑已经来到，骑在马上的是个瘦长汉子，拿着一根烟杆，可不正是竺尚父的管家老刘？

杨芃对上官纨编织的那番谎话，是说竺尚父出门之时，把她的爹爹交给管家老刘看管的。在他回家之前，任何人想见上官泰，都必须得到老刘的允许。照这么说来，这个老刘当然是不能随便离开竺家的了，但现在这个老刘却出现在上官纨的面前，而且他是从邙山那一边来的，显然不是从家中赶往邙山，而是从邙山回来。

上官纨登时花容失色，只觉寒意直透心头，她不是害怕这个老刘，而是害怕杨芃说的果然都是谎话。当下颤声问道："老刘你怎么会来的？"

老刘盯了杨芃一眼，然后对上官纨说道："我正是奉了主人之命，要到你家通知你们母女的。哈，想不到在这里遇上，可真是巧极了。哼，还有你这个小子，我以为你已经到京师领赏去了，也还在此地么？"

杨芃喝道："刘三，无礼！我与你家小姐虽然有点误会，这也是我们夫妻之间的私事，我好坏是你半个主子。"

竺清华大骂道："不要脸，你是谁的主子。老刘，他欺负我，把他拿下。还有这头独角鹿，也不能饶了！"

鹿克犀十分狡猾，他是深知竺尚父这个管家的厉害的，见他到来，早已有所准备，倘若杨芃能用竺家女婿的身份压服他，那就好说，但如今听得这个老刘竟把杨芃唤作"小子"，鹿克犀立知不妙，竺清华还未叫出他的浑号，他已经跳上坐骑，一溜烟地跑了。

老刘不去追他，却向杨芃冷笑道："从前你或许算得上是我半个主子，如今却不是了。哼，你们父子干的好事，你当我的主人还未知道么？"

上官纨大惊问道："他们父子干了什么好事？还有，我的爹爹，大姨父不是交给你看管的么？"

在上官纨说话的同时，竺清华则在叠声催促他的管家："老刘，老刘，快把这小子拿下再说！"

杨芃听得此言，吓得魂飞魄散，急急忙忙也跳上了坐骑，老刘说道："大小姐，你爹爹会对付他们父子的，你既然没有上他的当，就让他去吧。"原来竺尚父的家规极严，他给仆人的命令，仆人就只能照他的命令去做。如今他这管家只是奉命到上官泰家中禀报事情，所以不敢擅自捉拿杨芃。

杨芃上马逃了，上官纨站在路上，呆若木鸡。到了此时，孰真孰假，谁是谁非，已经昭然若揭了。但上官纨还抱着最后一点幻想，等待老刘的回答。

老刘缓缓说道：“上官姑娘，你放心，你的姨父已经赶回去释放你的爹爹了。这次你爹爹所受的委屈，都是杨钲父子从中捣的鬼，是他们挑拨你的姨父以致弄出这场误会的。”

上官纨做梦也想不到她所心爱的人，竟是陷害她父亲的坏蛋。这刹那间，她只觉脑袋里“轰”的一声，倏地变成一片空虚，人未昏迷，却似乎失了知觉了。她不能用脑筋思想，甚至也不感觉伤心，整个人就似坠入漆黑的深渊，神经都麻木了。好半晌上官纨才喃喃说道：“是杨钲父子捣的鬼？他，他们为什么要这样？”

老刘说道：“因为杨钲已变成朝廷的鹰犬，而你爹爹是知道他的阴谋的一个人。我如今奉命到你家中，就是要告诉你们母女这些事情，一来为我主人致歉，二来也免得你们再上杨钲父子之当的。”

竺清华心生怜悯，说道：“纨姐，幸而咱们都没有上杨芃的当。过去的事忘了吧，我们还是一样的好姐妹。”

上官纨忽地“哇”的一声哭了出来，跳上坐骑，竺清华叫道：“纨姐，你去哪儿？”上官纨道：“你别管我！”刷刷几鞭，催得坐骑四蹄如飞，向杨芃所逃的方向追去。

老刘说道：“她哭得出来，就没事了。”竺清华道：“不知她是不是去找杨芃算账？老刘，你的马快，你去照顾她。”

老刘说道：“我猜想她也未必就是去找杨芃。她这时候正是深感惭愧之时，所以不愿意见任何相识的人。不过我当然还是要去照顾她的。”

老刘一面上马，一面说道：“小姐，你怎么又和夏哥儿偷跑出来。你爹爹已经回家了，你们也赶快回去吧。”

竺清华道：“这么说，我爹爹没有与江大侠比武，也没有两败俱伤么？”

老刘笑道：“没有的事，这是谁说的？”

竺清华道：“杨芃说的。”

老刘道：“杨芃的话你还能相信么？刚刚相反，你爹爹非但没有与江大侠动武，他们还成了好朋友呢。说来话长，你回到家中再问你爹爹吧。”

李光夏道：“那么我师父呢？”

老刘道："江大侠已经上京师了，我家主人将来也会到京探访他的。你们还有什么要问的么?"

竺清华道："没有了，你赶快去照料纨姐吧。"

老刘走后，竺清华道："夏弟，咱们也该回去了。"李光夏道："回去？回去哪儿?"竺清华诧道："还有哪儿，当然是回家了。邙山大会已经结束，我爹爹已经回家，江大侠也早已离开邙山了。咱们不回去，难道还上邙山么?"

李光夏道："不，我不跟你回去，我要前往京师寻我师父。"

竺清华吃了一惊道："你要前往京师？你不怕被人捉了?"

李光夏道："我等着拜师，已经等了三个年头了，如今我已经知道我师父的下落，我还怎能不去找他?"

竺清华道："你不听得老刘说，我爹爹将来也要往京师探访江大侠的么？咱们先回去，然后再跟着爹爹一道前往京师，不是更妥当吗?"

李光夏道："不，我等不及了。而且我也怕有意外。"

李光夏道："说不定回到你家，你爹爹已经走了。我师父在京师也不知逗留多久，假如按照你的计划，经过几个转折，去到京师，最少也得一个月。万一我师父已经走了，我再到哪里找他?"

李光夏所顾虑的这两点，当然不能说是没有理由。但还有一个理由，是李光夏不愿意说出来的。他父亲在临死之前，将天理会的"海底"交了给他，从那时起，他就算是正式的教徒了。"海底"是秘密帮会中的一种身份证明，他父亲将本身的"海底"传给他，这固然是特殊情形下的措施，同时也含有衣钵相传、勉他继承遗志的意义。

天理教是一个"反清复明"的组织，李光夏年纪虽小，但自小在帮会中长大，也懂得要严格遵守教规的。他的秘密只能让本教或本教所绝对信任的人知道，换言之即是对方至少也要是可靠的反清义士才能算是"自己人"。因此尽管竺家父女对他不错，但在这个意义上说，却还只能算是"外人"。

何况，李光夏至今尚未清楚竺尚父的来历，竺尚父性情怪僻，在李光夏眼中看来颇有几分"邪派"味道，而且他当初又是竺尚父的家人捉去的，在一个自尊心很强的孩子心里，更不能把竺清华的家当成他的家了。虽然他对于竺清华对她姐弟一般的感情也是十分感激，但他的秘密却始终未曾向她吐露。他是早有准备，一有机会，就要离开竺家的。他要找寻他的师父，他也要设法和本教中人联络，尤其要打听他的“林伯伯”林清的消息。如今好不容易盼得这个机会，他当然是不能再回竺家的了。

竺清华沉吟道：“可是京师重地，你、你一个人前去，这个，这个……我总是放心不下。”关切之情，溢于言表。

李光夏心中感动，说道：“华姐放心，我在京师也还有一些我父亲生前的好友的。

“而且朝廷鹰爪认识我的，也不过是祁连三兽等有限几人，他们也未必便在京师。我只要小心点儿，避过他们，也就是了。”

竺清华道：“不，我仍是放心不下。好吧，你既然定要前往京师，我和你同走！”

李光夏与竺清华相处年余，两小无猜，情如姐弟，虽说他早有准备，有朝一日，要与竺清华分手，但到了真正要分手之时，却也是十分难舍。

竺清华忽地说出要与他同去，李光夏听得此言，又惊又喜，但还是摇摇头道：“不，华姐，你不能和我一同去的。”竺清华道：“为什么？”一双明如秋水的眼睛，望着李光夏，等待他的回答。

李光夏迟疑片刻，终于说道：“华姐，你不知道的。我爹爹生前是钦犯，他死在朝廷鹰爪之手，我也是鹰爪所要追捕的犯人。此去京师，不同前往邙山，我，我不想连累你。”

竺清华道：“这我就更不能让你一个人去了。我不怕连累，我可以帮你去对付鹰爪。”

李光夏道：“你不怕连累，但你爹爹恐怕不愿意惹上鹰爪的麻烦吧？倘若咱们在京师发生意外，这不只连累你，还可能连累你的家人的。”

竺清华哈哈笑道：“这你就可以更放心了。我爹爹不但不怕连累，他还是要与朝廷作对的呢。不过，你不知道罢了。”李光夏道：“当真？”

竺清华道："我几时骗过你？我有一次还听得他与老刘商议，说是准备时机一到，就要举事的呢。后来爹爹发现我偷听，严厉地告诫我，不许我说给别人知道。连杨芃也不能告诉。那时你还没有来。到你来了，我本来要告诉你的，但又怕无缘无故提起，反而惹你疑心，所以一直没有说。"

李光夏大喜道："好，这就好了。"竺清华笑道："咱们可以一同走了吧？"她只道李光夏是因有她同走而欢悦，还未曾完全明白李光夏说的这个"好"字，另外还有许多意思。

两人经过这次谈话之后，一路同行，感情又进了一层。李光夏虽然没有把天理教的秘密告诉她，但在心目中已渐渐把她当作自己人了。

一路无事，这一日来到了保定，这是天理教从前的总舵所在，也是李光夏的老家。

李光夏自小跟随父亲，懂得一些在敌人耳目遍布的地方应该注意的事情。他选择黄昏时候进城，这时正是四乡来的小贩要赶着在城门未关闭之前出城的时候，也正是夜市未开，城中的店铺以及衙署都在休息准备吃晚饭的时候。他们这个时候进城，可以减少敌人的注意。

竺清华早已换了乡下姑娘的装束，李光夏也在脸上抹了煤灰，扮成一个穷小子模样。进得城来，竺清华笑道："咱们这个模样，只怕客店不敢招待咱们。找什么地方住去？"李光夏道："别忙，先去看看我的老家吧。"

李光夏经过老家门前，只见门上贴着官府的封条，封条上的那颗大印已经褪色，锁着大门的那把铁锁也已经生锈了。他是三年之前和父亲从家里逃出去的，三年之后回来，却只有他一个人了，而且是被关在自己的家门之外。不，这个"家"已被官府所封，不再是属于他的家了。

李光夏心情阵阵激动，不由得起了回一回家，看它一看的念头。

李光夏带着竺清华在比较冷落的小巷兜了几个圈子，在街边卖夜宵的小摊子上吃了两碗汤圆，不知不觉已是过了二更，将近三更的时分。城中的店铺十之八九也关上了店门了。

走到无人之处，竺清华说道：“夏弟，咱们就在这街上浪荡一晚吗？你不是说城里有你爹爹生前的许多好朋友的？”

李光夏道：“事隔三年，不知他们是否还在这里？在这里也不知他们是否已经变了？我必须待打探清楚之后，才好去投奔他们。不过，你也不用担心今晚没有住的地方，你跟我回家吧，现在可以去了。”

竺清华道：“回你的家？你的家不是已经封了？”李光夏道：“咱们不会从墙头跳过去吗？事情已经过了三年，大门的铁锁都生锈了，我想鹰爪们总不会一直留在那里看守吧？过了今晚，我再去找一个可靠的人。”

竺清华笑道：“跳过你家那道矮墙，容易得很，但我总是有点担心。”李光夏道：“我不信有那么巧就会遇上鹰爪。唉，我真想去看看我小时候住过的地方，看一看我爹爹妈妈的遗物，我妈妈是我们逃走那天死在这间屋子里的，也许还有她的遗物，也许完全失了，但我总是要去看一看的。即使碰上鹰爪，我也得偿偿我的心愿。”

竺清华给他说得也感到心酸，低声说道：“好吧，你别心伤，我陪你去。”回到李光夏的祖居，四顾无人，他们就悄悄地跳了进去。

在大门与厅堂之间，是一个不大不小的庭院。这是李光夏小时候练武的地方，也是他玩耍的场所。他们父子都喜欢种花，他还记得出事那天，他正在替两盆新种的兰花浇水。此时在月色朦胧之下，只见野草丛生，瓦砾遍地，李光夏十分伤感，弯下腰来，把破破的花盆拾过一边，又小心拨开野草，好像要找寻什么东西。

竺清华柔声说道：“你已经回到家了，咱们进去吧。”李光夏道：“我妈妈那天就是死在这个院子里的。那天一群鹰爪突如其来，我妈为了掩护我，给敌人杀死的。可怜她在倒下地之后，还在力竭声嘶地催我爹爹赶快带我逃走。我要看看这草丛里有没有她的遗物？我要看看泥土上还有没有她的血迹？”

草堆里跳出两只蟋蟀，嗅到鼻子的是一股烂泥腐草的气味。竺

李光夏叫道："原来是你，你为什么偷入我家？还占了我母亲的房间？"

清华拉拉他的手道："夏弟，伤心无益。你要珍惜身子为你爹娘报仇，只要记着这血海深仇，也不必去找你妈的遗物了。"

李光夏站了起来，说道："总算找到了一件。可惜不是那天她所遗下的东西。"拿在他手上的是一片瓷片。这是许久以前的事情了，有一天，李光夏的爹爹有个朋友从江西来，送给他一个景德镇出产的瓷器观音，那朋友走后，李光夏的母亲一声不响，就把观音摔到院子里，那些破片可能是当时没有扫得干净，还有一片遗留地上。当时李光夏只道母亲不喜欢这件礼物，直到后来，他碰见"千手观音"祈圣因，才知道母亲是因为憎恨这个绰号"千手观音"的女人，才把那个观音像打碎的。至于他母亲为什么憎恨千手观音，直到现在，他还是不很明白。

李光夏藏好那片瓷观音破片，走入内堂，黑暗中忽听得似是有人啜泣之声，而且这声音竟是来自他母亲生前所住的那间卧室。

竺清华不禁毛骨悚然，心道："难道是夏弟的妈妈死不瞑目，知他到来，显灵不成？"

李光夏虽不信鬼神之说，但此时他心情激动，竟是忘其所以，便冲上前去，拍门叫道："妈，我是夏儿，我回来了！"

房门打开，一个女人的声音说道："是夏儿么？我找得你好苦，你回来了这就好了！"

是女人的声音，但却不是李光夏的母亲。

李光夏呆了一呆，那女人已经擦燃火石，点亮了一盏油灯。李光夏蓦地叫道："原来是你，你为什么偷入我家？还占了我母亲的房间？"

这女人不是别人，正是"千手观音"祈圣因。

原来祈圣因并没有死，那日她在东平镇虽然伤得极重，但得岳霆夫妇相救，服食了许多老山人参，经过一个多月的调养，早已是恢复如初。这次她也是要到京城打听她丈夫的下落的。

祈圣因和李光夏的父亲李文成是表兄妹，少年时候，青梅竹马，相处甚欢，在旁人的眼中，都已把他们当作了一对情侣。可惜后来长大之后，各有各的际遇，而李文成也发觉表妹的性情与他不甚相投，这才另择佳偶，与天理教中的侠女罗绮纨成了亲。祈圣因因此一气之下，远走关外，又过了许多年，才“下嫁”给辽东大盗尉迟炯的。

尉迟炯对她十分体贴，祈圣因也渐渐真心地爱上丈夫，但对于少年时候的一段深情，却仍是难以忘怀的。尤其在李文成死后，她不能代李文成抚养遗孤，更是伤心不已。

这日她路过保定，怀念旧情，于是也像李光夏一样，不顾一切偷偷地进入了李文成的故居，追寻旧梦，悼念故人。

祈圣因以为李光夏早已落在敌人之手，不料今晚在他家里，意外相逢，自是惊喜交集，恨不得将他搂入怀中。

可是李光夏的心情却不一样，他想起母亲当年打碎“观音”之事，对母亲所憎恨的人，他也自然怀着敌意。

祈圣因听得李光夏出言斥责她，心里十分难过，说道：“夏儿，许多年前，我为了妒忌你的母亲，曾和她动过手。我斫了她一刀，她也刺了我一剑。虽然彼此受伤，但总是我先去招惹她的。这件事情，我一直都在后悔，也难怪你母亲恨我。但我却是想在你的身上，赎我的罪的。夏儿，你也还在恨我吗?”她心情激动之下，对李光夏说得很是坦率。

李光夏已经是开始懂得男女之事的孩子了，听祈圣因说得这样坦率，这才恍然大悟，心道：“原来如此。这么说来，她当年虽然是妒忌我的妈妈，却也是深爱我的爹爹的了。”李光夏最崇拜父亲，对于一个曾经深深爱过他父亲的女人，不觉减了几分敌意。

祈圣因接着说道：“那天你不肯跟我走，却给那头独角鹿骗了去，我又是伤心，又是害怕，怕他们不知将你怎样折磨，怕从此不能再见你了。你父母双亡，我是私下发了誓，要为你爹娘尽点心事，将你抚养成人的。你给敌人骗去，叫我如何对得住你死去的爹娘？这几年来我一直都在找你，天幸今晚终于见着了。想来你现在也该明白独角鹿不是好人了吧？夏儿你还在恨我么?”祈圣因说得动情，不觉珠泪潸潸。

李光夏年纪虽小，却很能辨别是非，那年在他知道受了独角鹿的欺骗之后，尽管他仍然对祈圣因无甚好感，但已知道她并非坏人了。此时他听了祈圣因这一番真情流露的出自肺腑之言，也不由得感动得流下泪来，终于抽抽噎噎地叫出了一声："姑姑!"

祈圣因热泪盈眶，揽着李光夏道："孩子，你认我了？你原谅我了?"李光夏道："姑姑，你为了我，冒了许多险，吃了许多苦，我妈倘若地下有知，我想她也不会再恨你了。"

祈圣因满是泪痕的面上绽出了鲜花般的笑容，说道："好，你这么说，我也就心安了。此地不宜久留，我们还是趁早走吧。我有地方可以安顿你们。这位姑娘是——"直到现在她才有空问及竺清华。

竺清华道："我名叫竺清华，我和光夏是结拜姐弟。夏弟在这世上并无亲人，今日你们姑侄重圆，我，我也是非常欢喜。"祈圣因听了竺清华的语气，已经明白几分，又见竺清华姿容绝俗，心中更是欢喜，笑道："不，他现在已是有两个亲人了。"竺清华怔了一怔，随即明白祈圣因所指的另一个亲人就是自己，双颊不禁泛起一片晕红。

祈圣因道："好了，我们可以走了。"话犹未了，忽听得似有衣襟带风之声，从屋顶掠过，若非祈圣因听觉灵敏，等闲之辈，还真不容易觉察。

祈圣因把竺李二人一拉，低声说道："你们紧紧跟在我的背后，从窗口跳出去。有夜行人进了这间屋子了。"

祈圣因吹灭灯火，一掌推开窗子，撒出了一把梅花针，只听得有人"哎唷"叫了一声，似乎是着了她的暗器。祈圣因随即穿窗而出，喝道："千手观音在此，哪个不怕死的鹰爪上来!"

屋里立即有人接声笑道："千手观音果然名不虚传，但也只能伤我两个下人而已。嘿，嘿，有我贺兰明在此，你们还想走么?"

另一个阴阳怪气的声音也接着说道："千手观音，幸会，幸会。上次你伤了我的鹿大哥，这次我羊老二向你请教请教!"

月光下只见院子里有四个人一列摆开，一个是贺兰明，一个是羊吞虎，另外两个是御林军军官的服饰。地上倒下的两个人则是穿着红衣的衙役。想是保定府的官衙，派了两个衙役跟随贺兰明他们来进屋搜查的。李文成的屋子是保定府所封，故而需要有两个看地衙役，带他们来搜屋拿人，他们本领低微，还未曾得见祈圣因的面，就先着了她的梅花针了。

祈圣因虽然未知道尉迟炯已被擒下天牢的消息，但当日在陕甘路上，追踪她丈夫的，就正是以贺兰明为首的一帮鹰爪，这件事情，她则是早已知道了的。此时正是合了一句老话：仇人见面，分外眼红，祈圣因“嗖”的解下软鞭，喝道：“贺兰明，你不找我，我也要找你晦气，你把我们当家的怎么样了？”

贺兰明笑道：“没死没病，我把他供养得好好的，正要请你去演一出夫妻相会。但可你要识得好歹才行，否则，嘿，嘿！我可要叫你做小寡妇啦！”

祈圣因大怒，一声：“照打！”金丝软鞭闪电般地扫去，贺兰明喝道：“吓，好快！你当真想做小寡妇吗？”只听得“当”的一声，贺兰明也扬起了手中钢鞭，还了一招“横江截斗”，这是护身的鞭法，守得风雨不透，祈圣因的金丝软鞭竟给荡开。

竺李二人双双扑上，那一边羊吞虎也扑了过来，另外两个军官也都亮出了兵刃。贺兰明道：“羊老二，你把这两个孩子拿下，免得千手观音说我们欺负她女流之辈。你们两个进屋搜搜，看看里面还有没有他们的党羽。”

羊吞虎深知千手观音的厉害，贺兰明不用他帮手，他正乐得去拣容易到口的果子来吃，在他的心目之中，竺清华与李光夏不过是两个乳臭未干的小儿，即使会点武艺，谅还不是手到擒来？

羊吞虎应了一声“喳！”声到人到，立即施展“大擒拿手法”，截住了竺李二人。那两个御林军军官奉了贺兰明之命，也进屋搜索去了。

羊吞虎双掌齐出，同时攻击二人，左掌五指如钩，抓李光夏的琵琶骨，右掌骈指如戟，居高临下，点竺清华肘尖的“曲池穴”。他对李光夏使出杀手，对竺清华则稍稍留情，这是因为见竺清华是个艳丽如花的女孩子的缘故，他意欲将她活捉，献给一位极有权势的亲王。

竺清华喝声“来得好！”青钢剑扬空一闪，抖起三朵剑花，刺腕，截臂，斩肋，一招三用，凌厉非常。羊吞虎想不到一个貌美如花的小姑娘，使的招数竟是这么狠辣，吃了一惊，连忙沉掌一引，在间不容发之际，“铮”的中指一弹，弹着了竺清华的剑柄，解开了她这一招。与此同时，李光夏也是一声喝道：“斩你的狗爪子！”一刀劈出，羊吞虎正在忙于化解竺清华的招数，心难二用，只好用个“移形换位”的身法避开。正是：

初生之犊不畏虎，少年豪气慑强梁。

欲知后事如何？请听下回分解。